WEINSTRASSENHÖLLE

Markus Guthmann wurde 1964 in Pirmasens geboren und lebt heute mit Familie und Hund an der Deutschen Weinstraße. Seit über dreißig Jahren schreibt er erfolgreich im Nebenberuf und hat vor einigen Jahren den Weg zur Kriminalliteratur gefunden.

MARKUS GUTHMANN

WEINSTRASSENHÖLLE

Pfalz Krimi

emons:

Bibliografische Information der Deutschen Nationalbibliothek
Die Deutsche Nationalbibliothek verzeichnet diese Publikation in der Deutschen Nationalbibliografie; detaillierte bibliografische Daten sind im Internet über http://dnb.d-nb.de abrufbar.

Umschlagmotiv: mauritius images/Şafak Oğuz/Alamy
Umschlaggestaltung: Nina Schäfer, nach einem Konzept von Leonardo Magrelli und Nina Schäfer
Umsetzung: Tobias Doetsch
Gestaltung Innenteil: César Satz & Grafik GmbH, Köln
Lektorat: Marit Obsen
Druck und Bindung: CPI – Clausen & Bosse, Leck
Printed in Germany 2019
ISBN 978-3-7408-0512-8
Pfalz Krimi
Originalausgabe

Für Michi, Alex, Felix und Lotte

Geht's Dir im Leben einmal gut
Und ist Dir nichts zu teuer,
Dann, lieber Freund, mit frohem Mut,
Trink »Forster Ungeheuer«!

Doch geht es Dir erbärmlich schlecht
In dieser Welt Gemäuer,
Dann, lieber Freund, und dann erst recht
Trink »Forster Ungeheuer«!

Emil Helfferich, 1878–1972

PROLOG

Der Mann schob das Gerümpel zur Seite. Erst das Fass, dann die runden Bohlen und Bretter, die an der Wand standen und die er gelegentlich zum Verschieben schwerer Lasten benötigte. Die Arbeit fiel ihm nicht leicht, er keuchte, und seine Lungen pfiffen hörbar. Er kramte einen riesigen altmodischen Schlüsselbund hervor und schloss die uralte Tür auf, die sich hinter dem Krempel versteckte. Sie knarzte und krachte in den Angeln.

Das Gewölbe, das sich wie das Tor zur Unterwelt vor ihm auftat, war feucht und dunkel. Die Petroleumlampe, die der Mann bei sich trug, spendete kaum Licht. Etwa ein Dutzend Fässer stapelten sich im Raum, aber nur eines stand aufrecht in der Mitte. Der Fassdeckel fehlte, und ein Kopf ragte heraus, der mit einer Art Pranger an der Öffnung fixiert war. Es war schwer zu sagen, ob der Mensch im Fass noch lebte oder schon tot war.

»Es scheint dich niemand zu vermissen«, sagte der Mann und griff nach einer der Weinflaschen, die in einer Holzsteige neben dem Fass standen. Er kramte einen Korkenzieher aus seiner Hosentasche hervor und öffnete die Flasche mit einem knallenden Geräusch. Dann nahm er einen blechernen Trichter, der ebenfalls in der Kiste lag, und rammte ihn der wehrlosen Person in den Rachen, nachdem er deren Mund mit dem für Tiere bestimmten Lefzengriff brutal geöffnet hatte. Er begann, den Inhalt der Flasche in den Trichter zu schütten, und achtete sorgsam darauf, dass sich sein Opfer nicht verschluckte. Immer wieder hielt er kurz inne, um sicherzustellen, dass es nicht erstickte. »Ich wollte das nicht, und du weißt das. Du hast mich gezwungen. Ich hätte sonst niemals auf wehrlose Menschen geschossen.«

»Es war Krieg«, krächzte der Delinquent.

»Das ist keine Entschuldigung, du Schwein.« Er öffnete eine weitere Flasche, steckte den Trichter zurück in den Schlund des Gequälten und fuhr fort, ihm den Wein mit der notwendigen Sorgfalt einzuflößen.

»Es war Krieg«, hörte er, als sein Opfer auch diese Prozedur überstanden hatte. »Es war Krieg, und wir alle hatten zu gehorchen.«

»Nein, ich wollte nicht gehorchen, aber ich musste deinen Befehlen folgen, sonst wäre ich nicht mehr hier, und du wärst nicht auf dem Weg dorthin, wo du längst hingehört hättest: in die Hölle.«

Die Gestalt im Fass schüttelte sich, versuchte, sich mit letzter Kraft zu wehren, aber der Mann zwang noch eine dritte Flasche Wein in sie hinein. Dann schmetterte er die leere Glasflasche in eine Ecke des Raumes, schmiss den Trichter zurück in die Kiste, griff nach einer Offiziersmütze, auf deren Stirnseite über dem Schild ein blecherner Totenkopf prangte, und stülpte sie dem Gefangenen über den Kopf.

»Ich wollte das nie, und es ist unermesslich traurig, dass dein Tod die vielen Unschuldigen nicht wieder lebendig macht«, sagte er und setzte sich auf eine Kiste. Aus der Tasche seines Arbeitskittels zog er eine Kladde hervor und begann, sich mit ungelenker Hand Notizen zu machen.

EINS

Die Eisheiligen hatten in diesem Jahr zwei Wochen zu früh Einzug gehalten, und so war es kein Wunder, dass Pfingsten in der Pfalz bei makellos blauem Himmel und sommerlicher Wärme gefeiert werden konnte. Dennoch blickten die pfälzischen Winzer dem neuen Weinjahr zunächst noch mit skeptischem Optimismus entgegen, wussten sie doch, dass damit nur die erste, wenn auch wichtigste Wachstumsperiode für ihren Wein begonnen hatte.

Röder hatte sich eine Rieslingschorle gemischt und es sich in einem Liegestuhl bequem gemacht. In der vorangegangenen Woche hatten er und Manu Urlaub gehabt, den sie im Allgäu beim Wandern verbracht hatten. Heute, am Pfingstmontag, war die Familie der Mittelpunkt aller Aktivitäten, und Röder betrachtete zufrieden das fröhliche Treiben in seinem Garten.

Auf Röders Kugelgrill dampfte bereits der Anzündkamin für Holzkohle und verbreitete einen aromatischen Geruch. Der Duft steigerte seine Vorfreude und damit den Appetit auf das bevorstehende Grillvergnügen. Allerlei Sorten von mariniertem Fleisch und Gemüse für den vegetarisch angehauchten Teil der Familie türmten sich auf dem ausgedienten Barriquefass, das ihm, dem unangefochtenen Grillmeister, als Ablage diente. Feli und Laura, seine beiden jüngeren Töchter, duschten gerade die Familienhündin Lotte mit der Gießkanne ab. Obwohl sie eine angeblich wasserliebende Golden-Retriever-Hündin war, schien ihr die Prozedur wenig zu gefallen. Röders demenzkranke Mutter wuselte unterdessen zwischen den Gartensträuchern umher und zupfte ständig irgendwelche trockenen Blütenblätter von imaginären Rosenstöcken.

Es war ein Auf und Ab mit ihrer Krankheit. Neulich erst hatte sie einen Töpferkurs besucht, eine Aufgabe, in der sie vollkommen aufging, und die Familie hatte sich sehr darüber gefreut, dass die Oma eine solche Lebensfreude dabei entwickelte. Allerdings waren sie alle etwas irritiert gewesen, als sie erfuhren, dass das Thema »Urnentöpfern« lautete. Nachdem der erste Schock überwunden war, machten sie es zum Running Gag in sämtlichen Gesprächen. »Papa, stell dir vor, Oma schenkt dir das zu deinem fünfundfünfzigsten Geburtstag«, war nur einer der Kommentare, die Röders Töchter vom Stapel ließen. Röder hatte das witzig gefunden, bis er erfuhr, dass seine Mutter die ganze Nachbarschaft mit ihren etwas morbiden künstlerischen Kreationen überzogen hatte. Überhaupt schien sie sich in ihren lichten Momenten sehr mit dieser speziellen Art von bildender Kunst auseinanderzusetzen.

Manu spielte mit Leonie, ihrem ersten Enkelkind, das auf Marie-Claires Schoß saß. Leonie war ein schokobrauner Wonneproppen mit süßen krausen schwarzen Haaren, der vor lauter Freude gluckste und auf den Knien der stolzen Mutter auf und ab wippte. Röder seufzte vor Rührung, denn die Kleine war ein echter Sonnenschein, auch wenn er manchmal – halb im Scherz, halb im Ernst – mit seinem Schicksal haderte, hatte er es doch nun mit sechs Frauen zu tun. Wobei in der stolzen Zahl die Hündin noch nicht einmal eingerechnet war.

Als Marie-Claire an Weihnachten vor anderthalb Jahren verkündet hatte, dass sie ein Kind erwartete, hatte Röder noch geglaubt, er würde endlich männliche Verstärkung in der Familie bekommen. Aber daraus war wieder nichts geworden. Alle seine Nachkommen schienen weiblich zu sein, und er war dazu verdammt, als einziger Mann in einem Frauenhaushalt zu leben, wäre da nicht wenigstens sein frischgebackener Schwiegersohn Rolfi.

Röder döste wohlig vor sich hin und ließ das vergangene turbulente Jahr vor seinem geistigen Auge Revue passieren. Feli, seine mittlere Tochter, hatte nach ihrem Abitur, das sie gar nicht mal so schlecht wie erwartet abgeschlossen hatte, eine Ausbildung zur Winzerin begonnen. Natürlich kam als Ausbildungsbetrieb nur das VDP-Weingut von Hellinger in Frage, wo sie schon lange im Weinverkauf und auch im Keller gejobbt hatte. Sie waren von diesem Berufswunsch dennoch überrascht worden, und Hellinger hatte extra seinen Ausbilderschein bei der Handwerkskammer gemacht, damit er sie ausbilden konnte. Zuvor hatte er noch nie einen Lehrling gehabt, aber seinem besten Freund und dessen Tochter konnte er keinen Wunsch abschlagen, zumal Feli ein Talent für Weinbau zu haben schien. Hellingers Sohn Max hatte sich ebenfalls als großer Fürsprecher erwiesen, denn Feli hatte viele Nächte als sein Babysitter verbracht, wenn der alleinerziehende Hellinger beruflich zu tun gehabt hatte oder einfach nur auf der Jagd nach amourösen Abenteuern gewesen war. Nun war sie im zweiten Lehrjahr, das angehende Winzerinnen und Winzer typischerweise in einem anderen Lehrbetrieb verbrachten. Feli hatte es an die Mosel, nach Valwig aufs Weingut Steuer verschlagen. Rudi Steuer, der Winzer, war ein alter Freund von Hellinger und glich ihm auch im Charakter, nur dass der eine in der Pfalz und der andere an der Mosel das Beste aus den Reben herausholte. Röder war schon mehr als einmal Zeuge ihrer freundschaftlichen wie konkurrenzbewussten Diskussionen gewesen, bei denen die Winzer wortreich die Vorzüge ihrer Weinbauregionen und ihre eigene Potenz als Weinmacher sowie zu fortgeschrittener Stunde auch für andere Lebensbereiche anpriesen.

Zu Hause wohnte nur noch die Jüngste, Laura, die schon angekündigt hatte, gleich nach dem Abitur ausziehen zu wollen, um in Heidelberg Jura zu studieren und in die Fußstapfen ihres Vaters zu treten.

Die meiste Aufmerksamkeit der Familie hatte in den vergangenen anderthalb Jahren aber Marie-Claire auf sich gezogen. Als sie schwanger geworden war, hatte sie ihr Studium in Gießen aufgegeben und war vorübergehend wieder bei ihnen eingezogen, um das Kind im Kreis der Familie auf die Welt zu bringen. Sie hatte Rolfi, der eigentlich Kojo Rudolf Acquah Benyi III. hieß, während des Studiums kennengelernt. Seit dem vergangenen Winter war er Marie-Claires Mann und hatte kürzlich eine Stellung an der Universität Mannheim angenommen, um Volkswirtschaft zu lehren. Er hatte dort eine der raren Juniorprofessuren ergattert.

Nun wohnte die junge Familie in Lambrecht, wo Rolfis Eltern ein kleines Haus mit Garten besaßen, das sie der jungen Familie überlassen hatten. Sie selbst waren nach Südfrankreich ausgewandert. Für das kommende Wintersemester hatte Marie-Claire auch wieder berufliche Ziele, denn sie wollte sich in Landau einschreiben, um an der dortigen Hochschule ein Lehramtsstudium zu beginnen.

Röder und Manu waren aus allen Wolken gefallen, als die jungen Leute ihnen eröffnet hatten, dass sie unbedingt heiraten wollten. Bis dahin waren sie eigentlich der Meinung gewesen, dass in der Generation ihrer Kinder das Heiraten und Kinderkriegen nicht mehr an erster Stelle stand, zumal die Reihenfolge diesmal bereits andersherum verlaufen war. Doch Marie-Claire und Rolfi sahen das anders. Sie beteuerten, dass sie diesen Schritt nur aus Liebe und keinesfalls aus Tradition oder anderen altmodischen Beweggründen gehen wollten. Jedenfalls waren Marie-Claire und Rolfi seit drei Monaten standesamtlich verheiratet und planten, eine Trauung in Weiß zu gegebener Zeit nachzuholen. Als i-Tüpfelchen kam hinzu, dass sie dieses Jahr das jüngste Brautpaar in Lambrecht waren und somit am morgigen Pfingstdienstag als Hauptakteure bei der traditionellen Geißbockversteigerung in Deidesheim mitwirken durften. Röder und seine Familie freuten sich auf diesen Top Act pfälzischer Tradition und natürlich auf das dazugehörige Weinfest.

Er seufzte vor Glück und nahm einen großen Schluck von der Schorle, die er neben sich im Gras abstellte. Zu spät bemerkte er aus den Augenwinkeln, dass Lotte, die übertriebene Körperhygiene überhaupt nicht mochte, sich von Feli und Laura losgerissen hatte. Von oben bis unten einshampooniert rannte sie durch den Garten, als wäre der Teufel persönlich hinter ihr her. Röders Töchter sprinteten ihr nach und versuchten, die Leine zu erhaschen, die die aufgeregte Hündin hinter sich herzog. Genau vor Röder schien Lotte gestellt zu werden, sie schlug jedoch einen zirkusreifen Haken und riss dabei Röders Dubbeglas um, dessen Inhalt ihm über die Füße schwappte. Zu allem Unglück verfing sich auch noch die Hundeleine im Gestell des Holzkohlegrills. Zusammen mit dem glühenden Anzündkamin wurde er mehrere Meter mitgeschleift, ehe er mit lautem Scheppern auf eine alte Konifere stürzte, deren trockene, am Boden liegende ätherische Nadeln sofort Feuer fingen. Der ganze Strauch stand mit einem Schlag lichterloh in Flammen. Wie ein trockener Weihnachtsbaum brannte das Gewächs explosionsartig ab.

»Feuer!«, schrie Röder. Er sprang auf und rannte zum Gartenschlauch, der neben dem Hundeshampoo im Gras lag. »Feli, lauf in den Keller und hol den Feuerlöscher! Ihr anderen holt Eimer und die Gießkanne!«

Es ging rasend schnell, die Flammen schlugen bereits mannshoch, als Röder das Wasser andrehte und sofort erbärmlich zu fluchen begann, denn aus der Düse tröpfelte nur ein mickriges Rinnsal. Dafür schoss das Wasser aus einer undichten Stelle in der Mitte des Schlauchs. Mittlerweile stieg eine riesige Rauchsäule über der Konifere auf.

»Ach ja, wir wollten dir noch sagen, dass du den Schlauch reparieren musst, denn Lotte hat damit gespielt und darauf herumgebissen, als ihr letzte Woche weg wart«, sagte Laura gänzlich unaufgeregt.

»Ich rufe die Feuerwehr«, schrie Manu und lief ins Haus, während Röder halbwegs erfolgreich mit dem kaputten Schlauch die Gießkanne füllte und damit zurück zum Busch rannte, auf dem das bisschen Wasser jedoch einfach verpuffte.

»Jahwe, Jahwe«, rief Röders Mutter, die einen Augenblick innehielt, ehe sie sich wieder den unsichtbaren Rosen widmete.

Als Feli mit dem Feuerlöscher angerannt kam, drohte der Brand bereits auf die umliegenden Bäume und Sträucher überzugreifen. »Der ist schon zwei Jahre abgelaufen«, rief sie und ließ das Gerät vor lauter Aufregung auf Röders nackten Fuß fallen, woraufhin der augenblicklich vor Schmerz aufschrie. Dann griff er den Löscher, zog den Sicherungsring und betätigte den Hebel. Tatsächlich machte das Ding keinen Mucks. Röder stieß weitere üble Verwünschungen aus und schüttelte die rote Flasche wie ein Wilder, bis sich im Inneren hörbar ein Pfropfen löste. Eine erhebliche Menge Löschpulver landete in Röders Gesicht, bevor es ihm gelang, den Strahl auf das Feuer zu richten. Er spritzte den gesamten Inhalt in die Flammen, aber der Strauch brannte einfach weiter. Immerhin hatte Röder den Brand deutlich eindämmen können, und Laura kam jetzt mit einem intakten Schlauch aus dem Vorgarten angerannt. Gerade als es Röder und seinen Frauen mit Hilfe des Schlauches und der eilig herbeigeschafften Gefäße gelang, den Brand vollständig unter Kontrolle zu bringen, hörten sie das Martinshorn der Feuerwehr. Im nächsten

Moment musste Röder noch einmal mehr schimpfen, als er mit seinem sowieso schon lädierten Fuß in eine der glühenden Holzkohlen trat, die überall im Gras verteilt herumlagen. Sein anschließender Veitstanz sollte noch lange Gesprächsthema in der Familie sein.

Während Röder vor Schmerzen brüllend auf einem Bein hin und her sprang, stoppte der Löschwagen der Feuerwehr mit quietschenden Bremsen vor dem Gartentor. Fünf Feuerwehrleute sprangen heraus, warfen geübt einen Schlauch aus, sprangen über den Gartenzaun, kämpften sich durch die das Grundstück begrenzenden Hecken und hinterließen im Blumenbeet eine Spur der Verwüstung, die einem mittleren Kampfpanzer der Bundeswehr alle Ehre gemacht hätte.

Zum Glück war der Einsatz der Feuerwehr nicht mehr notwendig, und allgemeine Erleichterung machte sich breit. Auch bei Röder, denn er stand mit einem Bein in einem Eimer Wasser, der bei der Löschaktion übrig geblieben war, und erzählte dem Truppführer, den er persönlich kannte, die ganze Geschichte.

Der Feuerwehrmann klopfte ihm auf die Schulter, dass es nur so staubte. »Da haben Sie aber Glück gehabt, Herr Dr. Röder. Das hätte ganz schön ins Auge gehen können. Bei der Trockenheit brennen die Büsche wie Zunder. Nicht auszudenken, wenn das Feuer auf Ihr Haus oder das Ihrer Nachbarn übergesprungen wäre.«

Die Panik hatte sich mittlerweile gelegt, und die Männer von der Feuerwehr erhielten von den Röders erst einmal eine zünftige Rieslingschorle im Dubbeglas, ehe sie die Gerätschaften wieder abbauten und den Garten vollends einebneten. Mit ihnen verschwanden auch die zahlreichen Schaulustigen, die sich vor dem Haus versammelt hatten. Röder hatte die Männer zum Einsatzwagen begleitet und mit seinen direkten Nachbarn geredet, die natürlich wissen wollten, was passiert war. Jetzt humpelte er total verstaubt in den Garten zurück, wo sich Lotte nass und shampooniert im Gras wälzte und anschließend schüttelte, als wenn nichts passiert wäre.

»Komm jetzt mal her, du blöder Sauköter«, schimpfte Röder und empfand große Lust, das Tier mit bloßen Händen zu erwürgen.

Tatsächlich kam die Hündin mit eingezogenem Schwanz und hängendem Kopf zu Röder gekrochen, der eine lange Tirade über Schweinehunde, nichtsnutzige räudige Streuner und Straßenköter zum Besten gab, ehe ihn der treudoofe, schuldbewusste Blick von Lotte zum Aufhören erweichte. Zumal Manu ihm zur Beruhigung eine frische Schorle in die Hand drückte.

»Nun komm mal wieder runter, mein Lieber«, sagte sie gelassen. »Es ist ja alles noch einmal glimpflich ausgegangen. Außer der Konifere und den paar Sträuchern daneben hat nichts und niemand Schaden genommen.«

»Und was ist mit meinem Fuß?« Röder zeigte anklagend auf seinen Zeh, der mittlerweile eindrucksvoll angeschwollen war.

»Ach, du Armer. Ich hole noch eine Schüssel mit kaltem Wasser, damit du ihn weiter kühlen kannst.«

»Papa, wieso bist du auf einmal so grau, oder fängst du schon an zu schimmeln?«, fragte Laura mit Blick auf das Löschpulver in Röders Haaren. Seine Töchter lachten, und die Anspannung der letzten zwanzig Minuten wich ausgelassener Heiterkeit. Wenigstens bei ihnen.

»Ihr seid doch wirklich eine dumme Bagage«, brummte Röder, dem noch nicht wirklich zum Lachen zumute war. »Weiberhaushalt, euch hält kein normaler Mensch im Kopf aus.«

»Telefon für dich, Vadder«, sagte Marie-Claire, die mit der weinenden Leonie auf dem Arm aus dem Haus kam und ihm den schnurlosen Apparat entgegenstreckte. »Es ist Gerald.«

Irgendwie war Röder die Ablenkung willkommen, denn der Vorfall hatte ihm mehr zugesetzt, als er sich eingestehen wollte. Andererseits konnte es nichts Gutes bedeuten, wenn Steiner ihn an einem Feiertag anrief.

»Ist bei dir alles in Ordnung? Du klingst so komisch«, fragte Steiner nach der Begrüßung.

»Ach, das erzähle ich dir ein anderes Mal«, wich Röder aus. »Was hast du für mich?«

»Auf dem Waldparkplatz hinter Hardenburg wurde ein Toter in seinem Lieferwagen gefunden. Ich bin jetzt auf dem Weg dorthin und wollte fragen, ob du mitwillst und ich dich abholen soll, denn das ist ja quasi vor deiner Haustür.«

»Es ist Pfingsten, ich dachte, du hast frei. Das ist doch eine Sache für den Kriminaldauerdienst.«

»Ja, ist es, aber heute haben da nur die ganz jungen Kollegen Dienst, und Sybille ist in Elternzeit. Ich kann sonst niemanden schicken, dem ich das zutraue, also muss ich selbst nachsehen, ob die alles richtig machen.«

Röder überlegte einen Augenblick, denn auch in der Staatsanwaltschaft Frankenthal war das ein Job für die Feiertagsbereitschaft, und er selbst hatte noch bis Mittwoch Urlaub. Aber dann entschied er sich doch anders.

»Ja, ich bin dabei, aber ich muss vorher noch mal kurz unter die Dusche springen.«

Manu war es nicht recht, dass sich ihr Mann am Feiertag absetzen wollte, das konnte er ihr ansehen. Da sie aber merkte, dass er nach dem ganzen Chaos eine kurze Auszeit von der Familie brauchte, säuselte sie: »Geh nur, die Kinder und ich räumen auf und werfen den Grill noch einmal an. Wenn du wiederkommst, essen wir gemeinsam und trinken etwas Schönes. Außerdem müsste Rolfi gleich eintrudeln, und Achim wollte mit Max auch noch vorbeischauen. Die werden uns bestimmt helfen, aber bitte bleib nicht zu lange weg.«

Als Röder frisch geduscht wieder herunterkam, stand Steiner bereits mit einer Schorle in der Hand bei Manu, die ihm soeben haarklein geschildert hatte, was geschehen war. Das Lachen der beiden verstummte, als sie Röder bemerkten.

»Was gibt's denn da zu lachen?«, echauffierte er sich. »Unsere Hütte wäre beinahe abgefackelt, und dieser saublöde Köter –«

»Komm, jetzt ist es ja gut«, beschwichtigte ihn Manu. »Noch mal: Es ist zum Glück nichts Gravierendes passiert. Jedenfalls nichts, was nicht wieder in Ordnung gebracht werden kann. Gerald will übrigens auch noch auf ein Steak mit zu uns kommen, wenn ihr in Hardenburg fertig seid.«

»Das kann aber dauern«, antwortete Röder patzig.

Auf dem Weg zum Auto schlug Steiner ihm aufmunternd auf die Schulter. »Kopf hoch, alter Freund. Du musst schon zugeben, dass das eine echt heiße Story ist.«

»Haha, ich lach mich tot.«

»Es ist doch alles noch mal gut gegangen, aber sag mal, warum humpelst du denn so?«

»Jetzt halt bloß die Klappe, sonst vergesse ich mich. Ich glaube, es macht sich nicht gut, wenn ein Staatsanwalt einen Kriminalbeamten verprügelt. Erzähl mir lieber, was in Hardenburg passiert ist.«

Steiner verkniff sich das Grinsen und wurde sachlich, während sie in den Wagen stiegen. »Wanderer haben auf dem Parkplatz im Klaustal einen toten Mann in einem Lieferwagen gefunden. Es handelt sich um einen Ford Transit mit bulgarischem Kennzeichen. Den Wanderern war aufgefallen, dass das Fahrerfenster offen stand. Sie riskierten einen Blick in den Wagen und entdeckten die Leiche.«

»Todesursache?«

»Sehr wahrscheinlich ein Schuss durch das geöffnete Fenster aus nächster Nähe, aber mehr weiß ich bis jetzt auch nicht.«

Röder informierte die Bereitschaft seiner Behörde und gab durch, dass er persönlich den Tatort besichtigen würde. Dann war ihm nicht mehr zum Reden zumute, und es herrschte Stille, bis sie den Bad Dürkheimer Stadtteil Hardenburg erreichten. Über dem kleinen Dorf erstreckte sich auf der linken Seite die gleichnamige mächtige Burgruine, die lange Zeit die Hauptresidenz des Leininger Grafengeschlechts gewesen war, das bis zur napoleonischen Zeit das Gebiet an der Unterhaardt regiert hatte. Als ihre Kinder noch klein gewesen waren, waren Röder und Manu häufig mit ihnen auf dem schönen Wanderweg von Bad Dürkheim über den Schlangenweiher dorthin gewandert und anschließend in der urigen Lindenklause eingekehrt, während die Mädels auf dem alten Turnierplatz tobten.

»Wir müssen mal wieder zur Edith gehen«, sagte Steiner, als könnte er Röders Gedanken lesen. »Das ist bestimmt schon zehn Jahre her, dass wir zuletzt mit den Kindern oben waren. Du kannst ja deine Enkelin mitnehmen. Ich helfe dir auch, den Kinderwagen zu schieben, solange du noch humpelst.«

Steiner bog hinter der Ortschaft nach rechts auf den Waldparkplatz ab, vor dem sich eine Bushaltestelle befand. Gegenüber stand das traditionsreiche Waldschlöss'l, und ein Fahrweg führte zur Burg hinauf. Er stoppte sein Fahrzeug vor der Polizeiabsperrung, an der eine Handvoll Schaulustiger lauerte. Unter ihnen stand natürlich Riemer, ein Journalist, den Röder nicht mochte, mit dem er aber dann und wann schon einmal paktiert hatte.

»Herr Dr. Röder, was ist denn da oben passiert? Stimmt

es, dass da die Müllmafia dahintersteckt?«, rief Riemer, als er Röder erkannte.

Röder würdigte ihn keines Blickes und betrat den abgesperrten Bereich, der von zwei uniformierten Polizisten bewacht wurde. Die KTU war bereits bei der Arbeit. Die Seiten- und die Hecktür des Transporters standen offen, und etliche Zahlenschilder wiesen auf bereits gesicherte Spuren vor und in dem Fahrzeug hin. Hinter ihnen an der Absperrung wurde eben ein Leichenwagen durchgelassen, ein untrügliches Zeichen dafür, dass die Kriminaltechniker die Leiche zum Abtransport freigeben würden.

Pyreck, der Leiter der KTU und ein alter Haudegen, trat hervor. »Servus, Ben. Was sagt man dazu? Da sitze ich gemütlich mit meiner Frau bei meiner zweiten Schorle auf der Lindemannsruhe, als ich den Anruf erhalte, dass hier unten ein Toter liegt.«

»Hans, altes Haus. Bist du immer noch nicht in Rente?«

»Das hättest du schon gemerkt, wenn du von der KTU keine fundierten Berichte mehr für deine Anklagen bekommst und jeden Prozess verlierst.«

»Jedenfalls schön, dich zu sehen. Was hast du denn für uns?«

»Kommt mit und seht's euch an«, sagte Pyreck und begleitete Röder und Steiner zur Fahrerseite des Transporters.

Auf dem Fahrersitz saß zusammengesunken und auf die Seite gekippt das Mordopfer. Die Hautfarbe des Mannes war auffallend fahl und gelb, was wohl nicht nur auf die teilweise fehlende hintere Schädelkalotte zurückzuführen war. Im Innenraum des Wagens klebten überall Blut und Hirnmasse.

»So haben wir den Toten gefunden. Der Mörder hat aus nächster Nähe geschossen. Er muss gleich hier gestanden haben.« Pyreck schloss die Fahrertür und hob den Arm, als würde er eine Waffe durch das Fenster halten. »Es ging wohl alles sehr schnell. Die Tatsache, dass die Scheibe hinuntergekurbelt war und der Schuss auf Anhieb saß, deutet darauf hin, dass sich Täter und Opfer vielleicht gekannt haben. Das Opfer hat jedenfalls keinen Argwohn gezeigt, sondern sich wohl sogar ein wenig aus dem Fenster hinausgelehnt, mit dem Täter gesprochen und dann den tödlichen Schuss in die Stirn erhalten.« Pyreck deutete mit einem Kugelschreiber die Flugbahn des Projektils an und zeigte mit der Spitze auf die Einschussstelle auf der Stirn. »Die Rechtsmedizinerin und ich sind uns einig, dass es sich um eine Neunmillimeter gehandelt haben muss. Dummerweise hat das Projektil den Kopf und die Karosserie durchschlagen und liegt jetzt dahinten irgendwo im Wald.« Er wies durch die intakte Beifahrerscheibe auf einen Mann im weißen Overall, der mit einem Metallsuchgerät das andere Ende des Parkplatzes absuchte. »Aus den Löchern im Kopf und in der Karosserie können wir zwar einigermaßen die Flugbahn rekonstruieren, aber ohne Kugel wird es schwer, den Typ der Mordwaffe zu bestimmen.«

Röder nickte, und Pyreck fuhr fort: »Dafür, dass der Mann keinen Verdacht schöpfte, seinen Mörder nah an sich heranließ und ihn vielleicht sogar kannte, sprechen auch drei Zigarettenstummel, die wir auf dem Boden vor der Tür gefunden haben. Das Opfer hatte schon eine Weile hier geparkt und dabei geraucht, denn im Fahrzeug liegt ein Päckchen derselben Marke. Möglich, dass er auf jemanden gewartet hat.«

»Wann ist der vermutete Todeszeitpunkt?«

»Die gestresste Rechtsmedizinerin, die schon längst wieder über alle Berge ist, meint, letzte Nacht zwischen ein und drei Uhr.«

»Kennen wir seine Identität?«, wollte Steiner wissen.

»Ja.« Pyreck rief einen Techniker herbei, der ihnen eine

Asservatentüte mit einer Brieftasche darin brachte. »Sein Name war Metodi Kostadinov Bojanov, ein Bulgare. Er ist auch der Halter des Wagens. Unter den Papieren ist ein deutscher Gewerbeschein, der ihn als Transportunternehmer ausweist.«

»Was macht denn ein bulgarischer Transportunternehmer nachts in Hardenburg auf einem Waldparkplatz?«, fragte Röder.

»Das herauszufinden ist euer Job, Jungs.«

»Hat er auch einen Wohnsitz in Deutschland?«, erkundigte sich Steiner.

»Bis jetzt haben wir keine Hinweise darauf gefunden. Hinten liegen ein Schlafsack und eine Isomatte. Gut möglich, dass er im Auto gepennt hat. Sein Ausweis gibt eine Adresse in Pernik an.« Pyreck reichte ihm die Tüte mit der Brieftasche.

Betroffen betrachtete Röder mehrere Schnappschüsse einer fröhlichen Familie mit kleinen Kindern, die in einem Sichtfach neben dem Ausweis steckten.

»Da ist noch ein interessantes Detail an dem Fahrzeug, das euch vielleicht schon aufgefallen ist: Es verfügt vorn und hinten über Warntafeln. Möglicherweise hat er also Gefahrstoffe transportiert.«

»Als wir gekommen sind, hat Riemer etwas von ›Müllmafia‹ geschwätzt«, sagte Röder. »Was weiß der schon wieder, was wir nicht wissen?«

»Keine Ahnung.« Pyreck zuckte mit den Schultern.

Sie unterhielten sich noch eine Weile über Details und das weitere Vorgehen, bis Pyreck schließlich den Bestattern das Zeichen gab, die Leiche abzutransportieren. Zeitgleich fuhr ein Abschleppwagen vor, der damit begann, den Transporter aufzuladen, während die Kriminaltechniker ihre Utensilien einpackten, die Overalls auszogen und in ihren wohlverdienten Feierabend verschwanden, der hoffentlich nicht wieder von einem Toten durchkreuzt werden würde.

***

Die Spuren der Verwüstung im Garten waren noch deutlich zu erkennen, als Röder mit Steiner im Schlepptau um das Haus humpelte. Seine Mutter schien eine neue Aufgabe gefunden zu haben, sie bearbeitete das Blumenbeet, das die Feuerwehr niedergetrampelt hatte, mit einer Harke. Hellinger stand mit Rolfi am Grill. Beide hatten eine Schorle in der Hand und bogen sich vor Lachen.

»Ich kann mir schon denken, worüber ihr euch so prächtig amüsiert«, sagte Röder mit einem säuerlichen Tonfall in der Stimme.

»Ach, komm, die Geschichte kannst du noch deinen Urenkeln erzählen«, entgegnete Hellinger lachend.

»Nicht genug, dass meine Familie mich verspottet, meine Freunde tun es auch.« Röder ließ sich seufzend in eine Gartenliege fallen. »Ich lege jetzt meinen Fuß hoch und lass mich verwöhnen. Haut mir mal einen Schwenker auf den Grill und bringt mir eine Schorle.«

Feli brachte ihm die gewünschte Schorle. »Schwenker sind alle, aber Tofu-Schnitzel sind noch da. Auf den Schreck hin haben wir alle einen Riesenhunger auf Fleisch gehabt.«

»Wie bitte?«, rief Röder. »Der Tofu-Kram war für euch gedacht, denn ihr esst ja gar kein Fleisch, weil ihr doch angeblich Vegetarier seid und euch die armen Schweine leidtun. Und jetzt erzählt ihr mir, dass ihr alle Steaks verputzt habt, als ich weg war?«

»Jetzt reg dich nicht auf«, mischte sich Manu ein. »Die Mädels haben halt Hunger gehabt, und Achim, Max und Rolfi haben den Tofu auch nicht gemocht. Außerdem wussten wir ja gar nicht, wann du wiederkommst. Ich habe aber noch ein paar Würste aus dem Supermarkt im Kühlschrank, die können wir mit auf den Grill legen.«

»Du meinst diese faden, abgepackten Bio-Würste? Die könnt ihr selbst essen. Ich bestelle Gerald und mir jetzt eine Pizza«, sagte Röder. Er sprang von seinem Stuhl auf und stieß sich dabei den sowieso schon lädierten Zeh am Tischbein, was ihn laut aufheulen ließ.

»Also, ich kann auch zu Hause essen«, sagte Steiner verlegen und machte Anstalten, zu gehen.

»Das kommt nicht in Frage.« Hellinger hielt Steiner am Arm zurück und drückte Röder sanft wieder in den Stuhl. »Lass dir mal von deinen Mädels den Fuß verarzten. Ich fahre kurz nach Hause, ich hab nämlich noch über ein Kilo Grillfleisch im Kühlschrank, das gehe ich jetzt holen. In zwanzig Minuten bin ich zurück.«

Einigermaßen beruhigt, setzte sich Röder wieder hin und ließ sich von Manu und seinen jüngeren Töchtern umschwärmen. Ob er große Schmerzen habe und die Schorle die richtige Mischung, waren nur zwei der besorgten Fragen.

»Boah, fett, ey. Ist der dick!«, entfuhr es Laura, als es ihnen endlich gelungen war, Röder einigermaßen schmerzfrei den eigentlich bequemen Laufschuh auszuziehen. »Und das ist ja eine Megabrandblase da auf dem Fußballen. Boah!«

»Mann, und das alles nur wegen dem blöden Vieh. Morgen wollte ich bei der Geißbockwanderung mitmachen. Da war ich schon ewig nicht mehr, und dieses Mal ist die beste Gelegenheit, weil meine Tochter und mein Schwiegersohn als *das* Brautpaar dabei sind. Ich habe mich echt darauf gefreut. Wo ist denn eigentlich dieser verdammte Köter?«

»Sie liegt hinten unter dem Baum. Wir haben sie angebunden, damit sie nicht noch mal so ein Durcheinander anzettelt.«

»Durcheinander? Das war ein Anschlag!«, entrüstete sich Röder.

»Das mit deinem Fuß kriegen wir wieder hin«, sagte Manu, aber Röder kannte seine Frau zu gut, um die Zuversicht in ihrer Stimme ernst zu nehmen. »Wir kühlen ihn jetzt erst einmal und machen dann ordentlich Brandsalbe drauf.«

Während er seinen Fuß in kaltem Wasser badete, setzte sich Steiner zu ihm. Sie stießen mit ihren Dubbegläsern an. Steiner zwinkerte ihm zu. »Ich werde niemandem im Amt von deinem Missgeschick erzählen.«

»Du bist ein echter Freund«, sagte Röder ironisch.

»Hast du eigentlich schon vom Fass gehört?«, wechselte Steiner geschickt das Thema.

»Wie? Gibt's ein Problem mit dem Därgemer Fass?«

»Nein, du kannst beruhigt sein. Du wirst nicht um eines der wichtigsten Restaurants in deiner Nachbarschaft beraubt. Ich meine das Fass vom Pechsteinkopf. Ich spreche von dem, das letzte Woche dort im See aufgetaucht ist.«

Rolfi, der Marie-Claire geholfen hatte, Leonie ins Reisebett zu bringen, war wieder nach draußen gekommen und gesellte sich zu ihnen. »Das stand doch ganz groß in der Zeitung«, sagte er.

»In Oberstdorf lese ich normalerweise nicht die ›Rheinpfalz‹. Also, was ist los?«

»Oben im See am alten Basaltsteinbruch wurde ein Fass mit menschlichen Überresten gefunden.«

»Mord?«, fragte Röder.

»Jetzt mach mal langsam und lass mich erzählen. Also, im alten Steinbruch, du weißt schon, dem auf der rechten Seite, wenn du das Margarethental hochläufst. Da ist doch das große, hundert Meter tiefe Loch, in dem bis in die achtziger Jahre hinein Basalt gebrochen wurde. Dort haben Steinmetze ein kaputtes Fass gefunden, aus dem eine mumifizierte Hand heraushing.«

»Was hatten denn die Steinmetze da oben zu suchen? Ich dachte, der Steinbruch ist längst geschlossen.«

»Ja, schon, aber hin und wieder fahren noch Steinmetze dort ein, wenn ein Kunde ausdrücklich Forster beziehungsweise Pfälzer Basalt wünscht. Dann sprechen sie mit dem Eigentümer und erhalten die Erlaubnis, auf eigene Gefahr dort runterzufahren und ein Stück Basalt zu brechen. Der Steinmetz, übrigens dein Nachbar Nikolaus hier ums Eck, ist mit ein paar Gesellen dort gewesen. Als sie unten wie schon des Öfteren werkelten, hat sich auf der anderen Seite ein Hangrutsch ereignet, der in den See abgegangen ist.«

»Verdammt, es ist doch hoffentlich niemandem etwas passiert?«

»Nein, zum Glück nicht. Sie sind unbeschadet wieder herausgekommen. Aber der Hangrutsch hat für eine kleine Flutwelle gesorgt, die den Seegrund aufwirbelte. Ein Fass wurde aufgeschwemmt, es landete direkt vor den Füßen der Steinmetze und ist auseinandergebrochen. In ihrer Eile haben die Männer die Leiche nicht sofort gesehen. Sie wollten in dem Moment nur abhauen. Aber dann hat einer der Handwerker die heraushängende Hand bemerkt, und der Chef hat geistesgegenwärtig ein paar Fotos gemacht. Warte mal, ich hab sie auf meinem Smartphone.« Steiner begann, in seiner Bildersammlung zu scrollen. »Hier, das sind sie.«

Röder und sein Schwiegersohn beugten sich über das Gerät. »Das sind aber andere Fotos als in der ›Rheinpfalz‹«, sagte Rolfi und pfiff durch seine gepflegten, ebenmäßigen Zähne, die jetzt, in der Dämmerung, einen erstaunlichen Kontrast zu seiner dunklen Hautfarbe bildeten. Die verwackelten Fotos zeigten das zerstörte Fass, aus dem eine Hand herausragte. Davor lag ein blechernes Totenkopfemblem, das ebenfalls aus dem Fass stammen musste. Röder vergrößerte die Ansicht auf dem Display. Im Inneren des Fasses schien sich eine vollständig erhaltene mumifizierte

Leiche zu befinden. Soweit sich das beurteilen ließ, denn die Qualität des eilig geschossenen Fotos war ziemlich schlecht.

»Ja, das mit dem Emblem wollten wir nicht an die Öffentlichkeit bringen, sonst pilgern da bloß Scharen von Schatzjägern und Nazis rauf. Zumal sich dort oben auch ein beliebter Geocache befindet.«

»Das war weise«, sagte Röder. »Was sagt denn die KTU?«

»Nichts.«

»Wieso ›nichts‹? Das Fass muss sofort untersucht werden«, sagte Röder mit Nachdruck.

»Danke für die Nachhilfe, Herr Oberstaatsanwalt. Wir von der Kriminalpolizei wissen schon, was zu tun ist, aber wir kommen da nicht ran, denn der ganze Hang gilt als extrem einsturzgefährdet. Es darf niemand hin, bevor die Geologen vom Landesamt ihn wieder freigegeben haben.«

»Willst du damit sagen, dass da oben ein unbewachter Toter liegt?«

»Nein, will ich nicht. Das Gebiet ist abgesperrt, und wir fahren regelmäßig Streife dorthin.«

»Ihr müsst einen permanenten Posten einrichten.«

»Wenn du mir sagst, woher ich die notwendigen Leute bekomme, besonders am Feiertag, dann gern. Uns geht's nicht anders als euch«, sagte Steiner in Anspielung auf Röders Personalproblem. Seit vor über einem Jahr einer seiner zunächst vielversprechendsten Staatsanwälte wegen Mordes zu einer lebenslangen Haft verurteilt worden war, suchten sie Ersatz.

»Und wie geht es jetzt weiter?«, wollte Röder wissen.

»Morgen kommt ein Spezialist vom LKA, der den See mit einer Drohne unter die Lupe nehmen wird. Er soll so nahe wie möglich heranfliegen und Aufnahmen machen. Und dann müssen wir auf die Geologen warten, damit wir endlich runtergehen und nachsehen können.«

»Gibt es da ein Problem? Soll ich Druck machen?«

»Nein, im Moment nicht, die sind auch gerade im Feiertagsstress. Aber der Behördenleiter hat versprochen, sich morgen bei mir zu melden und so schnell wie möglich Leute zu schicken. Allerdings ist das Ganze vielleicht eher etwas für Archäologen und nicht für die Polizei.«

»Wie meinst du das?«

»Ich meine, das SS-Abzeichen spricht dafür, dass es sich um eine Leiche aus dem Krieg handelt.«

»Und wie kommt die ins Fass? Mord verjährt nicht. Auch wenn es wahrscheinlich schwer wird, einen Täter zu ermitteln, wir müssen der Sache nachgehen.«

»Klar, doch Priorität hat jetzt sowieso erst einmal der Bulgare.«

»Ja, sicher«, räumte Röder ein und zog seinen Fuß aus dem Eiswasser.

Hellinger kam von seiner Versorgungsfahrt mit einer prallen Tüte Grillgut von Röders Lieblingsmetzgerei Tempel zurück.

»Achim, du bist mein Held«, sagte Röder, als sein Freund die Steaks auf den Grill warf. Außerdem hatte er noch selbst eingelegte Rinderlende mitgebracht. Röder wusste, dass Hellinger sie zelebrierend zubereiten würde. Er war nicht nur ein vielfach ausgezeichneter studierter Winzer mit dem besten Diplom seines Jahrgangs, sondern auch ein hervorragender Koch, was er gern und mit Freude unter Beweis stellte.

Der Abend endete unbeschwert und auch nicht zu spät, denn alle wollten am Dienstag früh raus, um bei der legendären Geißbockwanderung mitzumachen, die von Marie-Claire und Rolfi als jüngstem Lambrechter Brautpaar angeführt werden würde. Diese Wanderung im Morgengrauen war der Auftakt zur traditionellen Deidesheimer Geißbockversteigerung. Vor mehr als hundert Jahren war aus der ehemals bierernsten Angelegenheit ein fröhliches Volksfest geworden, das neben dem Wurstmarkt zu den ältesten Festen der Pfalz zählte. Röder und Hellinger hatten als Jugendliche jedes Jahr daran teilgenommen, denn es wurde von frühmorgens bis tief in die Nacht gefeiert. Später, als die Kinder noch klein waren, hatten sie manchmal mittags das Fest besucht, aber seit ein paar Jahren waren sie gar nicht mehr dort gewesen. Umso mehr freute sich Röder, dass sie nun nach so langer Zeit mal wieder alle dabei sein konnten, und sogar mit einer seiner Töchter als Hauptperson.

Hellinger wollte Max nachträglich eine Entschuldigung für die Schule schreiben, denn was wussten die Kallstadter schon von der Geißbockversteigerung in Deidesheim? Und er hatte sogar einen chinesischen Geschäftsmann eingeladen, der mit ihm und einigen anderen Geldgebern in eine neuartige Weinerlebniswelt in Deidesheim investieren wollte. Kernstück des Projektes war der historische Riesauer Hof, in dem Hellingers alter Winzerfreund Thomas Obermann ein edles Weingut betrieb. Obermann, dessen Familie das Weingut schon seit Generationen führte, war vor einiger Zeit in finanzielle Schwierigkeiten geraten und konnte die Kosten für die dringend notwendige Sanierung des riesigen alten Gemäuers allein nicht stemmen. So hatten er und Hellinger das Konzept eines »Weinguts 4.0« ersonnen, das sämtliche anderen modernen Weintempel an der Deutschen Weinstraße in den Schatten stellen sollte.

»Morsche kann isch dann die Schorle vunn de Steier absetze. Ihr seid all ingelad. Dass ’ner eisch blos net zurighallde dud, denn denne Halsabschneider schmeiß isch schunn genuch Geld in de Rache«, ereiferte sich Hellinger bei einer seiner letzten Schorlen.

»Des sinn aach alles nur Beomde, so wie de Gerald unn isch. Mir schaffe fürs G’meinwohl«, entgegnete Röder.

»Jo, awwer ihr jaacht Verbrescher, die jaache Steierzahler.«

»Des sinn monchemol aa Verbrescher«, lallte Steiner, den seine Frau gleich abholen sollte.

»Kummschd du morsche aa mit no Deisem?«, fragte Hellinger.

»Nä, isch muss schaffe. Du wäschd schunn, de tode Bulgare. Awwer isch gugg emol, dass ich wenigschdens owends noch kumme kann.«

»Mach des, donn dringke mer än schääne Schorle zamme.«

»Morsche dringk isch kää Schorle.«

»Was dann, bischde kronk?«

»Nää, morsche dringk isch än schääner Riesling vum Pächstäkopp«, sagte Steiner und wechselte dann noch mal das Thema. »Awwer noch was annres: Wass iss 'en des do mit doine außergewerdische Inweschdore unn dem Riesauer Hof? Isch hab's in de Zeidung geläse.«

»Dess werd ää Riesending, des saach isch eisch, ää Riesending«, sagte Hellinger. »Kumm'n äfach am Mittwoch uff die Birscherversammlung, do stelle mer des Projegd vor. Ää Riesending, saach isch eisch, ää Riesending …«

ZWEI

Die Nacht war klar und kühl, denn die Wärme der Vortage hatte sich wegen des Fehlens einer schützenden Wolkendecke ins Weltall verzogen. Über der Pfalz funkelten die Sterne. Gleich drei Planeten waren sichtbar. Im Südwesten stand Jupiter hoch am Himmel, daneben die noch schmale Mondsichel. Weiter im Osten stand Saturn und tief darunter, gerade noch sichtbar, Mars im Sternbild des Skorpions. Ein Käuzchen rief.

»Hoffentlich ist das kein schlechtes Zeichen, dass der Mars bald in Opposition zur Erde steht und uns so nahe kommt wie schon lange nicht mehr«, sagte Röder in die romantische Stimmung hinein.

»Ich wusste gar nicht, dass du ein Astrologe geworden bist«, antwortete Manu und kuschelte sich fester in seine Arme.

»Ich auch nicht, aber das mit der astronomischen Konstellation stimmt. Der Mars wirkt sehr groß und hell, was unsere Vorfahren als böses Omen interpretierten.«

Sie schwiegen wieder und genossen die frühe Stunde. Vor zehn Minuten hatte Hellinger angerufen, dass er unterwegs sei. Mariusz, sein unverzichtbarer Vorarbeiter, würde sie alle nach Lambrecht fahren, zum Startpunkt der Geißbockwanderung.

Die historische Deidesheimer Geißbockversteigerung ging auf Tributzahlungen der Lambrechter Bürger zurück. Die Abgeltung für die Weiderechte ihrer Rinder im »Hinterwald« von Deidesheim war in Form eines »gut gehörnten und wohl gebeutelten« Geißbocks zu liefern, der für die Zucht geeignet war und vom »fürstbischöflichen Viehhofmeister« – beziehungsweise später von einem amtlich bestellten Gutachter – bestätigt werden musste. Das Tier wurde traditionell am Abend des Pfingstdienstags zum Wohle des Deidesheimer Stadtsäckels versteigert. Viele Jahrhunderte lang war das eine ernste Sache gewesen, um die vor den höchsten Gerichten gestritten wurde, weil der Bock in den Augen der Deidesheimer nicht immer den geforderten Kriterien entsprach oder die Lambrechter den Tribut nicht mehr leisten wollten. 1808 bestätigte sogar Kaiser Napoleon im spanischen Feldlager per Dekret die Ansprüche der Deidesheimer. Später, zu bayerischer Zeit, ging die Angelegenheit vor das Zweibrücker Appellationsgericht, den direkten Vorläufer des heutigen Pfälzischen Oberlandesgerichts, das abermals gegen die Lambrechter entschied. Da diese die Lieferung des Bocks über Jahre ausgesetzt hatten, mussten sie in jenem Jahr gleich acht Böcke liefern – von denen aber einer wieder nicht den strengen Kriterien entsprach.

Röder erzählte Manu lachend ein paar Details über den Prozess zu bayerischer Zeit, als der Transporter, den Hellinger seit ein paar Jahren für seine Arbeit in den Weinbergen benutzte, mit Mariusz am Steuer vor ihnen stoppte.

Ein gut gelaunter Hellinger sprang heraus und begrüßte sie, während Max verschlafen auf der Rückbank döste. »Was macht dein Klumpfuß?«, wollte Hellinger wissen.

Manu stupste ihn sofort an und signalisierte, dass er das Thema besser nicht ansprechen sollte.

»Ich lasse mir den Tag wegen einer solchen Lappalie jedenfalls nicht vermiesen.«

»Ben hat vorsichtshalber ein paar Schmerztabletten genommen«, sagte Manu.

»Quatsch, die habe ich zur Bekämpfung von Achims Schädelbrühe gebraucht, die er uns gestern beim Grillen eingeflößt hat. Der Zeh und der Fuß sind einwandfrei.«

»Dir werde ich noch mal Wein mitbringen, du undankbarer Banause. Schau, so habe ich an dich gedacht«, sagte Hellinger und griff auf die Rückbank, um ihm die dort deponierte Krücke zu präsentieren. »Damit schaffst du den Weg auf alle Fälle.«

»Du bist doch wirklich der allerletzte –«, hob Röder erbost an, konnte den Satz aber nicht beenden.

»Genau, der allerbeste Freund, den du dir jemals vorstellen kannst.«

»Das Ding bleibt im Auto, oder ich ziehe es dir über die Ohren.«

Hellinger grinste nur, und sie stiegen in den Wagen.

Sie dösten auf den Rücksitzen, während Hellinger mit Mariusz die anstehenden Aufgaben im Weingut durchging. Wegen der warmen Witterung begann der Blütenaustrieb ziemlich früh, und die erste Rebschutzspritzung stand an.

»Wo sind denn eigentlich deine Investorenkollegen?«, wollte Röder kurz vor dem Ziel wissen. »Ich dachte, die wollten mitgehen, weil sie sich ein Bild von Land und Leuten machen wollen?«

»Die treffen wir erst in Deidesheim. Die Chinesen sind keine großen Wanderer, zumal mein neuer Geschäftspartner Herr Wu nur Anzüge und Lackschuhe mitgebracht hat.«

Um kurz nach fünf erreichten sie den Geißbockbrunnen in Lambrecht. Mehrere Dutzend Wanderer hatten sich bereits eingefunden, und die eine oder andere Stärkung in fester und flüssiger Form machte die Runde. Röder stieg ungelenk aus dem Fahrzeug, während Hellinger seinen Rucksack schulterte und Mariusz einen Karton Secco auslud, den er am Brunnen abstellte.

»Ihr Gäßbock-Wonnerer, isch hab do ä klennie Erfrischung fer eisch«, rief Hellinger in die Runde und war sofort von einer Traube Pfälzer umgeben. »Hälp juhrself«, forderte er sie auf, stellte eine Stange Plastikbecher dazu und ging mit gutem Beispiel voran. Er nahm eine der Flaschen und kehrte damit zu Röder und Manu zurück, die inzwischen ihre Tochter und ihren Schwiegersohn entdeckt hatten. Hellinger staunte nicht schlecht, als er die beiden in Pfälzer Trachten sah. Noch vor wenigen Jahren hätte Marie-Claire sich vehement geweigert, so etwas anzufassen, geschweige denn zu tragen. Jetzt standen sie und ihr Mann da wie aus der Zeitmaschine gesprungen und schienen sich pudelwohl zu fühlen.

Er füllte für jeden einen Becher.

»Für mich nicht«, sagte Marie-Claire. »Das wird wohl ein langer Tag.«

»Fürwahr, genau deshalb brauchst du jetzt eine Stärkung«, entgegnete Hellinger und wurde doch noch einen Fingerbreit Secco los.

»Seit wann machst du denn Secco? Ich dachte, das wäre unter deiner Würde, weil du bloß auf deinen handgerüttelten Winzersekt stehst?«

»Den habe ich von einem Winzerfreund. Kann man gut trinken, aber ich habe für so etwas keine Zeit«, sagte Hellinger und stieß mit seinen Freunden an. Genau in diesem Moment kam ein kleiner Transporter herangefahren und lud unter großem Hallo den prächtigen Geißbock aus, der vor Aufregung heftig meckerte und sich sträubte.

Mittlerweile hatten sich rund zweihundert wanderwütige Festteilnehmer eingefunden, und Hellinger intonierte das Lambrechter Geißbocklied, »zum Aufwärmen«, wie er sagte. Dabei sorgte er dafür, dass vom Secco keine Reste übrig blieben, was innerhalb kürzester Zeit erledigt war. Die Stimmung war schon ziemlich ausgelassen, als der Lambrechter Bürgermeister um Gehör bat. Er begrüßte die Wanderer, wies auf das uralte Brauchtum hin und machte sich ein wenig über die Deidesheimer lustig, denen man schon mehrmals einen schlaffen Bock untergejubelt habe, ohne dass sie es bemerkten.

Musste in alten Zeiten der Bock vor Tagesanbruch vom jüngsten Bürger der Stadt, später vom städtischen Ziegenhirten, in Deidesheim abgeliefert werden, so wurden die Traditionen heute weitaus lockerer gehandhabt. Aus der früheren Hatz war eine entspannte Wanderung geworden, die erst bei Sonnenaufgang starten würde, da sich Lambrecht und Deidesheim in neuerer Zeit geeinigt hatten, dass es ausreichte, wenn der Geißbock erst um zehn in Deidesheim ankam. Erheblichen Anteil an dieser modernen Auslegung hatte ein Fernsehteam, das anlässlich der Tausendjahrfeier von Lambrecht schlichtweg zu faul gewesen war, so früh aufzukreuzen.

Schließlich setzte sich der gut gelaunte Tross in Bewegung, angeführt von Marie-Claire, ihrem frisch angetrauten Mann und dem mit einem Blätterkranz geschmückten Geißbock mit dem Namen Lothar. Singend marschierten die Wanderer nach Osten, überquerten die Bundesstraße und verließen den Ort in Richtung Lindenberg, wo ein kleiner Anstieg zu meistern war.

»Du humpelst aber ganz schön«, sagte Hellinger nach einer Weile zu Röder, der unter den besorgten Blicken von Manu neben ihm herhinkte.

»Geht schon«, antwortete Röder etwas grantig, denn er war tatsächlich schon ein bisschen langsamer geworden, weil er mit dem Tempo der Führungsgruppe nicht wirklich mithalten konnte. Auch andere Wanderer ließen sich zurückfallen, sodass sich das Feld auseinandergezogen hatte. Es wurde jetzt nicht mehr gesungen, aber die gute Laune war längst nicht verflogen und wurde durch heiteres Stimmengewirr ersetzt. Einzig Röders Stimmung schien mit jedem Schritt schlechter zu werden. Am Ortsausgang von Lindenberg schloss er mit schmerzverzerrtem Gesicht wieder auf, denn hier wurde aus Tierschutzgründen der Bock auf einen kleinen Pick-up des städtischen Bauhofs geladen, weil man ihn, im Gegensatz zu früher, nicht mehr die ganze Strecke laufen lassen wollte. Die Alten konnten heute noch berichten, was es teilweise für eine Mühe bereitet hatte, einen müden und störrischen Bock über die volle Strecke zu treiben.

»Hör mal, Ben. Setz dich doch auch ins Auto, dann musst du mit deinem schlimmen Fuß nicht die ganze Tour laufen«, schlug Hellinger vor und erntete Zustimmung von Manu.

»Ja, du solltest den Fuß ein bisschen schonen. Später in Deidesheim bist du ja wieder dabei, und wir trinken gemütlich eine Schorle und essen was Feines.«

»Seid ihr von allen guten Geistern verlassen?«, rief Röder so laut, dass er die Blicke der anderen Wanderer auf sich zog. »Ich freue mich seit Wochen auf diesen Tag, und nun wollt ihr mich nicht dabeihaben?«

»Wir konnten ja nicht ahnen, dass du dir so schlimm den Fuß verletzt. Und jetzt brüll doch nicht so, die anderen Leute gucken schon.«

Röder wollte weiter toben, aber Hellinger nahm ihn beiseite. »Nun mach mal halblang, Marie-Claire sieht aus, als wenn sie gleich weinen wollte, nur weil du so einen Aufstand probst«, sagte er leise.

»Ich will aber mitlaufen«, antwortete Röder ebenso leise.

»Dann nimm wenigstens die Krücke.«

»Spinnst du?«

»Absolut nicht«, antwortete Hellinger. Er entnahm seinem großen Trekking-Rucksack das Reha-Gerät und zog es auseinander. »Und nun will ich nichts mehr hören. Du verdirbst uns sonst nur die Laune.«

»Ah, ich bin also schuld an meinem lädierten Fuß. Gib mir das Ding her, damit ich auf dich einprügeln oder es dir zumindest um den Hals knoten kann«, sagte Röder mit halber Einsicht und griff nach der Krücke.

Einige Wanderer fragten Röder besorgt nach seinem Befinden oder schüttelten lachend den Kopf, als er mit der Krücke losstapfte. Er schaffte es noch hinauf bis zur alten Schanze, dann konnte er nicht mehr. Manu und Hellinger marschierten treu an seiner Seite, bis er reuig die Sinnlosigkeit seiner Sturheit erkannte.

»Ich bleibe bei dir«, sagte Manu, während Hellinger mit dem Chauffeur des Ziegenbocks telefonierte.

»Winfried kommt euch in einer Stunde abholen, wenn er mit dem Bock an die Waldschenke fährt«, informierte er sie.

»Und was machen wir solange?«

»Ihr hockt euch da drüben auf die Bank und frühstückt.«

»Wir haben nichts dabei. Wir wollten erst an der Waldschenke essen.«

Grinsend griff Hellinger in seinen Rucksack und kramte Bauernbrot und eine Dose Leberwurst hervor. »Und damit ihr mir nicht verdurstet …« Er griff erneut in den Rucksack und stellte zwei Null-Dreiunddreißiger-Flaschen vor ihnen ab.

»Was ist das denn?«, fragte Röder.

»Meine neue Bio-Schorle.«

»Aber das sind Bierflaschen, und auf dem Etikett sind chinesische Schriftzeichen. Woher soll man denn wissen, was da drin ist? Vielleicht ist das Schmieröl.«

»Quatsch, ich habe die Flaschen doch selbst abgefüllt.«

Röder war immer noch skeptisch, während Hellinger erklärte: »Ich überschwemme jetzt China mit Pfälzer Schorle. Meine Geschäftspartner sind Feuer und Flamme.

Wir rollen den Markt von Deidesheim aus auf, denn in den chinesischen Clubs ist Pfälzer Rieslingschorle der Renner!«

»Meinst du das im Ernst?«

»Sicher, aber die Details erkläre ich dir ein andermal«, sagte Hellinger und verabschiedete sich im Laufschritt, denn er wollte die Wanderer wieder einholen.

***

Winfried, der Geißbock-Fahrer vom Bauhof, sammelte sie gegen neun Uhr ein. Er entpuppte sich als alter Bekannter von Hellinger, dem er schon des Öfteren bei der Reparatur seiner Kellereigeräte geholfen hatte. Er fuhr einen kleinen, geländegängigen Piaggio Pick-up, auf dessen Ladefläche ein Käfig mit Gurten befestigt war, in dem der Ziegenbock ängstlich kauerte.

»Ich habe vorn nur einen Platz«, sagte Winfried. »Einer von Ihnen muss mit der Ladefläche vorliebnehmen.«

Röder blickte ungläubig zu Manu, die sich sogleich anbot, hinten aufzusteigen, denn auf dem Beifahrersitz war fürwahr kein Platz für zwei Personen.

»Das kommt überhaupt nicht in Frage«, sagte Röder, der mit schmerzverzerrtem Gesicht bereits versuchte, sich rücklings auf die Ladefläche zu hieven. »Ich muss mein Bein sowieso ausstrecken. Der Fußraum ist viel zu winzig.«

Manu gab ihm einen dicken Kuss, betonte, was für ein Kavalier er doch sei, und half ihm zusammen mit Winfried auf die Ladefläche.

»Wenigstens sind Sie hier hinten nicht allein«, sagte Winfried feixend. »Lothar ist ein feiner Kerl. Sie werden sich bestimmt bestens verstehen.«

Der Geißbock meckerte, und Röder war verärgert, als

das Gefährt losfuhr. Die schmale Straße führte entlang des Mußbachs ins Silbertal hinunter. Auf halber Strecke nach Gimmeldingen passierten sie das Forsthaus Benjental und die Looganlage. Röder hatte große Mühe, sich auf der Ladefläche festzuhalten, denn Winfried fuhr wie der Henker. Diese Meinung teilte er allem Anschein nach mit Lothar, der in seinem Käfig wie Espenlaub zitterte. Röder tat das Tier irgendwann so leid, dass er es streichelte und mit ihm sprach, damit es sich beruhigte. Von Gimmeldingen ging die Fahrt durch Königsbach und dann über die Landstraße nach Deidesheim. Am barocken Rathaus mit seiner schönen Freitreppe bogen sie links ab. Hier würde am Abend der Geißbock versteigert werden, aber zunächst galt es, das Tier wieder mit den Wanderern zu vereinen.

Als sie das Mühltal zur Waldschenke hochfuhren, klingelte Röders Smartphone. Sein Chef Thelen war dran.

»Herr Dr. Röder, wo sind Sie denn? Ich muss mit Ihnen sprechen«, sagte er nach einer knappen Begrüßung.

»Ich habe doch heute noch einen Tag Urlaub«, antwortete Röder, während der Pick-up gerade den Weg hochrumpelte. »Um was geht es denn?«

»Das können Sie sich doch denken.«

»Nun, im Fall des bulgarischen Transportunternehmers stehen wir noch am Anfang. Eventuell kannte das Opfer den Täter, es gibt keine Abwehrspuren, und der Mann hatte wohl auf jemanden gewartet. Die Kriminalpolizei klopft gerade das Umfeld ab. Da müssen wir warten. Ich denke, ich bekomme heute mindestens noch einen mündlichen Bericht von Hauptkommissar Steiner. Die Ermittlungen im Pechsteinkopf gestalten sich schwieriger. Zum einen scheint die Leiche sehr alt zu sein, und zum anderen kann wegen der Steinschlaggefahr zurzeit niemand den Steinbruch betreten. Es ist aber ein Spezialist vom Landeskriminalamt unterwegs, der den Steinbruch mit einer Drohne überfliegen wird, um Fotos vom Fundort zu machen und weitere Schritte vorzubereiten.«

Winfried hatte das Fahrzeug vor der Waldschenke gestoppt und begann unter lautem Gejohle der Zuschauer, den störrischen Ziegenbock auszuladen, nachdem Röder unbeholfen von der Ladefläche geklettert war. Die Wanderer waren noch nicht eingetroffen, wohl aber eine Vorhut des Deidesheimer Empfangskomitees. Angeführt wurde die ausgelassene Schar von einem als fürstbischöflicher Waldhüter kostümierten Mann und einigen Stadtsoldaten. Schnell machte der Witz die Runde, dass in diesem Jahr zwei Ziegenböcke zur Versteigerung anstehen würden. Einer davon würde den Auflagen allerdings nicht entsprechen, denn er lahme doch gar sehr und von »gut gehörnt« könne keine Rede sein. Auch über die notwendigen Untersuchungen des fürstbischöflichen Viehhofmeisters wurden auf Röders Kosten Witze gemacht, was er wegen des Telefonats zum Glück nicht hörte.

»Nein, die Fälle meine ich nicht«, sagte Thelen. »Ich spreche von Ihrem Personalproblem. Ich habe es endlich gelöst.«

»Aha«, antwortete Röder verwirrt. Seit anderthalb Jahren versuchte er ohne Erfolg, die vakante Stelle in seiner Abteilung nachzubesetzen, und sein Chef beschaffte Ersatz innerhalb einer Woche?

»Die junge Staatsanwältin hat heute ihren ersten Tag, und ich dachte, Sie wollen sie kennenlernen.«

»Die Personalabteilung hat mir gar nichts gesagt. Ich bekomme eine neue Staatsanwältin?«

»Äh, nicht direkt. Das Ganze hat sich sehr spontan ergeben. Die junge Dame wird bei uns, äh, bei Ihnen das Zweite Staatsexamen machen.«

»Sie schicken mir eine Referendarin?«

»Äh, ja. Und wie gesagt, das hat sich ganz kurzfristig ergeben, ich habe gleich an Sie gedacht.«

»Herr Thelen. Ich brauche eine Staatsanwältin oder einen Staatsanwalt und keine Referendarin. Wir laufen seit Monaten am Anschlag. Eine Referendarin kostet uns nur zusätzlich Zeit.« Im Hintergrund meckerte der Ziegenbock, und es ertönten Pfälzer Lieder von Kurt Dehn und den »Anonymen Giddarischde«.

»Sie werden sehen, in diesem Fall ist es anders. Ich schicke Barbara morgen früh gleich zu Ihnen, damit Sie Ihre neue Mitarbeiterin schnellstens kennenlernen.« Thelen verabschiedete sich mit dem Hinweis auf einen wichtigen Termin und überließ den ratlosen Röder sich selbst.

»Ist alles in Ordnung?«, fragte Manu.

»Ja, ja«, antwortete Röder, immer noch verwirrt. Er humpelte zu einer der massiven Holzbänke und benutzte dabei die Krücke, weshalb die bereits heftig feiernden Pfälzer rücksichtsvoll Platz machten.

Ulli, der Wirt der Deidesheimer Hütte, den Röder schon seit vielen Jahren kannte, erkundigte sich besorgt nach seinem Befinden und war erleichtert, als er hörte, dass es wieder werden würde. »Aber schön aufpassen, denn so eine Wunde kann sich entzünden«, sagte er noch und gab eine Runde aus.

Röder hatte die ihm dargereichte Rieslingschorle noch nicht einmal zur Hälfte ausgetrunken und gerade ein weiteres Leberwurstbrot verdrückt, als unter großem Gejohle die Wanderer begrüßt wurden. An der Spitze liefen Marie-Claire und Rolfi, die nun auch wieder den Geißbock an der Leine führten, denn Winfried war ihnen mit dem Tier entgegengefahren. Sofort wurden das Brautpaar und der Geißbock umringt, und das Geißbocklied wurde angestimmt.

Der Geißbock ist gekommen und trägt die Hörner hoch,
Er wurde angenommen, obgleich er nicht gut roch!
Der Geißbock ist ein bockbeinig Tier,
Ist ohne Fehl und Tadel, da bürgen wir dafür.
Der städtische Geißbock lebt heute nach Geschmack,
Trinkt Pfalzwein, frisst Kleeheu und kaut auch noch Tabak …

Über eine Stunde wurde der Geißbock bewundert, wurde gelacht, gegessen und getrunken, ehe der gut gelaunte Zug weiterzog und an der südlichen Stadtgrenze von der Deidesheimer Delegation empfangen wurde. Ihr gehörten der Bürgermeister, der Stadtrat und die Kindergarten- und Schulkinder an, die sich wohl über den Geißbock, aber am meisten über den schulfreien Tag freuten. Trachtengruppen und Musikvereine sorgten für eine zünftige Untermalung der Zusammenkunft. Der Bock wurde kurz begutachtet und überprüft, ob die Lieferung auch pünktlich erfolgte. Erst dann wurde es den Lambrechtern erlaubt, die Stadtgrenze zu übertreten. Röder genoss das fröhliche Treiben, als es weiter zum historischen Rathaus in der Innenstadt ging.

Die ältesten Teile des Rathauses waren beinahe fünfhundert Jahre alt, und das heutige barocke Aussehen hatte es Anfang des 18. Jahrhunderts erhalten, als auch die imposante Freitreppe durch einen Tiroler Architekten errichtet worden war. Vor dem Rathaus hatte man eine Bühne aufgebaut, auf der nun die erste Verhandlung des Stadtgerichts stattfand. Es ging darum, festzustellen, ob der Geißbock den Anforderungen »bene cornutus et bene capabilis« entsprach. Gut gehörnt und gebeutelt sollte er also sein. Vom ersten Kriterium konnte sich das Gericht schnell ein Bild machen und sein Einverständnis signalisieren, während es zur Überprüfung des zweiten Kriteriums eines Fachmanns bedurfte. Der erschien in der Person des »fürstbischöflichen Viehhofmeisters« und beurteilte mit einem gekonnten Griff und unter lautem Gejohle der Zuschauer die Beschaffenheit des Beutels.

»... und was seine Gebräuchlichkeit angeht, da steh ich mit meinem Wort dafür, dass der Bock was taugt für die Zucht«, verkündete der Viehhofmeister, der im wahren Leben Buchhalter war, schließlich feierlich, als er an dem Tier nichts auszusetzen fand.

Manu zückte die Kamera, als das Brautpaar mit Käsebrot und Wein versorgt wurde, um die Strapazen des Marsches zu lindern. Lothar mampfte derweil genüsslich von einem Haufen frischen Grases. Das Recht auf Verköstigung war genau wie die Auflagen zur Geißbock-Beschaffenheit in einer alten Urkunde verbrieft. Marie-Claire und Rolfi flog die Sympathie der Zuschauer nur so zu, besonders, da die beiden sich in einer kurzen Rede auf Pfälzisch für die ihnen zuteilgewordene Ehre bedankten. Und Röder platzte vor Stolz, denn das Pfälzisch seines Schwiegersohns war nicht schlecht.

Das offizielle Programm des Vormittags war nun zu Ende. Ursprünglich hatte Röder an der speziellen Geißbock-Stadtführung teilnehmen wollen, auf die er mit Rücksicht auf seinen schwer angeschlagenen Fuß, der gerade heftig zu pochen anfing, allerdings lieber verzichtete. Hellinger, der seinen neuen chinesischen Geschäftspartner im Deidesheimer Hof getroffen hatte und wieder zu ihnen gestoßen war, lud sie stattdessen alle in die urige Weinstube Kirchenstübl ein. Natürlich kannte Hellinger den Wirt, der ihn herzlich begrüßte und ein Fan seiner Weine war, die auch zahlreich auf der Karte zu finden waren.

In Begleitung von Herrn Wu befand sich ein junger Mann, der nur Chinesisch sprach und den er als seinen Assistenten vorstellte. Herr Wu hingegen sprach ein sauberes Englisch und war überhaupt ein sehr gepflegter und höflicher Mann, der sich für Land und Leute interessierte. Ein erfolgreicher Unternehmer aus Shanghai, der sich auf ausländische Feinkost und Getränke spezialisiert hatte. Von ihm stammte auch die Idee, Pfälzer Weinschorle in Bierflaschen in sein Heimatland zu importieren und in Clubs zu verkaufen.

Sie waren gerade mit dem Essen fertig, als Röder einen Anruf von Steiner erhielt. Er hatte Mühe, vom Tisch aufzustehen, und es dauerte lange, bis er schließlich einen ruhigen Platz zum Telefonieren fand. Steiner kam gleich zur Sache. »Du, die Geschichte im Pechsteinkopf sieht nicht gut aus. Der Drohnenpilot war gerade da und hat über eine Stunde lang Film- und Standaufnahmen gemacht. Abgesehen von dem Fass mit der Leiche, das ans Ufer geschwemmt wurde, kann man unter der Wasseroberfläche weitere Fässer erkennen. Wenn in jedem davon eine Leiche liegt, haben wir es mit einem Massenmord zu tun.«

»Wie viele Fässer habt ihr denn gezählt?«

»Neun ganz sicher, aber es könnten noch mehr sein. Das Wasser im See ist normalerweise glasklar, aber durch den Hangsturz immer noch ziemlich getrübt.«

»Könnte das mit der Leiche auch ein übler Scherz von irgend so einem Spaßvogel gewesen sein, der eine Mumie aus Halloween-Utensilien drapiert hat? Ich meine, anhand der Fotos, die du mir gezeigt hast, kann man nicht mit Sicherheit sagen, ob das nicht vielleicht eine Puppe oder so etwas ist.«

»Nein, das ist ziemlich sicher eine echte Leiche. Die Rechtsmedizinerin meint, dass es sich um eine typische Wachsleiche handelt, wie sie im Wasser unter Luftabschluss entstehen. Wenn kein Sauerstoff vorhanden ist, stoppt die Verwesung, und die Körperfette werden zu einer wachsähnlichen Schutzschicht. Das kennen wir ja auch von Körpern, die zum Beispiel einbetoniert waren. Was mir Sorge bereitet, ist, dass wir im Moment davon ausgehen müssen, in den anderen Fässern einen ähnlichen Inhalt vorzufinden, da sie alle auf einem Haufen im Wasser liegen. Außerdem handelt es sich nicht nur um Holzfässer, vier der neun Fässer sind moderne gelbe Kunststofffässer.«

Röder fluchte. »Das schließt ein Kriegsverbrechen wohl aus. Lass am besten trotzdem prüfen, ob es derartige Fälle gab.«

»Schon veranlasst, wir werden die in Frage kommenden Historiker und solche, die sich dafür halten, abtelefonieren. Darüber hinaus machen wir Dampf bei den Geologen vom Landesamt, damit die nicht erst nächstes Jahr erscheinen.«

»Ja, das ist wichtig. Und bitte richte jetzt eine dauernde Bewachung der Stelle ein.«

»Alles schon erledigt, wir haben die Sache im Griff.«

»Das werden wir noch sehen«, murmelte Röder sorgenvoll, als er aufgelegt hatte und ächzend zu seiner Familie an den Tisch zurückhumpelte.

Sie hatten gut gegessen und noch viel besser getrunken. Hellinger hatte die Weine ausgesucht und wie versprochen die Zeche gezahlt, die er, wie er noch mal betonte, von der Steuer absetzen konnte. Während Marie-Claire und Rolfi sich wegen ihrer repräsentativen Pflichten gegen drei Uhr wieder in den Rummel stürzten, schlenderten Röder und Manu gemütlich in Richtung Rathaus, wo sie zusammen mit den übrigen Zuschauern dem kleinen Festzug zujubelten, der vom Ratskeller heraufmarschiert kam. Hellinger stand mit seinem chinesischen Geschäftspartner abseits und schien etwas zu verhandeln. Vorneweg marschierten die Fahnenträger, dann kamen die Kolpingkapelle und schließlich Marie-Claire mit Rolfi und dem Geißbock. Die zweite Hälfte des Zuges bildeten die Küfer und die Trachtengruppen.

Bis zum Höhepunkt der Veranstaltung, der Geißbockversteigerung um Viertel vor sechs, stand noch ein buntes Potpourri an Vorstellungen auf dem Programm. Die Kinder maßen sich im Fassschlupfen, einem Wettbewerb, bei dem es darauf ankam, so schnell wie möglich durch das Fasstürchen in ein Stückfass hinein- und wieder hinauszuklettern. Als kleiner Junge hatte Röder mehrmals beim »Fassschluppe« mitgemacht, wie der Wettkampf auf Pfälzisch hieß. Er erinnerte an die alten Tage, als die Winzerkinder die Fässer, in die ein Erwachsener längst nicht mehr reingekommen wäre, von innen zu reinigen hatten. Danach folgte der Küferschlag, ein gesungener Schlagabtausch zwischen Küfermeister und -geselle, der aber in Ermangelung von Deidesheimer Küfern vom Männergesangsverein vorgetragen wurde. Anschließend wurde es wieder ernst, denn das Stadtgericht tagte ein weiteres Mal. Es galt, mit den Vertretern von Neustadt, Gimmeldingen, Haardt und Niederkirchen die Weiderechte und die Aufteilung des Tributs neu zu verhandeln. Für große Lacher sorgte dabei wie immer die Passage, dass Niederkirchen den Anspruch auf Tribut in diesem Jahr verwirkt habe. Der abgesandte Bürgermeister sei am Morgen unpässlich gewesen, weil ihm der Deidesheimer Wein am Vorabend zugesetzt habe. Das war eine glatte Vertragsverletzung, denn die Statuten forderten die persönliche Anwesenheit bei der Übergabe des Geißbocks an der Stadtgrenze.

Die Spannung stieg, als die Deidesheimer Honoratioren und die pfälzischen Weinköniginnen ihre Grußworte an die Zuschauer richteten und dann, endlich, die Versteigerung einleiteten. Um Punkt Viertel vor sechs schlug die Glocke der benachbarten Kirche, und der Auktionator begann mit seinem Geschäft. Gab es am Anfang noch ein gutes Dutzend Bieter, die teilweise nur zum Spaß mitboten, so kristallisierte sich nach ungefähr fünf Minuten der harte Kern aus echten Interessenten heraus, die das Rennen wahrscheinlich unter sich ausmachen würden.

Der Auktionator verstand es, den Preis durch geschicktes Anzählen in die Höhe zu treiben, und nach weiteren fünf Minuten waren die zweieinhalbtausend Euro geknackt. Jetzt mischte auch Hellinger mit, weswegen schnell die Dreitausendermarke erreicht wurde. Er hatte es nur noch mit zwei weiteren Bietern zu tun, einem Winzer und Gastwirt aus Deidesheim sowie einer IT-Unternehmerin aus Neustadt.

Die bislang ausgelassene Stimmung wich einer stillen, angespannten Ernsthaftigkeit, die nur von den Rufen des die Bieter anfeuernden Auktionators unterbrochen wurde, während der Preis stieg und stieg. Röder bemerkte, dass Hellinger ungeduldig auf seine Armbanduhr schaute, sich danach kurz entspannte und schließlich dreitausendneunhundert Euro in den Ring warf. Prompt schlug die Kirchturmuhr sechs. Hellinger hatte den Zuschlag erhalten und stieß vor Freude einen Siegesschrei aus. Die Mitbieter und einige der erfahrenen Zuschauer, die den Ablauf der Versteigerung präzise verfolgt hatten, prüften verblüfft ihre Uhren, hatte die Turmuhr doch dreißig Sekunden zu früh geschlagen.

Die Menge brauchte eine Weile, um zu verstehen, was gerade passiert war, man begann erst zaghaft und dann laut zu applaudieren. Hellinger war der Held des Tages, und jeder konnte sehen, dass er die Ovationen genoss. Jetzt musste er nur noch den Kaufpreis in bar im Amtszimmer des Bürgermeisters entrichten und konnte sich fortan stolzer Besitzer von Lothar, dem Geißbock nennen.

»Das ging doch nicht mit rechten Dingen zu. Ich glaube,

die Uhr geht vor«, hörte Röder einen der Umstehenden sagen, aber er tat es als typisch pfälzisches Dummgebabbel ab.

»Das war Schiebung«, sagte ein Paar, das gerade an ihnen vorbeilief, und es klang ein klein wenig beeindruckt.

DREI

Die Apfelbäume rund um Bad Dürkheim waren inzwischen verblüht, doch die Eichen am Haardtrand trugen bereits ausgeformte Blätter im für diese Jahreszeit so typischen zarten Grün, und die Pfälzer freuten sich über die vielen Rebblütenfeste, während die Winzer erleichtert aufatmeten, denn selbst die »Kalte Sophie«, die letzte der Eisheiligen, hatte keinen Frostschaden in den Weinbergen anrichten können. Alle Anzeichen deuteten auf einen wunderbaren ersten Arbeitstag für Röder hin, wäre da nicht dieses üble Pochen gewesen, das allerdings nicht in seinem Schädel zu verorten war, was angesichts des am Vorabend erlebten Weinfests nicht ungewöhnlich gewesen wäre, sondern in einem diametral entgegengesetzten Körperteil, nämlich dem rechten Fuß.

»Au, der sieht aber gar nicht gut aus«, sagte Manu, als sie Röder am Morgen den Verband abnahm. »Du solltest zum Arzt gehen. Ich rufe gleich mal bei Harald in der Praxis an, der nimmt dich bestimmt heute noch dran.«

»Papperlapapp«, sagte Röder und versuchte, sich die Schmerzen nicht anmerken zu lassen. »Das wird schon wieder. Ich mache mir jetzt gleich noch einen Eisbeutel drauf und nehme mir einen weiteren ins Amt mit. Den lege ich dort in den Kühlschrank, für später. Ich habe heute keine besonderen Termine vor Gericht oder so. Ich kann den Fuß ganz einfach kühlen, und heute Mittag sieht die Sache schon wieder anders aus. In meinem Alter sind die Beschwerden beim Aufstehen doch immer am schlimmsten«, kokettierte er halbherzig.

»Für deinen verstauchten oder gebrochenen Zeh mag das ja eine gute Therapie sein, aber ob das für die entzündete

Brandwunde an der Ferse ebenfalls gilt, da bin ich mir nicht sicher.«

»Ach, natürlich ist das gut. Gerade Brandwunden sollst du kühlen.«

»Wie du meinst«, antwortete Manu in leicht frustriertem Ton. »Aber wenn es heute Abend nicht besser ist, trage ich dich persönlich zu Harald.«

»Das geht doch anders: Wegen den riesigen Nebenwirkungen nehmen Sie Ihren Arzt und tragen ihn zum Apotheker.«

»Du bist ein echter Spaßvogel, und das, obwohl du heute noch keine einzige Schorle mit deinem Winzerfreund getrunken hast.«

***

Röder fuhr gleichzeitig mit Batuhan Köksal auf den Parkplatz der Staatsanwaltschaft. Köksal war einer der besten Staatsanwälte in Röders Abteilung und trug freiwillig einen großen Teil der zusätzlichen Arbeitslast, die nach dem Ausscheiden von Larscheid im vergangenen Jahr vom Team gestemmt werden musste. Und das, obwohl Köksal vor Kurzem Vater geworden war. Röder graute schon vor dem Tag, an dem der Kollege seinen rechtlich verbrieften Teil der Elternzeit nehmen würde. So wie derzeit Köksals Partnerin Sybille Wohlfahrt, die junge Kriminalkommissarin aus Steiners Team, die dort an allen Ecken und Enden fehlte.

»Guten Morgen, Chef, was ist denn mit dir passiert? Du humpelst ja wie Käpt'n Ahab.«

»Danke für deine mitfühlenden Worte«, antwortete Röder grantig.

»Na, dein Urlaub scheint ja wahnsinnig erholsam gewesen zu sein. Bist du beim Wandern von der Alm gestürzt?«

»Ich habe keinen Bock, darüber zu sprechen«, sagte

Röder und wechselte das Thema. »Bist du im Bilde über unsere neuen Fälle?« Er drückte den Aufzugknopf, obwohl er sonst die Treppe benutzte.

»Klar, sind ja spektakulär genug. Die Zeitungen sind voll davon. Besonders die Sache am Pechsteinkopf geht bundesweit durch die Presse. Am besten war die Überschrift in der Bild-Zeitung: ›Nazi in Weinfass gefunden – ein besonderer Jahrgang.‹«

»Gelungener Titel.« Röder verzog spöttisch den Mund, musste dann aber doch ein wenig lachen. »Zugegeben, das ist eine krasse Geschichte, aber wir wissen noch nicht, wo sie hinführt, und ich denke, solange die Spuren frisch sind, sollten wir uns auf den toten Bulgaren konzentrieren. Ich würde dir gern den Fall übertragen. Wenn du jetzt keinen Termin hast, komm doch gleich mit in mein Büro und lass uns darüber sprechen.«

Köksal willigte ein, und zusammen betraten sie Röders Büro, wo sie von Frau Vogel, Röders Sekretärin, begrüßt wurden. Sie schlug entsetzt die Hände über dem Kopf zusammen, als sie sein Humpeln bemerkte. Röder erzählte ihr auf ihr Drängen hin nur die halbe Wahrheit, indem er die Verbrennung an der Ferse verschwieg und sie im Glauben ließ, dass er sich die Verletzung beim Wandern zugezogen hätte.

»Ja, das Hochgebirge ist gefährlich. All die schmalen Wege und dann die vielen Steine. Ich habe mal von einem Mann gehört, der saß fünf Tage in einer Gletscherspalte fest.«

»Wie geht denn das Digitalisierungsprojekt voran?«, erkundigte sich Röder und lenkte das Gespräch dadurch geschickt auf ihr neues Lieblingsthema. Die Verwaltung stieg auf digitale Gerichtsakten um, und Frau Vogel war dabei, die laufenden Akten einzuscannen, wozu sie einen im Vorzimmer eigens dafür installierten Scanner benutzte. Sie hielt sich inzwischen für eine Expertin, und Röder musste zugeben, dass sie ihre Sache ziemlich gut machte. Gewissenhaft sortierte sie die Unterlagen, bereinigte Dubletten und ließ den ebenfalls neu angeschafften Aktenvernichter qualmen.

Röder und Köksal besprachen den Fall des toten Transportunternehmers und die bisherigen Ergebnisse der Mordkommission, als Frau Vogel gut gelaunt zwei Tassen vor sie hinstellte. Dieses Privileg hatte Röder nicht sofort genossen, als er die Stelle als Oberstaatsanwalt angetreten hatte. Frau Vogel hatte es lange Zeit nicht verkraftet, dass sein Vorgänger Miltenberger vorzeitig in Rente gegangen war. Erst spät hatte Röder die durchaus ernst zu nehmenden Gerüchte vernommen, wonach die beiden in jungen Jahren ein Verhältnis gehabt hatten. Mittlerweile wusste er, was er an seiner äußerst erfahrenen Mitarbeiterin hatte, und ihr in ihn gewonnenes Vertrauen drückte sich dadurch aus, dass er nunmehr ungefragt mit Kaffee versorgt wurde und von allen Abteilungsleitern den Klatsch und Tratsch der Behörde als erster erfuhr.

Röder und Köksal waren sich weitgehend einig, als Frau Vogel erneut in der Tür erschien. »Ihr Besuch ist da.«

»Mein Besuch? Ich habe keine Termine. Ich halte mir den ersten Morgen nach meinem Urlaub doch immer frei, damit ich mich auf den neuesten Stand bringen lassen kann. Das wissen Sie«, sagte Röder in einem fast vorwurfsvollen Ton.

»Natürlich, entschuldigen Sie, Herr Dr. Röder, aber den Termin hat unser aller Chef für Sie gemacht. Das wollte ich Ihnen vorhin sagen. Wegen Ihrem Fuß und vor lauter Akten habe ich das allerdings ganz vergessen.«

»Ist schon in Ordnung, wir sind sowieso fast fertig. Wer ist es denn?«

»Ihre neue Referendarin, soweit ich weiß.«

Röder fiel es wie Schuppen von den Augen. Er erinnerte sich wieder an das seltsame Gespräch mit Thelen vom Vortag, als er sich zusammen mit dem Geißbock auf der Pritsche des Lieferwagens befunden hatte. Das hätte er beinahe vergessen.

»Bitten Sie sie herein«, sagte Röder und senkte seine Stimme. »Wie ist noch mal ihr Name?«

Frau Vogel druckste etwas komisch herum, so als würde sie sich schämen. »Eine Frau, äh, Frau …eisen. Ja, Frau … eisen.«

»Eisen?«

»Ja, genau«, antwortete Frau Vogel und eilte ins Vorzimmer, um den Besuch einzulassen.

Mit energischen Schritten betrat eine groß gewachsene, atemberaubend gut aussehende junge Frau den Raum. Sie war nicht wirklich zierlich und trug ein eng geschnittenes Businesskostüm zu ihrer blonden Mähne. Röder stutzte kurz, denn eine solche Erscheinung hatte er nicht erwartet. Köksal schien es ähnlich zu ergehen, er stierte die junge Frau geradezu dümmlich an.

»Frau Eisen?«

»Genau, Barbara Fickeisen. Ihre neue Referendarin«, antwortete sie mit einer angenehmen Stimme, die ausgeprägtes Selbstbewusstsein verriet, und streckte Röder ihre perfekt manikürte Hand entgegen, die dieser etwas perplex ergriff.

»Darf ich vorstellen?«, sagte er, als er sich wieder gefasst hatte. »Das ist Herr Batuhan Köksal, ein wichtiger Mitarbeiter meiner Abteilung.«

Köksal war anzusehen, dass er sich einen Ruck geben musste, um wieder in die Wirklichkeit zurückzukehren. »Angenehm, Sie kennenzulernen«, sagte er etwas altmodisch und reichte ihr ungelenk die Hand. Dann verabschiedete er sich. »Wir werden uns bestimmt noch sehen.«

»Klar, wir sind ja nicht blind«, entgegnete sie in einer etwas generationskonformeren Sprache.

»Setzen Sie sich doch«, bot Röder an. »Wollen Sie vielleicht einen Kaffee trinken und mir dabei Ihren bisherigen Werdegang schildern?«

»Gern. Sie können mich übrigens Barbara nennen.«

Röder war verblüfft. Angesichts des doch etwas irritierenden Nachnamens willigte er ein, und sie einigten sich auf den Gebrauch des Vornamens und das Sie.

Frau Vogel brachte den versprochenen Kaffee, und Barbara Fickeisen schilderte die wesentlichen Etappen ihrer Ausbildung. Einser-Abi, Auslandssemester in Amerika und Frankreich sowie schließlich Abschluss des Ersten Staatsexamens in Bonn und Heidelberg mit ebenfalls preisverdächtiger Durchschnittsnote.

»Das ist alles sehr beeindruckend. Warum haben Sie sich für Jura und nicht für beispielsweise Medizin entschieden?«

»Ach, das Leichenschnippeln liegt mir nicht«, sagte sie lachend. »Außerdem will ich mir nicht die Wehwehchen von irgendwelchen Hypochondern anhören. Nein, ich will dort arbeiten, wo ich etwas bewirken und meine Stärken voll einsetzen kann.«

»Was sind denn Ihre Stärken?«, hakte Röder nach.

»Meine Stärken? Zum Beispiel, dass ich alle Witze über meinen Namen kenne.«

Röder war verunsichert. »Soweit ich weiß, ist Fickeisen ein alter, durchaus gängiger deutscher Name.«

»Genau, er lässt sich auf das Bügeleisen zurückführen, das auf dem Stoff hin und her bewegt werden muss.«

»Aha. Und was sind Ihre Schwächen?«

»Dass ich nicht immer Spaß verstehe. Vor allem dann nicht, wenn es um meinen Namen geht«, sagte sie charmant und lächelte eiskalt dabei.

»Verstehe«, sagte Röder, dem, obwohl sprachlich und

rhetorisch äußerst geübt, etwas mulmig wurde. Er riss sich aber sogleich wieder zusammen und ergänzte: »Wenn Sie hier irgendwann einmal belästigt oder sonst wie dumm angemacht werden, dann kommen Sie zu mir. Außerdem haben wir hier im Haus eine Frauenbeauftragte und Compliance-Einrichtungen, die Sie in solchen Fällen beraten und unterstützen können.«

»Das wird nicht nötig sein. Ich habe meine Methoden, mich zu wehren.«

Das kann ja heiter werden, dachte Röder. Laut sagte er: »Ja, Biss muss man in unserem Beruf haben. Warum haben Sie sich eigentlich hier in Frankenthal beworben?«

»Mein Vater ist ein alter Studienfreund von Herrn Thelen, und es war eine Stelle frei. Außerdem ist im Rhein-Neckar-Dreieck immer was los. Ich bin in der Gegend durch mein Studium in Heidelberg schon ein bisschen heimisch geworden.«

Röder schwirrte der Kopf. Das wurde ja immer schlimmer mit dieser verdammt gut aussehenden Amazone. Röder befürchtete, dass er sich einen Spitzel von Thelen eingehandelt hatte, verwarf den üblen Gedanken aber gleich wieder. »Interessant. Was macht denn Ihr Vater heute?«

»Er ist Notar in Pirmasens, wo ich geboren und aufgewachsen bin. Somit gehört er eher zur langweiligen Sorte der Juristen.«

Röder musste lachen. »Man hört Ihnen gar nicht an, dass Sie aus Pirmasens kommen.«

»Ach, isch konn schunn aa Bärmasenserisch babble. Unn wenn isch hämkumm, donn fiel isch misch soford als Schlabbeflicker. So schlächt is des Kaff gar nett. Mir henn alles gehatt. Kinos, Diskos, Wertschafte. Mir hatt's on nix gefählt.«

Röder lächelte. Barbara schien zwar ziemlich zielstrebig, aber auch locker drauf zu sein. »Wie stellen Sie sich Ihre

Arbeit hier in der Staatsanwaltschaft, speziell in meiner Abteilung, vor?«, fragte er schließlich.

»Das kommt darauf an, welche Aufgaben Sie mir zuteilen. Ich weiß von Bekannten, dass es ziemlich langweilig sein kann, wenn man nicht richtig mit eingebunden wird. Ich will am liebsten ganz normal mitarbeiten und natürlich auch lernen.«

»Ich werde Sie jetzt mal der Abteilung vorstellen, und dann sollten Sie zuerst allen Kollegen über die Schulter schauen. In der Zwischenzeit mache ich mir Gedanken, wo ich Sie am besten einsetze. Da gibt es sicher Möglichkeiten, denn wir haben ohnehin gerade Land unter, und es sind noch zwei gravierende Fälle dazugekommen.«

Barbara nickte wissend, und Röder wollte das eben weiter ausführen, als ein ohrenbetäubender Knall den Raum erschütterte. Sie stürzten zur Tür, die Röder nicht nur wegen seines Handicaps erst nach Barbara erreichte. Der Vorraum sah verwüstet aus. Überall im Raum lagen Papiere verstreut, es roch komisch, und mittendrin stand kreidebleich Frau Vogel. Sie hatte offensichtlich einen Schock.

»Bo… Bombe«, stammelte sie. »Br… Brief… Bombe …«

Röder zögerte nicht lange. »Bringen Sie Frau Vogel hinaus«, wies er Barbara an. »Ich alarmiere den Sicherheitsdienst.«

Vor dem Büro hatte sich eine Traube gebildet. »Verlassen Sie das Gebäude«, rief Röder den Kollegen zu und griff zum Telefon. Er informierte den Sicherheitsdienst, und im nächsten Moment dröhnte der Feueralarm durch das Gebäude. Auf dem Flur begegnete er Köksal.

»Was ist denn los?«, fragte der.

»In meinem Vorzimmer gab es eine Explosion. Frau Vogel spricht von einer Briefbombe.«

»Verdammt«, fluchte Köksal, während Röder vor Schmerzen das rechte Bein wegknickte.

Andere Kollegen liefen auf dem Weg zum Treppenhaus schnellen Schrittes an ihnen vorbei.

»Komm, ich stütze dich.«

»Es geht schon«, presste Röder hervor und stolperte ein zweites Mal.

Ein Kollege aus der Nachbarabteilung fragte: »Herr Dr. Röder, sind Sie verletzt? Was ist passiert?«

»Das hat nichts mit dem Alarm zu tun. Helfen Sie mir doch bitte auf.«

Köksal und der Kollege fassten Röder unter und verfrachteten ihn in das Treppenhaus, wo sie auf Barbara und Frau Vogel trafen. Frau Vogel saß auf dem Treppenabsatz und hyperventilierte.

»Wir brauchen eine Plastiktüte«, sagte Barbara und lief in den Flur zurück.

»Bleiben Sie hier«, rief Röder, aber sie war schon verschwunden. Mittlerweile hatten sich die meisten Mitarbeiter am Sammelplatz auf der Grünfläche im Hof eingefunden, nur die beiden Frauen sowie Röder und seine Begleiter waren noch im Gebäude. In der Ferne hörten sie Martinshörner. Röder lehnte gestützt von dem Kollegen an der Wand, während Köksal versuchte, Frau Vogel zu beruhigen, allerdings nur bedingt erfolgreich. Die Arme schien bald gar keine Luft mehr zu bekommen.

Nach einer gefühlten Ewigkeit kam Barbara zurück, in der Hand eine Plastiktüte, die sie wohl aus einem der Papierkörbe im Amt gemopst hatte. Unverzüglich drückte sie die Tüte Frau Vogel aufs Gesicht. »Keine Angst«, sagte sie. »Atmen Sie jetzt Ihren eigenen Atem ein, das hilft. Ganz langsam, so ist's gut.«

Es dauerte keine Minute, und Frau Vogels Atem ging wieder einigermaßen normal.

»So, jetzt aber los. Sie beide tragen Frau Vogel nach unten, ich bleibe bei Dr. Röder«, ordnete Barbara an. Die

Kollegen folgten der Aufforderung ohne Widerspruch. Die Martinshörner wurden lauter, sie schienen bereits ganz in der Nähe zu sein.

Röder klammerte sich am Treppengeländer fest und sprang Stufe für Stufe auf dem gesunden Bein die Treppe hinunter. »Das mit Frau Vogel haben Sie sehr gut gemacht. Sie wären wohl auch eine gute Ärztin geworden«, lobte er seine neue Referendarin. »Außerdem sind Sie bemerkenswert ruhig geblieben.«

Barbara lachte. »Die einzige Qualifikation in dieser Richtung habe ich beim Schulsanitätsdienst erworben. Meistens mussten wir nur die blutigen Nasen der Jungs verarzten, aber die Erste Hilfe bei Hyperventilation haben wir auch ab und zu eingesetzt. Meistens wegen Panikattacken vor wichtigen Prüfungen.«

Gestützt von Barbara erreichte Röder den Sammelplatz, wo sich alle auf ihn stürzten und wissen wollten, was vorgefallen war. Röder konnte keine echte Auskunft geben, er wurde jedoch erst erlöst, nachdem er auch den eingetroffenen Polizeibeamten die Lage geschildert hatte. Es wurde beschlossen, dass die Polizei die Eingänge sichern und auf das Bombenräumkommando warten würde.

»Das kann dauern«, sagte er zu Köksal und kramte nach seinem Smartphone. Er wollte den Chef anrufen, den er in der Menge nicht entdecken konnte. In der Zwischenzeit versuchte Köksal, der einer der Evakuierungshelfer war, festzustellen, ob auch alle Kollegen das Gebäude verlassen hatten. Das war kein leichtes Unterfangen, denn die Menge war ziemlich aufgeregt. Röder ergriff selbst die Initiative, nachdem er seinen Chef nicht erreicht hatte, und bemühte sich, Ordnung in das Chaos zu bringen, indem er sich auf eines der Hochbeete stellte und von dort aus versuchte, sich Gehör zu verschaffen. Mit ein paar lauten Worten lenkte er die allgemeine Aufmerksamkeit auf sich. Er stellte es den

Mitarbeitern frei, sich nach Hause zu begeben und dort die weitere Entwicklung abzuwarten. Zuvor sollten sie sich jedoch bei Köksal melden.

Der Notarzt hatte Frau Vogel abtransportieren lassen, zwei Rettungswagen und mehrere Fahrzeuge der mittlerweile ebenfalls eingetroffenen Feuerwehr blieben für den Fall der Fälle vor Ort, während sie in gebührendem Abstand zum Gebäude immer noch auf das Bombenräumkommando warteten. Die meisten waren bereits gegangen, Röder stand nur noch mit Köksal und Barbara zwischen den Einsatzkräften, als ein ziviles Fahrzeug mit aufgesetztem Blaulicht vor der Staatsanwaltschaft vorfuhr und zum Stehen kam. Steiner stieg mit seinem unheilbaren Rückenproblem ein wenig ungelenk aus dem Auto und kam auf Röder zu.

»Meinst du, der Anschlag galt dir?«, fragte er, ohne sich mit Begrüßungsfloskeln aufzuhalten.

»Woher soll ich das wissen?«

»Immerhin ging die Briefbombe in deinem Vorzimmer hoch.«

Sie wurden von einem Fernsehteam unterbrochen, das versuchte, zu ihnen vorzudringen, aber von den uniformierten Beamten aufgehalten wurde.

»Lasst uns von hier verschwinden, es wird langsam ungemütlich«, sagte Steiner. Röder nickte, aber der Weg vom Gelände führte am Fernsehteam vorbei. »Wir gehen rüber ins Brauhaus und genehmigen uns einen auf den Schreck.«

Das Fernsehteam ließ nicht locker, als sie vorbeigingen. »Herr Dr. Röder, stimmt es, dass in Ihrem Büro eine Briefbombe explodiert ist?«

Röder war stellvertretender Pressesprecher und autorisiert, in Abwesenheit seines Chefs Stellung zu besonderen Vorfällen zu nehmen. Anders als die meisten anderen Mitarbeiter, die sich per Dienstanweisung jeden Kommentars enthalten und immer auf die Pressestelle verweisen mussten. Irgendjemand aus der Mitarbeiterschaft schien dennoch gequatscht zu haben. Wie sonst konnte die Presse schon über diese Information verfügen? Röder musste wohl oder übel einen kurzen, unverfänglichen Kommentar abgeben.

»Wir haben zurzeit noch keine Kenntnisse über die genauen Vorfälle in der Staatsanwaltschaft«, sagte er, und dic Reporter drückten ihm ihre Mikrofone unter die Nase. »Wir müssen zunächst das Eintreffen von Spezialisten und die Ergebnisse der weiteren Ermittlungen abwarten.«

»Herr Dr. Röder, hat der Bombenanschlag auf Sie vielleicht etwas mit Ihren Ermittlungen gegen die bulgarische Müllmafia zu tun?« Die Frage kam von Riemer, dem schmierigen Reporter, den Röder in der hinteren Reihe entdeckte.

»Wie ich schon sagte, wir müssen die weiteren Ermittlungen abwarten. Ich warne auch dringend davor, irgendwelche voreiligen Schlüsse zu ziehen«, antwortete Röder betont ruhig.

»Sie dementieren also nicht einen Zusammenhang mit der Müllmafia?«

Röder wollte antworten, aber Steiner zog ihn weg, was wahrscheinlich eine gute Entscheidung war, denn Röder stand kurz vor dem Platzen. »Geht allein ins Brauhaus, ich kann jetzt hier nicht weg.«

»Okay, dann bleibe ich bei dir, und wir warten in dem Polizeiwagen dort drüben«, sagte Steiner, während er den humpelnden Röder stützte und zum Wagen führte. Sie diskutierten noch eine Weile mit Köksal und Barbara Fickeisen, die sich schließlich allein auf den Weg in das nahe gelegene Café Solino machten.

Röder nahm auf der Rückbank Platz und versuchte, seinen schmerzenden Fuß hochzulegen. Steiner saß auf dem Beifahrersitz und begann damit, E-Mails auf seinem

Smartphone zu lesen. Röder fühlte sich müde und hätte alles für ein Nickerchen gegeben, aber an Schlaf war nicht zu denken.

Irgendwann trudelte endlich das Bombenräumkommando ein. Der kleine Trupp fuhr in einem unauffälligen Transporter vor und begann routiniert, die Bombenschutzanzüge anzulegen. Ein zweites Fahrzeug mit einem Sprengstoffspürhund samt Hundeführer traf wenige Minuten später ein. Röder quälte sich aus dem Fahrzeug und erklärte den Männern, wie sie sein Büro finden würden. Der Sicherheitsdienst händigte ihnen einen Generalschlüssel des Gebäudes aus, und es konnte losgehen. Ehe sich der Trupp aber in Bewegung setzte, gab der Kommandant, der keine Schutzkleidung trug, weil er den Einsatz per Funk vom Fahrzeug aus koordinieren würde, noch ein paar Weisungen aus. In ihren Schutzanzügen sahen die Männer aus, als würden sie gleich die lebensfeindliche Welt eines fremden Planeten und nicht die Staatsanwaltschaft betreten.

Über Funk und per Videoübertragung konnten Röder und Steiner mitverfolgen, wie die Spezialisten nach etwa fünf Minuten im dritten Stock in Röders Büro ankamen. Es war vereinbart worden, dass das Bombenräumkommando erst Röders Büro untersuchen und dann mit dem Hund das restliche Gebäude durchkämmen würde. Röder konnte sehen, wie sich der Trupp durch den Raum bewegte. Der Sprengstoffhund wurde an der kurzen Leine gehalten und schnüffelte sich durch das Chaos. Überall lagen Akten und Papierschnipsel aus dem Aktenvernichter. Das Gerät selbst lag umgekippt auf dem Boden, das Schneidwerk neben dem Behälter, an dem die Klappe fehlte. Es gab keine Spuren von Feuer, wie einer der Männer des Bombenräumkommandos verwundert kommentierte. Dann blieb der Hund neben dem Schreibtisch von Frau Vogel stehen und schnupperte neugierig an einem Gegenstand. Was es war, konnte Röder nicht erkennen, der Hund und die Beine der Männer verdeckten es.

»Ich glaube, wir haben die Bombe«, sagte der Hundeführer, bückte sich und hielt dann einen roten Zylinder in die Kamera.

Der Kommandant stöhnte auf. »Okay, geht zur Sicherheit trotzdem noch mal das gesamte Gebäude ab, damit wir nichts übersehen«, gab er durch. »Aber ich glaube, wir sind hier fertig.«

»Heißt das, Sie haben den Sprengsatz gefunden?«, fragte Röder, dem die Reaktion des Kommandanten merkwürdig vorkam.

»So sieht es aus. Warten wir, bis die Jungs zurück sind, dann haben wir Gewissheit.«

Röder hakte noch mal nach, aber der Kommandant des Bombenräumkommandos vertröstete ihn wieder auf die Rückkehr seiner Männer, was noch geschlagene zwanzig Minuten dauerte.

Der Hundeführer kam zu ihnen an den Einsatzwagen. Er hatte seinen Helm abgenommen und reichte dem Einsatzleiter den roten Zylinder.

»Aber das ist doch eine Spraydose«, entfuhr es Röder.

»Genau, das ist der Übeltäter.«

»Das müssen Sie mir erklären.«

»Das ist ein Silikonspray, das als Universalschmiermittel eingesetzt wird. Nach allem, was ich von Ihnen weiß, hat Ihre Sekretärin Akten geschreddert. Ich nehme an, dass der Aktenvernichter nicht mehr richtig rundlief.«

»Das Ding hat in letzter Zeit ganz schön gequietscht.«

Der Kommandant nickte. »Und Ihre liebe Frau Sekretärin wollte das Ding schmieren und hat Silikonspray in die Schneidwalze und das Lager gesprüht. Dabei hat sich wohl das Treibmittel des Sprays im Papierbehälter darunter gesammelt.«

Steiner fing an zu lachen, während Röder noch immer nicht verstand. »Und weiter?«, fragte er.

»Als Ihre Sekretärin das Gerät wieder einschaltete, muss ein elektrischer Funke des Motors das Treibgas-Luft-Gemisch entzündet haben. Das Treibgas ist Butan, Campinggas. Das rumst ganz schön.«

Mittlerweile hatte sich auch das Team, das schon teilweise die Schutzanzüge abgelegt hatte, vor dem Wagen versammelt und lachte herzlich.

»Das heißt, die ganze Aufregung war umsonst?«, fragte Röder konsterniert.

»Na ja, nicht ganz, denn die Explosion oder die Verpuffung war echt. Aber wir müssen glücklicherweise nicht von einem Terroranschlag ausgehen.« Wieder lachte die ganze Truppe.

»Das gibt es doch nicht«, sagte Röder, dem ein ebenfalls lachender Steiner auf die Schulter schlug.

»Sei doch froh, dass nichts Ernstes passiert ist.«

»Ich habe das ganze Amt evakuieren lassen und damit über Stunden lahmgelegt.«

»Du konntest doch nicht wissen, dass es nur eine dumme Ungeschicklichkeit im Umgang mit einer Spraydose war.«

»Ja, und Ihre Sekretärin kann froh sein, dass sie nicht ernsthaft verletzt wurde. Dass sie einen Schock hat, ist kein Wunder. Nach dem zu urteilen, wie es drinnen aussah, gab es bestimmt einen ordentlichen Knall«, sagte auch einer der Männer vom Bombenräumkommando.

Als die Spezialisten alles wieder eingepackt hatte und davongefahren war, sprach Röder mit dem Sicherheitsdienst, damit dieser mit Hilfe der Kontaktlisten die Mitarbeiter abtelefonierte, um Entwarnung zu geben. Er selbst hatte eben Köksal informiert, als sein Smartphone klingelte. Es war Thelen, der zurückrief und von Röder die Lage geschildert bekam.

»Und Sie haben eigenmächtig alle Mitarbeiter nach Hause geschickt?«, schimpfte er schließlich. »Das heißt also, wir waren heute handlungsunfähig. Wissen Sie, was das für den steuerzahlenden und rechtsuchenden Bürger bedeutet?«

Röders Einwand, dass es nur ein halber Tag gewesen sei und die meisten Mitarbeiter gerade wieder zum Arbeitsplatz zurückkehren oder von zu Hause aus weiterarbeiten würden, ließ Thelen nicht gelten. Besonders aber echauffierte er sich über den Grund der Evakuierung, die vermeintliche Bombe, die gar keine gewesen war.

Steiner, der alles mitbekommen hatte, klopfte Röder zum wiederholten Male auf die Schulter. »Das hast du schon alles richtig gemacht, lass deinen Chef nur quatschen. Was wäre denn gewesen, wenn es sich wirklich um eine Bombe gehandelt hätte? Das konnte doch keiner wissen. Es ist gut, dass du auf Nummer sicher gegangen bist. Und weißt du was? Ich habe Hunger. Wir gehen jetzt rüber ins Brauhaus und essen was Gutes. Auf den Schreck gönne ich mir sogar ein Bier. Dienst hin oder her.«

Röder war sofort einverstanden, denn er verspürte ebenfalls großen Hunger, und hinkte Steiner hinterher.

***

Als das Schnitzel serviert wurde, ließ Steiner gerade das dritte Drohnenvideo über sein neues Tablet laufen. Er hatte die Filme in einen angeblich sicheren Cloud-Speicher geladen, der von seiner Behörde nicht autorisiert war.

»So viel Speicher bekomme ich im Amt niemals zugeteilt – und schon gar nicht mit der Möglichkeit, die Videos von überall zu schauen. Wir hätten das Zeug wahrscheinlich auf CDs brennen müssen, um es mitzunehmen«, ereiferte er sich mal wieder über die schlechte Ausrüstung seiner Truppe.

Röder wies darauf hin, dass das Schnitzel kalt werden würde, und Steiner legte schließlich das Tablet zur Seite.

Sie aßen mit Appetit und einigermaßen auch mit Genuss und schafften es, eine Viertelstunde lang nicht über die Arbeit, sondern über belanglose Themen zu sprechen.

Nach dem Essen verabschiedeten sie sich, und Röder schlurfte in die Staatsanwaltschaft zurück, wo der Nachmittag mit Routinearbeiten verging. Es ärgerte ihn, dass überall auf den Fluren getuschelt und gegrinst wurde, wenn er vorbeikam. Einzig Köksal und Barbara Fickeisen bestärkten ihn darin, vollkommen richtig gehandelt zu haben, und halfen ihm sogar, sein Vorzimmer aufzuräumen. Sie beschlossen darüber hinaus, Frau Vogel, die auf alle Fälle eine Nacht im Krankenhaus verbringen sollte, nach Feierabend einen kurzen Besuch abzustatten. Sie hatte außer dem Schock einen Tinnitus davongetragen, und Röder war sich auf dem Nachhauseweg nicht sicher, ob sie die Nachricht, dass alles nur ein falscher Alarm gewesen war, positiv aufgenommen hatte.

Zu Hause hielt er sich nicht lange auf. Er sammelte nur Manu ein, und gemeinsam machten sie sich auf den Weg nach Deidesheim zur Bürgerversammlung im Riesauer Hof, wo Hellinger und seine Investorenkollegen ihr Projekt einer breiten Öffentlichkeit vorstellen wollten, um die Bedenken der Deidesheimer Bürger zu zerstreuen. Gerüchte über eine angeblich »gelbe Gefahr« und »feindliche Übernahme« waren im Umlauf, und sogar die Tageszeitungen hatten im Vorfeld wenig positiv über die Pläne berichtet. Hellinger und seine Mitstreiter hatten die Deidesheimer deshalb zu einer Art Pressekonferenz mit typisch Pfälzer Weinfestatmosphäre eingeladen. Im Wagen berichtete Röder seiner Frau von dem turbulenten Tag und ärgerte sich, dass sie sich köstlich amüsierte.

»Jetzt hab dich nicht so«, sagte Manu, als sie Röders

beleidigtes Gesicht sah. »Du hast richtig gehandelt. Lieber einmal öfter auf Nummer sicher gehen. Was macht denn eigentlich dein Fuß?«, fragte sie. Ein anderes heikles Thema.

»Dem geht es prima«, antwortete Röder kurz angebunden.

»Das sah aber vorhin gar nicht so aus. Ich finde auch, dass du ziemlich ungelenk bremst und kuppelst. Du solltest unbedingt zu Harald gehen.«

»Heute nicht mehr«, brummte Röder.

In Deidesheim angekommen, suchten sie mindestens zehn Minuten nach einem Parkplatz in der Nähe des Riesauer Hofs. Das Interesse der Bürger an Informationen über die geplante Nutzung schien groß zu sein.

Obwohl er sich keine Schwäche eingestehen wollte, stöhnte und fluchte Röder, als er sich, gestützt von seiner besorgten Frau, zum Veranstaltungsort schleppte.

Der Riesauer Hof war ein herrschaftliches Gebäude aus dem Barock, das allerdings auf eine viel längere Geschichte zurückblickte. Bereits im späten Mittelalter hatte eine Adelsfamilie hier, innerhalb der sicheren Stadtmauer von Deidesheim, Besitz erworben und einen Hof auf dem Gelände errichtet. Durch Heirat und Erbschaft gelangte dieser über die Jahrzehnte in den Besitz verschiedener anderer Adelsfamilien. Er wurde im Bauernkrieg stark in Mitleidenschaft gezogen, wiederaufgebaut, im Dreißigjährigen Krieg von den Schweden konfisziert und verschenkt, bevor er nach dem Rauswurf der Besatzer wieder in den Besitz der ursprünglichen Adelsdynastie überging, die fortan »derer von Riesau« hieß. Deidesheim gehörte damals zum Fürstbistum Speyer, aber die Beziehungen zur benachbarten Kurpfalz waren ebenfalls vorzüglich. Zu Zeiten des berühmten pfälzischen Kurfürsten Karl Theodor war der Gebäudekomplex unter der Leitung seines Hofbaurates zu einem eindrucksvollen barocken Palais umgebaut worden. Der Fürstbischof und der Kurfürst waren sogar zur Einweihungsfeier eingeladen, was die Wichtigkeit der Familie von Riesau unterstrich. Nach der Französischen Revolution ging das pompöse Anwesen an die Familie Obermann-Urban, eine reiche Winzerfamilie, deren Nachkommen es bis heute ihr Eigen nannten.

Nun sollten also neue Zeiten anbrechen und das ehrwürdige Gemäuer mit Hilfe eines zweistelligen Millionenbetrages in eine goldene Zukunft katapultiert werden. Als Geldgeber hatten Hellinger und Thomas Obermann den ehemaligen Müllunternehmer Neubert gewinnen können, und als das auch noch nicht reichte, waren sie über eine Unternehmensberatung an einen chinesischen Investor namens Wu vermittelt worden, von dem sie sich darüber hinaus auch neue Absatzmärkte im Reich der Mitte erhofften.

Röder erreichte mit Manus Hilfe endlich den Festsaal im Hauptgebäude, wo sich schon eine große Menschenmenge eingefunden hatte, um sich über das für das kleine Städtchen spektakuläre Projekt zu informieren. Neben vielen Deidesheimern war im Saal auch einiges an lokaler Politprominenz sowie eine Gruppe Journalisten anwesend. Manu war ebenfalls mit einem Block bewaffnet, denn sie sollte mal wieder die Pressearbeit für Hellinger machen. Sie schrieb freiberuflich von Zeit zu Zeit für große deutsche Zeitungen und Zeitschriften, war sich aber auch nicht zu schade für solche Aufträge, wenn sie aus dem Freundeskreis kamen. Die Präsentation des Projektes würde Hellinger übernehmen, denn er war von den Projektbeteiligten eindeutig die größte »Pfälzer Babbelgosch« mit dem nachweislich lockersten Mundwerk.

Im Raum war eine provisorische Bühne aufgebaut, rechts daneben befand sich ein respektabler Schoppenstand, wie er auf keiner Veranstaltung in der Pfalz fehlen durfte. Röder atmete auf, denn von Schorle in Bierflaschen war hier nichts zu sehen, stattdessen gab es zünftige Dubbegläser mit dem Namen und dem Logo des Projektes: »Weinerlebniswelt Riesauer Hof 4.0«.

Hellinger kam und begrüßte seine Freunde. »Ja, bei orthopädischen Schmerzen ist eine Rieslingschorle das beste Heilmittel«, palaverte er fröhlich. »Das hat schon meine Oma gesagt, wenn das Knie zwickte. Und sieh dir Wu an: Er hält heute auch nichts von traditioneller chinesischer Medizin.«

Tatsächlich hielt Wu ein gefülltes Dubbeglas in der Hand und lächelte selig.

»Ist das seine erste Schorle?«, fragte Röder.

»Nein, aber er muss ja heute nicht mehr fahren. Obwohl ich ihm schon den Witz erzählt habe.«

»Welchen Witz?«

»Wenn du drei Schorlen trinkst, bist du überall Alkoholiker, nur nicht in der Pfalz. Da bist du der Fahrer.«

»Und hat er dir das geglaubt?«, fragte Röder, der den Witz schon kannte, aber trotzdem lächeln musste.

»Wahrscheinlich erst nach der Präsentation. Oder fährst du uns heute Abend nicht nach Hause?« Hellinger grinste, wechselte dann das Thema und schob Röder und Manu vorwärts. »Kommt, ich stelle euch die anderen vor.«

Sie schüttelten dem höflichen Wu und seinem Assistenten die Hand und lernten Thomas Obermann, seine Frau und seinen Sohn kennen. Werner Neubert hielt sich etwas im Hintergrund. Der bekannte Unternehmer hatte sein Vermögen mit Müll gemacht, indem er eines der größten Entsorgungsunternehmen der Pfalz aufgebaut hatte, dessen Mehrheitsanteile er erst kürzlich an Elondis, einen Branchenführer, verkauft und sich aus der Geschäftsleitung zurückgezogen hatte. Seither widmete er sich Projekten wie diesem, von denen er sich Beschäftigung und Spaß versprach. Außerdem war noch eine asiatische Schönheit zugegen, die Hellinger als Übersetzerin zur Seite stand. Röder schätzte sie auf Mitte bis Ende dreißig und erkannte an Hellingers Mienenspiel sofort, dass sie mitnichten nur die Übersetzerin war.

»Darf ich euch Meiming vorstellen? Sie hat sich heute freundlicherweise bereit erklärt, Wus Rede zu übersetzen.« Sie reichten ihr die Hand, und Hellinger fügte hinzu: »Meiming bedeutet ›schönes, strahlendes Licht‹.«

»Der Name ist Programm«, sagte Manu, die, beeindruckt von der aparten Erscheinung, ein herzliches Kompliment unter Frauen machte.

Schließlich trat Hellinger an das Mikrofon und bat die Anwesenden, Platz zu nehmen. Röder setzte sich mit Manu in die erste Reihe, wo per Namensschild Plätze für die Ehrengäste reserviert waren. Auf der Bühne fanden sich nacheinander Wu, dessen Assistent, Meiming, Neubert und Obermann ein, Letzterer zusammen mit seinem Sohn und Nachfolger Sebastian Obermann.

Hellinger begrüßte die Zuhörer im Namen der Winzer und Investoren, die er namentlich vorstellte, und begann, frei über den Ablauf zu sprechen. Zuerst sollte Obermann senior kurz die Geschichte des altehrwürdigen Gemäuers resümieren, dann würde Hellinger dem Publikum die Investoren noch einmal im Einzelnen vorstellen und ihnen Gelegenheit geben, ihre Zukunftsvision für den neuen Riesauer Hof zu schildern. Abschließend sollte der Zeitplan vorgestellt werden. Großen Applaus, sogar anerkennende Pfiffe erhielt seine Ankündigung, dass man den Abend mit einem Pfälzer Büfett und ausgesuchten Weinen der beiden beteiligten Weingüter ausklingen lassen wolle. Mit einem Seitenblick auf Röder fügte er hinzu, dass es selbstverständlich auch Rieslingschorle geben würde. Der Applaus riss nicht mehr ab.

Obermann gab etwas ungelenk seinen Überblick über die beachtliche Geschichte des Hauses seiner Familie zum Besten. Nach ungefähr zehn langweiligen Minuten übernahm Hellinger wieder das Mikrofon und stellte zuerst Wu vor. Der hatte eine ungeahnte Erfolgsgeschichte vorzuweisen. Als Junge hatte er seine Karriere mit einer auf dem Fahrrad montierten typisch chinesischen Garküche begonnen. Als sich das riesige Land für Wirtschaftsreformen zu öffnen begann, stellte er Mitarbeiter ein, die fortan für ihn die mobilen Garküchen betrieben. Von da war es kein großer Schritt zum eigenen Supermarkt gewesen, aus dem eine der größten Ketten in den Provinzen rund um Shanghai geworden war. Einige von Wus Supermärkten in ausgewählten Lagen führten mittlerweile Spezialitäten aus aller Herren Länder, und es sollte weiter expandiert werden.

Das Publikum raunte anerkennend, als Wu vortrat und seine kurze Ansprache hielt. »Glüss Gott, liebe Deidesheimel«, sagte er, ehe er auf Chinesisch weitersprach, und das Publikum tobte.

Meiming war zur Stelle und übersetzte für ihn. »Herr Wu saacht, dass er sich frät, dass er heit do soi derf unn an so em schääne Projekt mitmache kann. Er frät sisch uff ä gudie Zommearbeid. Er saacht außerdemm, dass er aa gern ä Schorle dringke dut. Unn der alde Bungker werd ä ganz geili Hitt, unn es werd nett die letschd bleiwe. Alla dann: Hoch die Dasse!«

Tatsächlich hielt Wu das Dubbeglas in die Höhe, und das Publikum trampelte mit den Füßen auf dem Boden und tat es ihm gleich, denn kaum einer saß ohne Schorle an seinem Platz.

Hellinger konnte die Meute kaum beruhigen, die Einlage von Wu und Meiming hatte die Zuhörer von den Stühlen gerissen, und die Pressevertreter schrieben eifrig mit. Endlich konnte er das nächste Profil auf die Leinwand bringen, und Neubert, ein eloquenter Mittsechziger, trat vor. Ihn musste man kaum jemandem im Saal vorstellen, sein Werdegang war allgemein bekannt. Zur rechten Zeit hatte er den richtigen Riecher gehabt und erkannt, dass sich mit Müll viel Geld verdienen ließ. Er war außerdem in der Kommunalpolitik aktiv und galt als verlässlicher Geschäftsmann. Seit dem Verkauf seiner Firma verbrachte er die meiste Zeit auf dem Golfplatz, wenn er sich nicht gerade um Projekte wie den Riesauer Hof kümmerte.

Neubert erläuterte, warum er sich für das Projekt begeisterte. »Ein so einmaliges Bau- und Kulturdenkmal muss für zukünftige Generationen erhalten bleiben und einer modernen Bestimmung zugeführt werden. Dabei muss größter Wert auf den Denkmalschutz gelegt werden, der einer zeitgemäßen Nutzung aber trotzdem nicht entgegenstehen darf. Und genau das haben die Architekten in ihrem grandiosen Entwurf berücksichtigt ...«

Er redete noch eine Weile im besten Motivations- und Managementstil weiter, aber angesichts der Showeinlage von Wu und Meiming flachte die Darbietung etwas ab, und so dösten die meisten Zuhörer weg, bis er sich schließlich erlösend von der Bühne verabschiedete.

Hellinger ergriff erneut das Wort und stellte nun das alteingesessene Weingut der Obermanns vor, denn sein Winzerkollege war nicht der geborene Redner. Das Weingut Obermann-Urban gehörte wie sein eigenes dem exklusiven »Verband Deutscher Prädikatsweingüter« an. Da Hellinger im Anschluss daran sein eigenes Weingut schlecht selbst beweihräuchern konnte, sprang ihm Meiming bei und erledigte das für ihn.

Spätestens jetzt war auch Manu aufgefallen, dass zwischen Hellinger und der schönen Chinesin etwas lief, denn sie stieß Röder in die Seite. »Du, die beiden haben doch was miteinander.«

Röder konnte nicht antworten, denn Meiming wies auf eine Collage von Hellingers Weingut und seinen Weinen auf der Leinwand im Hintergrund und sagte: »Die ganz Palz kennt de Hellinger aus Kallstadt, desdeweesche brauch isch aa nett viel saache. Der hot ä schänes Woigut unn genauso an schääne Woi. Ihr missen mol hifahre odder uff de Worschtmarkt gehe, do treffnern bestimmt. Uff alle Fäll werre'nern niemols ohne Dubbeglas sehe.«

Damit gab sie das Mikrofon zurück an Hellinger, der unter lautem Gejohle des Publikums zum wichtigsten Punkt auf der heutigen Agenda kam, nämlich, was in Zukunft aus dem Riesauer Hof werden sollte. Auf der Leinwand erschienen professionelle 3D-Entwürfe eines Hotels, einer Weinstube und eines Spezialitätenrestaurants. Auch eine moderne Weinkellerei wurde präsentiert, sie trug den Namen »Gläserne Weinmanufaktur«, weil alles darauf ausgelegt war, dass Besucher jeden Schritt der Weinherstellung verfolgen konnten. Außerdem sollte es neben einem Museum auch noch einen sogenannten Weintresor geben, und zwar in den bis zu tausend Jahre alten Gewölbegängen, die Deidesheim unterirdisch durchzogen. Der Weintresor war ein Angebot an betuchte Kunden, in klimatisierten Mauernischen im Gewölbe ihre Weine zu lagern und allein oder mit Freunden zu verköstigen, denn urig-moderne Sitzmöbel luden zum Verweilen ein.

Besonders detailliert ging Hellinger auf einen echten Schatz des alten Weinguts ein: das gutseigene Weinarchiv, in dem die Familie Obermann-Urban seit über zweieinhalb Jahrhunderten ihre Weine archivierte. Es gab nicht viele Weingüter in der Pfalz, die eine derart umfangreiche Sammlung eigener Weine hatten. Das Archiv musste gepflegt werden, was etwa alle zehn Jahre geschah und ein bekannter Event in der Weinkennerszene war. Alle Flaschen wurden geöffnet, probiert, die fehlende getrunkene oder verdunstete Flüssigkeit mit einem passenden Wein aufgefüllt und mit einem frischen Korken wieder verschlossen. Über die Arbeit wurde penibel Buch geführt, die alten Aufzeichnungen füllten ein ganzes Bücherregal. Hellinger versprach, dass es im Anschluss an den offiziellen Teil der Präsentation eine Führung in den Tempel der pfälzischen Weinkultur geben werde. Eine Gelegenheit wie diese ließen sich echte Pfälzer Weinfreunde nicht entgehen, und das Archiv würde eindeutig zu einem der Highlights der zukünftigen Weinerlebniswelt werden.

Abgerundet wurde der Vortrag von einem animierten virtuellen Rundgang durch die zukünftigen Räume, die ein professioneller Sprecher kommentierte, bevor Hellinger zum Abschluss eine grobe Kostenkalkulation und einen vorläufigen Zeitplan für die Maßnahmen präsentierte. Das pompöse Konzept hatte natürlich seinen Preis und richtete sich an ein gehobenes, zahlungskräftiges Publikum, das laut Recherchen einer sündhaft teuren Unternehmensberatung in ausreichendem Maße vorhanden war.

Röder verdrehte die Augen, fielen doch schon seit Jahren versnobte Großstädter über seine geliebte Pfalz her und verdarben die Preise für einen anständigen Schoppen durch ihre ausufernde Protzsucht. Alles in allem würden knapp drei Jahre vergehen, bevor alles stehen würde.

Hellinger hatte ein Lächeln in den Augen, als er dem Publikum für die Aufmerksamkeit dankte und sein Glas erhob. Röder interpretierte das Lächeln als Dollarblick, denn er wusste, dass Hellinger nach Wu der größte Investor und entsprechend am Erfolg beteiligt war. Die Obermanns brachten das Gebäude ein, aber nicht viel mehr. Trotz ihres Erfolges als Winzer war ihnen das alte Gemäuer ein Klotz am Bein. Würde der angekündigte Coup nicht gelingen, müssten sie es veräußern oder den Bankrott erklären. Sie hingen an ihrem Erbe, und Versuche, den alten Hof zu verkaufen, waren in der Vergangenheit gescheitert. Die Investorengruppe war ihre letzte Chance, wieder Geld einzutreiben und so das Erbe wenigstens teilweise zu sichern. Hellinger würde von dem Projekt und seinem Einsatz erheblich profitieren, denn er sollte von den Obermanns als Ausgleich für seine Investition einen großen Weinberg am Pechsteinkopf erhalten, einer der besten deutschen Rieslingweinlagen, die längst internationale Berühmtheit erlangt hatte. Aber darüber sprach Hellinger nicht.

»So, jetzt haben wir noch Zeit für Fragen und Antworten, bevor wir zum wichtigsten Teil des Abends, dem Pfälzer Büfett, übergehen. Was möchten Sie wissen?«

Sofort gingen etliche Hände hoch. Anwohner stellten Fragen zur Lärmbelästigung und Parksituation. Die komplett anwesende Grünen-Fraktion des Stadtrats sorgte sich um den Erhalt des Baumbestandes. Hellinger konnte jede der Fragen souverän und überzeugend beantworten. Insgesamt war die Stimmung friedlich, denn die Mehrheit der Deidesheimer erkannte die Chance für die kleine Stadt. Ihnen war klar, dass eines der markantesten Gebäude der Stadt dem Verfall preisgegeben war, sollte sich keine Lösung zur Sanierung finden.

Röder zuckte zusammen, als er ein paar Reihen hinter sich die Stimme von Riemer, seinem speziellen Journalistenfreund, vernahm. Er hatte ihn nicht hereinkommen sehen.

»Meine Frage richtet sich an Herrn Neubert: Bei so einer Sanierung fällt doch eine große Menge Müll an. Wie stellen Sie sicher, dass dieser fachgerecht entsorgt wird?«

Es war Neubert anzusehen, dass er sich über die Frage wunderte und nicht viel damit anfangen konnte. Dementsprechend allgemein fiel die Antwort aus: »Bei Sanierungen dieser Größenordnung werden die Materialien getrennt und dem entsprechenden Abfall- oder Wiederverwertungskreislauf zugeführt.«

Damit war die Sache für ihn erledigt, aber Riemer hakte nach. »Es ist mir bewusst, dass es eine Vielzahl von Gesetzen und Verordnungen zur Müllentsorgung gibt, aber die werden ja nicht immer eingehalten.«

»Was meinen Sie damit?«, fragte Neubert.

»Ich meine damit die Gerüchte, dass Ihre Firma illegal Müll im See des Pechsteinkopfs entsorgt hat.«

Ein Raunen ging durch den Raum, denn jeder Pfälzer hatte mittlerweile von den Fässern im Pechsteinkopf gehört.

»Was erlauben Sie sich? Wie kommen Sie darauf, dass meine Firma etwas mit diesem Fund zu tun hat?«, fragte Neubert scharf.

»Auf Luftbildaufnahmen sind gelbe Chemikalienfässer zu erkennen. Genau solche verwenden Sie seit Jahrzehnten zur Entsorgung von giftigen Abfällen. Auf Ihrem Werksgelände stehen Hunderte davon.«

Jetzt brach ein Tumult los, den Hellinger nur mit einem beherzten Griff zum Mikrofon unter Kontrolle bringen konnte. »Das Büfett ist eröffnet. Vergessen Sie nicht, sich vorher noch ein Getränk vom Schoppenstand zu holen. Sie sind im Namen der Investoren zu unserem Abendessen und zu dem einen oder anderen Gespräch herzlich eingeladen.«

Die Ankündigung des wichtigsten Tagesordnungspunkts beruhigte effektiv die Anwesenden, die jetzt zum Büfett strömten, das im Hof aufgebaut war. Röder, der durch seinen Fuß gehandicapt war, ließ der Masse den Vortritt. Nachdem er schwerfällig aufgestanden war, lief er prompt Riemer in die Arme.

»Was haben Sie denn da eben behauptet? Wie kommen Sie darauf, dass die Fässer von Neubert stammen?«

»Ich verrate meine Quellen nicht.«

»Das verlange ich ja auch nicht. Mich interessiert nur die Aufklärung eines möglichen Verbrechens. Was wissen Sie darüber? Wir haben in der Vergangenheit doch schon manches Mal einen Deal gemacht. Sie sagen mir, was Sie wissen, und von mir bekommen Sie als Erster Informationen, was den Fall betrifft, sobald er gelöst ist.«

Riemer überlegte nicht lange. »Fässer wie die da oben im See habe ich schon mal gesehen. Und zwar bei der Firma Neubert, als ich wegen einer Reportage über Müllentsorgung dort war.«

»Woher wissen Sie, um was für Fässer es sich handelt? Die Polizei hat da oben alles abgesperrt.«

»Im Internet gibt es Videos, die wohl von einer Drohne stammen. Da habe ich sie gesehen. Ich meine natürlich die Kunststofffässer und nicht das alte Holzfass, aus dem die eklige Hand raushängt.«

»Die Videos dürften nicht im Internet stehen, das behindert unsere Ermittlungen. Haben Sie etwas damit zu tun?«

»Hören Sie, ich will Ihnen helfen, und Sie beschuldigen mich. Was soll das?«, wehrte Riemer energisch ab.

Röder sah ein, dass an der Argumentation was dran war. »Das ist alles?«, fragte er, um die Diskussion abzukürzen.

»Das ist alles. Ich stochere auch nur herum und versuche, eine Reaktion zu erzeugen. Ich weiß selbst, dass es solche Fässer wie Sand am Meer gibt.«

Röder ließ es dabei bewenden, er verabschiedete sich und reihte sich mit Manu in die Essensschlange ein.

Als alle Gäste gegessen hatten und ein Glas Pfälzer Wein in ihren Händen hielten – die Stimmung war am Höhepunkt –, trat Hellinger ans Mikrofon und kündigte die Führung durchs Weinarchiv des Weinguts Obermann-Urban an. Weihevoll zog er einen großen altmodischen Schlüssel aus seiner Hosentasche und schritt voran, eine Traube von

Menschen hinter sich herziehend, die dem Rattenfänger von Hameln alle Ehre gemacht hätte. Einige Insider verblieben allerdings an den Stehtischen, weil sie das Archiv kannten und eher die Ruhe schätzten, die diese Sammlung seit vielen Jahrzehnten ausstrahlte.

Auch Röder und Manu zogen es vor, oben zu bleiben, was allerdings nicht auf ihr mangelndes Interesse zurückzuführen war, sondern auf Röders schlimmen Fuß. Einmal mehr schimpfte er über Lotte und was er sich wegen ihr alles entgehen lassen musste, denn er war noch nie in dem Weinarchiv der Obermann-Urbans gewesen.

VIER

Ein heftiges Gewitter ging am nächsten Morgen über Bad Dürkheim nieder. Bäume bogen sich, Äste brachen, und zartgrüne Blätter wirbelten durch die Straßen. Tischtennisballgroße Hagelkörner prasselten auf die Erde und zerstörten die Weinberge im Norden der Stadt.

Röder war das alles egal, denn er fühlte sich krank, richtig krank. In der Nacht hatte er Schüttelfrost und Fieber gehabt, sodass Manu bereits versucht gewesen war, ihn ins Krankenhaus zu fahren. Jetzt half sie ihm in die Kleidung, denn Röder konnte sich kaum bewegen, geschweige denn auftreten. Sein Fuß war auf Ballongröße angeschwollen, und Manu hatte große Mühe, ihren Mann ins Auto und in die Praxis ihres Freundes Kleber zu bringen.

»Na, was hast du denn geschafft?«, fragte der Mediziner, als Röder unter Schmerzen ins Sprechzimmer humpelte. »Hast du versucht, Fußball zu spielen? Das sind Sportarten, die du nicht mehr anfangen solltest, auch wenn du deinen Enkeln imponieren willst.« Kleber verging das Lachen, als er den Klumpfuß näher in Augenschein nahm. »Warum bist du nicht früher gekommen? Da ist ein riesiger Abszess an der Ferse. Du stehst kurz vor einer Blutvergiftung, du Hornochse. Das musst du doch schon eine Weile gemerkt haben.«

Manu fiel in die Gardinenpredigt des Arztes ein und schimpfte zusätzlich über Röders Unvernunft und Sturheit. Kleber blieb nichts anderes übrig, als den Abszess mit einem Skalpell zu öffnen und den stinkenden Eiter abfließen zu lassen. Er verschrieb Röder starke Antibiotika und lud noch eine weitere Tirade über ihm ab, dass er besser auf sich achten und auf seine Frau hören sollte.

»Du bleibst die nächsten Tage im Bett.«

»Das geht nicht. Wir stecken gerade in einer schwierigen Ermittlung.«

»Ja, der Pechsteinkopf. In den Zeitungen steht ja nichts anderes mehr. Der Neubert soll drin verwickelt sein, habe ich gehört.«

»Von wem hast du das gehört?«, fragte Röder.

»Ach, das ist nur Getratsche, das mir die Patienten so erzählen. Du weißt doch, wie schnell Gerüchte in Bad Dürkheim die Runde machen. Aber der Neubert hat in den Neunzigern schon mal Ärger gehabt, als er irgendwelchen Müll von der BASF nicht richtig entsorgt hatte. Er ist damals allerdings freigesprochen worden, weil es wohl auch ein Problem mit der Deklaration gab. Letztendlich konnte man ihm keinen Vorsatz nachweisen, und außerdem erklärte er sich bereit, den Müll auf eigene Kosten wieder ausgraben und fachgerecht vernichten zu lassen. Aber ein bisschen bleibt bei so einer Sache ja immer hängen.« Dann wechselte er noch mal das Thema. »Ich werde dich für heute und morgen krankschreiben. Du bleibst im Bett, nimmst die Tabletten und hörst in Zukunft auf deine Frau.«

Sie saßen wieder im Wagen, Manu steuerte eben die Apotheke an, als Röders Telefon klingelte. Es war sein Chef, der sich über einen Fernsehbericht vom Vorabend aufregte. »Müllmafia? Was haben Sie sich denn dabei gedacht? Sie können doch nicht so wilde Spekulationen in die Welt setzen. Nicht genug, dass Sie die ganze Staatsanwaltschaft lahmgelegt haben, jetzt phantasieren Sie auch noch herum.«

Röder, der gestern kein Fernsehen geschaut hatte, brauchte eine Weile, bis er verstand, worauf Thelen hinauswollte. Der Fernsehbericht zeigte ihn im Pulk der Journalisten vor der Staatsanwaltschaft bei der Stellungnahme zu den Ereignissen in seinem Büro und erwähnte einen möglichen Zusammenhang mit einer angeblichen Müllmafia. Ein Gerücht, das sich nur auf die Frage von Riemer stützte.

Als Thelen sich beruhigt hatte, beschlossen sie, eine Gegendarstellung zu schreiben. Obwohl Röder sich krank fühlte, sagte er zu, sie im Laufe des Vormittags zu formulieren. Zu Hause angekommen, nahm er seine Tabletten und ließ sich erschöpft in seinen Fernsehsessel fallen, was ihm einen sofortigen Anpfiff von Manu einbrachte, denn er sollte ja eigentlich ins Bett. Er ließ eine weitere Tirade über sich ergehen, griff aber gleichzeitig zu Laptop und Handy und versuchte, Köksal anzurufen, doch der nahm nicht ab, das Telefonat wurde weitergeleitet.

»Büro Dr. Röder, Sie sprechen mit Barbara Fickeisen.«

Röder war, wie üblich, wenn ein Mitarbeiter seiner Abteilung nicht an den Apparat ging, in seinem Vorzimmer gelandet, das heute aber eigentlich gar nicht hätte besetzt sein dürfen.

»Was machen Sie denn in meinem Büro?«, fragte er perplex.

»Das ist momentan der einzige freie Arbeitsplatz in Ihrer Abteilung. Da dachte ich, ich richte mich hier vorübergehend ein, jedenfalls so lange, bis Frau Vogel wiederkommt. Das macht Ihnen doch nichts aus?«

»Nein, natürlich nicht. Ich wollte allerdings Herrn Köksal sprechen.«

»Ah, der steht neben mir. Wir besprechen gerade die Fälle. Warten Sie, ich lege Sie auf den Lautsprecher.«

Noch ehe Röder widersprechen konnte, meldete sich auch schon Köksal. Sie tauschten sich über den Stand der Ermittlungen aus und sprachen über den schlechten Fernsehbeitrag.

»Ich hatte mir gedacht, dass Sie bestimmt eine Gegendarstellung brauchen«, warf Barbara ein, »und habe schnell eine geschrieben. Ich schicke Sie Ihnen. Vielleicht können Sie die ja verwenden.« Kaum zwei Sekunden später zeigte ein Klingeln an seinem Laptop den Eingang einer neuen E-Mail an.

Röder wurden der Arbeitseifer und der Vorausblick seiner neuen Referendarin so langsam unheimlich. Sie sprachen noch kurz über Neubert, und Röder erwähnte, was er bei seinem Arzt über ihn erfahren hatte. Wieder war es Barbara, die versprach, sich auf die Suche nach den Prozessakten zu machen.

»Die Geologen haben übrigens eine Spezialfirma beauftragt, einen Überhang im Steinbruch zu sprengen, der abzustürzen droht«, berichtete Köksal. »Die Vorbereitungen dazu werden das gesamte Wochenende andauern, da sich die Arbeiter vom Kraterrand abseilen müssen, um dann mühsam die Sprengladungen anzubringen. Das ist wohl ziemlich gefährlich.«

Mehr Neuigkeiten gab es nicht, und so beendeten sie das Gespräch. Röder las sich die Gegendarstellung durch und staunte über die gute Formulierung und Präzision. Er leitete sie ohne Änderungen an Thelen weiter, natürlich nicht, ohne Barbara in seiner begleitenden E-Mail ausdrücklich gelobt zu haben. Schließlich gab er dem Drängen seiner Frau nach und legte sich ins Bett, wo er sofort einschlief.

***

Er verschlief den Rest des Tages und fast den ganzen Freitag. Zwischendurch wurde er von Manu nur zweimal geweckt, um die nächste Dosis Antibiotikum zu schlucken und etwas Hühnersuppe zu sich zu nehmen, beide Male sank er beinahe umgehend zurück in traumlosen Schlaf.

Als Röder am späten Freitagnachmittag aufwachte, war gerade ein heftiger Regenguss über die Stadt niedergegangen, und die warmen Straßen dampften in der Sonne, die nun wieder die Oberhand über die Wolken hatte. Manu hatte jede Störung von ihm ferngehalten, richtete ihm jetzt aber aus, dass Steiner sich telefonisch für Samstagmorgen angekündigt hatte, es gebe Neuigkeiten über die beiden Fälle. Neugierig geworden, rief er Steiner sofort zurück, erreichte aber nur den Anrufbeantworter.

Röder fühlte sich nach der langen Ruhezeit tatsächlich ein wenig besser, wozu auch ein leichtes Abendessen beitrug, das er zusammen mit Manu unten in der Küche einnahm. Nur sein Verlangen nach einer Rieslingschorle konnte nicht gestillt werden, denn die war ihm von Manu während der Rekonvaleszenz kategorisch verboten worden. Er fühlte sich jedenfalls wieder so weit gestärkt, dass er den Rest des Abends über Deidesheim, den Riesauer Hof und den Pechsteinkopf recherchieren konnte. Dabei suchte er nicht nur im Internet nach Informationen, denn er verfügte über eine bemerkenswerte Sammlung von Büchern über die Pfalz, die schon sein Vater zusammengetragen hatte und die er beständig erweiterte.

Als Erstes fiel ihm ein Artikel über die Weinlage Pechstein in die Hände, die zu einer der besten zählte, die Deutschland zu bieten hatte. Die Lage in Forst, einem Nachbarort von Deidesheim, war vielleicht sogar die beste Rieslingweinlage der Welt. Perfekt nach der Sonne ausgerichtet, wurde der Boden dieses einmaligen Weingartens schnell erwärmt, wodurch sich die Trauben hervorragend entwickeln konnten. Der Name rührte von den Basaltsteinen des einzigen Vulkans der Pfalz her, der sie vor Urzeiten ausgespuckt hatte. Sie waren von cleveren Weinbauern großzügig über die gesamte Gegend verteilt worden, weil diese den Nutzen der dunklen Steine erkannt hatten.

Durch sie wurde der Boden mit vielen wichtigen Mineralien angereichert, und die teilweise tiefschwarzen Steine speicherten zusätzlich die Wärme. Der große Anteil von angeschwemmten Tonerden sorgte darüber hinaus für den richtigen Feuchtegrad, was eine optimale Nährstoffaufnahme durch die tief wurzelnden Rebstöcke garantierte. Nicht umsonst entwickelten die Weine ein besonders fruchtiges, ausgewogenes und mineralisches Aroma. Noch bekannter als der Pechstein war allerdings das »Forster Ungeheuer«, das bereits 1828 als Spitzenlage gehandelt worden war. Vom alten Bismarck stammte der Spruch »Dieses Ungeheuer schmeckt mir ungeheuer«, der die Lage unsterblich gemacht hatte.

Der nächste Artikel behandelte den Bergbau auf dem Pechsteinkopf. Seit Mitte des 19. Jahrhunderts war dort über einen Zeitraum von fast hundertfünfzig Jahren Basalt in zwei Tagbergwerken abgebaut worden. Bis sie durch Lkws abgelöst wurde, hatte eine Seilbahn das geförderte Material zu einem Mahlwerk an der Bahnlinie im Tal transportiert. Der südliche und als Erstes aufgelassene Steinbruch war heute ein ökologisches Kleinod, in dessen Mittelpunkt sich ein kleiner See gebildet hatte. Im Sommer wurde er heute wie früher von meist jugendlichen Schwimmern besucht, die sich durch das kalte Wasser nicht abschrecken ließen und halsbrecherische Sprünge von einem Felsvorsprung machten. Röder konnte sich aus seiner und Hellingers Mofa- und Mopedzeit, während der sie es selbst einige Male aufgesucht hatten, noch gut an das Badeparadies erinnern. Der größere Nordsteinbruch war damals sogar noch in Betrieb gewesen. In diesem über hundert Meter tiefen Krater waren die Fässer entdeckt worden.

Röder betrachtete die Bilder und schwelgte in Erinnerungen. Mit seinen Kindern war er früher einige Male zum

Kastaniensuchen durch das schöne Margarethental und dort hinaufgelaufen, ohne jedoch in den Krater hinabzusteigen, was verboten und gefährlich war. Zu Hause hatten die Mädchen aus den gesammelten Früchten Kastanienmännchen gebastelt, die sie überall im Haus dekorativ verteilten. Mit seinem Freund Hellinger hatte Röder den Abstieg vor ein paar Jahren auf einer Wanderung zum Eckkopfturm allerdings nachgeholt. Der künstliche See, die Reste der alten Maschinen und die verwunschene Natur hätten heute leicht die Kulisse für einen Science-Fiction-Film »made in Palz« abgeben können.

Dann stolperte Röder über einen Artikel über die Weinkatakomben von Deidesheim. Steinerne Gänge, die das Städtchen im Untergrund durchzogen und deren Länge zusammengenommen über drei Kilometer betrug. Teilweise waren sie über tausend Jahre alt. Früher einmal miteinander verbunden, waren sie erst in neuerer Zeit durch Parzellierung und Baumaßnahmen auseinandergerissen und unterbrochen worden. Das berühmte Weingut Reichsrat von Buhl besaß heute fast ein Drittel der Keller. Wie die Weingüter Bassermann-Jordan und Dr. Deinhard war es 1849 bei der sogenannten Jordan'schen Erbteilung entstanden und gehörte immer noch zu den renommiertesten Rieslingerzeugern der Welt, die ständig alle möglichen Preise abräumten. Bei diesen Weingütern wirkten noch die goldenen Zeiten des 19. Jahrhunderts nach, als die Deidesheimer Weine bekannter, beliebter und teurer als die französischen gewesen waren. Die großen Geister dieser Zeit schätzten und tranken den Wein damals in unglaublichen Mengen und waren bereit, beinahe jeden Preis zu zahlen. Wilhelm Busch schöpfte daraus seine Inspirationen, und Felix Mendelssohn Bartholdy schrieb an einen Freund: »... wer nicht bei Buhl war, der weiß nicht, was Forster Riesling hernieden ist.« Der Artikel wurde mit Kurzporträts der fünf Deidesheimer VDP-Winzer abgerundet, von denen einer die Familie Obermann-Urban war, die mit ihrem Riesauer Hof auf eine ähnlich lange Geschichte und Tradition zurückblicken konnte.

Nach weiteren zwei Stunden Pfalzlektüre schlief Röder erschöpft in seinem Sessel ein.

Am nächsten Morgen weckte ihn spät die Sonne. Er fühlte sich besser, wenn auch ziemlich matt. Mit einer Mülltüte um den Fuß hatte er geduscht, dann Kaffee getrunken und eine Kleinigkeit gegessen, als es an der Tür klingelte. Es war elf Uhr, Steiner war wie üblich pünktlich. Sie gingen auf die Terrasse, die von der Morgensonne bereits angenehm erwärmt war.

»Willst du was trinken, Gerald? Vielleicht einen Kaffee?«, fragte Manu ihren Gast.

»Es ist zwar noch ein bisschen früh, aber auch schon Wochenende, deshalb würde ich lieber eine Rieslingschorle nehmen, die geht ja bei euch nie aus.«

»Au ja, ich nehme auch eine«, stellte Röder erfreut fest.

»Das kannst du vergessen, du bist krank und nimmst Medikamente.« Manu bedachte ihren Mann mit einem strengen Blick. »Aber ich bringe dir ausnahmsweise noch einen Kaffee.«

Röder wollte protestieren, doch Steiner machte ein beschwichtigendes Handzeichen. Er erkundigte sich nach Röders Befinden, als Manu mit den Getränken zurückkam.

»Jedenfalls habe ich jetzt genug hypochondert. Was machen denn unsere Fälle?«, fragte Röder und schielte neidisch zu seinem Freund hinüber, der das Dubbeglas ansetzte und einen großen Schluck zu sich nahm.

Steiner drehte sich suchend um, und als er feststellte, dass die Luft rein war, reichte er Röder das Glas. »Freunde dringe in de Palz immer zamme außem Dubbeglas«, sagte er. »Siwwe Daach war de Röder kronk. Jetzert dringkt er widder Schorle, Gott sei Donk.«

»Du bischd ään eschte Froind.« Röder trank und reichte ihm das Glas mit einem zufriedenen Seufzer zurück. »Alla, was gibt's Neies?«

»Unser Bulgare war dick im Müllgeschäft dabei. Er war auf hochgiftigen Müll spezialisiert, den er nach Bulgarien in eine besondere Aufbereitungs- und Verbrennungsanlage brachte. Er hatte alle notwendigen Lizenzen und Papiere. Und obendrauf auch noch die technischen Möglichkeiten, sprich: gesicherte Behälter, um solche Transporte durchzuführen. Er scheint seriös gewesen zu sein. Jeder, mit dem wir gesprochen haben, gibt ihm ein gutes Zeugnis.«

»Kannte er Neubert?«

»Ja, er hat wohl früher für ihn gearbeitet«, sagte Steiner, dann wechselte er das Thema. »Deine Neue ist übrigens ziemlich clever und superhübsch noch dazu. Du musst aufpassen, dass sie dir den Laden nicht aufmischt.«

»Was meinst du damit?«

»Na ja, selbst der Bati schleicht ziemlich um sie herum.«

»Was? Der ist doch gerade erst Vater geworden!«

»Vielleicht deswegen«, sagte Steiner mit einem lakonischen Unterton. »Mit dem Baby hat Sybille vielleicht nicht mehr so viel Zeit für ihn. Er wäre nicht der Erste.«

»Ach, du siehst Gespenster. Du verkraftest es nicht, dass deine beste Kraft in Mutterschutz ist.«

»Genau, deswegen muss ich allen Schaden von ihr fernhalten, damit sie bald wiederkommt.«

»Zurück zum Thema. Wir waren bei Neubert und dem Bulgaren stehen geblieben.«

»Richtig. Bojanov hat früher auch für Neubert gearbeitet und für ihn regelmäßig giftige Sachen in Bulgarien entsorgt.«

»Ist das so einfach, Giftmüll über mehrere Grenzen zu bringen?«

»Klar, wenn du die Lizenzen hast, schaffst du den Müll dorthin, wo er entsorgt werden kann. Das ist eine Handelsware, die keine Grenzen kennt. Es kommt nur darauf an, dass der Transporteur und die Entsorgungsfabrik zertifiziert sind. Teilweise haben die verbrauchten Materialien sogar noch einen erheblichen Wert, sofern sie aufbereitet werden können, heißt das. Da dies in Bulgarien billiger geschehen kann als in unserem Hochlohnland, rentiert sich der Transport allemal. Das nennt man freie Marktwirtschaft.«

»Danke für die Nachhilfe in BWL. War Bojanov auf irgendwelche Stoffe spezialisiert?«

»Cyanide aus metallverarbeitenden Betrieben sind sehr häufig auf seinen Ladelisten zu finden, aber auch strahlende Substanzen aus Arztpraxen und Krankenhäusern. Alles Mögliche halt.«

»Und Neubert vermittelte die Geschäfte?«, fragte Röder.

»Nein, seine alte Firma war der Auftragnehmer, mit Bojanov als Subunternehmer. Ein Mann fürs Grobe. So ist das bis heute. Die Hand hält Elondis auf, auch wenn Bojanov zu seinen Lebzeiten nicht schlecht dabei wegkam. Er verdiente für bulgarische Verhältnisse viel. Besonders auch deshalb, weil er auf Reisen immer in seinem Wagen gepennt hat und nicht viel mehr als Zigaretten, Ziegenkäse, Brot und Wodka verbrauchte.«

»Du klingst komisch, wenn du das sagst. Ich meine herauszuhören, dass dabei irgendwas nicht mit rechten Dingen abgelaufen ist.«

Steiner brummte Unverständliches, bevor er antwortete: »Na ja, beweisen können wir es nicht, aber auch wenn wir das Geschwätz von Riemer nicht allzu ernst nehmen, müssen wir der Sache nachgehen. Die Fässer im See auf dem Pechsteinkopf sehen wirklich so aus wie manche von denen, die auf dem Gelände von Elondis lagern. Schon möglich, dass die nebenbei auch mal krumme Geschäfte machen.« Steiner nahm einen Schluck aus dem Dubbeglas, das von »Außergewerdische« schon mal gern als Blumenvase diffamiert wurde, ehe er ergänzte: »Es ist wohl nicht zu weit hergeholt, eine Verbindung zwischen dem Mord und den Fässern zu vermuten.«

»Ja, das müssen wir ernsthaft in Betracht ziehen.« Röder griff genau in dem Moment nach der Schorle, als Manu auf die Terrasse kam, und zog rasch seine Hand zurück.

»Du scheinst ja ganz schön Durst zu haben, Gerald. Dein Glas ist schon so gut wie leer«, sagte sie und funkelte Röder dabei an.

»Ja, hatte ich. Aber *eine* Schorle reicht um diese Uhrzeit«, antwortete Steiner.

»Das glaube ich auch.« Manu verschwand wieder im Haus.

»Mannometer. Manu wäre als Staatsanwalt sicher noch gefürchteter als du. Pardon, ich meine natürlich, als Staatsanwältin«, sagte Steiner und ließ Röder das Glas austrinken.

»Wem sagst du das? Was gibt's denn eigentlich Neues vom Pechsteinkopf?«

»Unverändert. Da das Wetter gut ist, klettern im Moment die Jungs von der Spezialfirma im Steinbruch herum. Das ist ziemlich spektakulär, müsstest du dir mal ansehen gehen. Dein Nachbar, der Bildhauer, will übrigens heute mit uns sprechen. Er wartet auf unseren Anruf.«

»Du meinst Mathias Nikolaus?«

»Genau der«, sagte Steiner. Er nahm sein Tablet, legte es auf den Tisch und wählte in Skype eine Nummer. Kurz darauf meldete sich Nikolaus, der ungefähr im gleichen

Alter wie Röder war. Sie kannten sich vom Sehen und hatten bei den Schubkärchlern schon mal die eine oder andere Schorle miteinander getrunken. Sie waren sich sympathisch, und wenn sie sich trafen, unterhielten sie sich gern über Gott und die Welt sowie die schönen Skulpturen, die Nikolaus in der ganzen Pfalz aufstellte. Er war ein vielfach prämierter Steinbildhauer, der bevorzugt mit dem hiesigen gelben Sandstein arbeitete, den schon die alten Römer geschätzt hatten. Die schöne Sonnenskulptur bei Leistadt, der Wurstmarktkreisel und die Säulen der restaurierten römischen Villa am Weilberg stammten von ihm. Natürlich war er auch Kunde bei Hellinger.

»Ah, der Herr Dr. Röder. Ich habe gehört, bei Ihnen hat es gebrannt?«

Röder winkte ab. »Nicht der Rede wert. Unser Hund hat den Grill umgeworfen.«

»Ja, das erzählte man mir«, sagte Nikolaus mit einem amüsierten Lächeln auf den Lippen.

Steiner ergriff sogleich das Wort, denn Röder war es an der Nasenspitze anzusehen, dass er über den Vorfall nicht sprechen wollte und gereizt reagieren würde. Er ließ Nikolaus noch einmal die Ereignisse im Steinbruch schildern. Den Hangrutsch, das Aufschwemmen des Fasses, die Wachsleiche und die überstürzte Flucht. Der Hergang war demnach genau so, wie er es schon vor Tagen zu Protokoll gegeben hatte, und die Befragung brachte den Beamten keine neuen Erkenntnisse.

»Dann grüßen Sie mir Ihre Frau und besonders auch Ihre Frau Mutter, Herr Röder. Sie war sehr besorgt um mich, weil sie sich doch schuldig fühlt.«

Röder stutzte. »Warum sollte sich meine Mutter schuldig fühlen?«

»Na, weil ich in dem Steinbruch war.«

»Was hat denn das mit meiner Mutter zu tun?«

»Ach, das wissen Sie gar nicht?«, fragte Nikolaus verblüfft. »Ihre Frau Mutter hat doch die Skulptur in Auftrag gegeben. Und es war ihre Idee, sie nicht aus Sandstein, sondern aus Forster Basalt zu fertigen. Deswegen bin ich in den Steinbruch gefahren. Sie erwähnte, dass sie und ihr Mann die Weine vom Pechsteinkopf früher besonders gern getrunken haben. Deshalb das Denkmal.«

»Denkmal?« Röder riss die Augen auf. »Was soll das denn für eine Skulptur sein?«

»Na, ein Dubbeglas natürlich. Ungefähr einen Meter hoch.«

»Was will sie denn mit dem Ding? Doch nicht etwa auf den Friedhof stellen?«

»Ich denke, das habe ich ihr erfolgreich ausgeredet. Zuletzt war sie einverstanden, es lieber im Garten zu platzieren.«

Röder stöhnte gequält, als sie das Gespräch beendet hatten, und Steiner sagte lachend, dass er reingehen und sich um noch eine Schorle kümmern werde.

***

Nachdem Steiner nach Hause gefahren war, verbrachte Röder den Rest des Tages abwechselnd in seinem Fernsehsessel und in dem sonnigen Eck auf seiner Terrasse. Nach dem schönen Morgen verhingen einige Wolken den Himmel, aber die Temperaturen waren weiterhin angenehm sommerlich warm. Unter normalen Umständen hätte er mit Manu eine Wanderung durch den Pfälzer Wald unternommen oder einen Lauf durch die Weinberge gemacht. Trotz der fortschreitenden Besserung seines Gesundheitszustandes immer noch unmöglich.

Er haderte mit seinem Schicksal und fluchte laut, als er sich bei einer ungeschickten Bewegung mal wieder den wehen Fuß anschlug und ihm vor Schmerzen beinahe schwarz vor Augen wurde.

Nachdem er unlustig in der »Rheinpfalz« geblättert hatte, die heute seltsamerweise nicht einen Artikel über den Pechsteinkopf oder den toten Bulgaren enthielt, warf er seinen Laptop an und ging seine E-Mails durch. Er fand eine Nachricht von Barbara, die am frühen Nachmittag abgesendet und der als Anhang die eingescannte, fünfundzwanzig Jahre alte Prozessakte von Neubert beigefügt worden war. In der E-Mail entschuldigte sich Barbara für die schlechte Scan-Qualität, wünschte Röder eine gute Besserung und wies ihn auf Punkt drei der Anklageschrift hin. Die letzte Bemerkung hatte sie mit mehreren Ausrufezeichen versehen.

Röder öffnete den Anhang und wurde sofort stutzig, denn Punkt drei der Anklage bezog sich nicht auf ein Umweltdelikt, sondern auf illegalen Waffenbesitz. Geübt im Querlesen von langen Akten, ging er die Schriftsätze durch, wobei er an den relevanten Passagen langsam machte und intensiver las. Am Ende der Lektüre angelangt, pfiff er durch die Zähne. Neubert war zwar vom Vorwurf der unsachgerechten Müllentsorgung freigesprochen, aber zu einer Geldstrafe wegen illegalen Waffenbesitzes verurteilt worden. Die Waffen hatte man im Rahmen der Müll-Ermittlungen bei der Durchsuchung seines Betriebsgeländes entdeckt. Neubert gab bei der Befragung an, die Waffen im Auftrag eines Kunden entgegengenommen zu haben, um sie zu vernichten. Diese Geschichte war nach Aktenlage zwar plausibel, da aber weder der Kunde noch Neubert die Behörden eingeschaltet hatte, obwohl die Waffen über einen längeren Zeitraum auf dem Werksgelände lagerten, machte das eine Verurteilung wegen illegalen Waffenbesitzes unvermeidlich. Bei den Waffen handelte es sich um zwei alte Pistolen und ein ebenso altes Jagdgewehr. Aber viel mehr als die juristische Beschreibung des Waffendelikts fesselte Röder der Name des Kunden: Thomas Obermann.

In diesem Moment meldete sein Postfach den Eingang einer neuen Nachricht. Barbara hatte ihm die deutlich dünnere Akte des Strafverfahrens gegen Obermann geschickt. Auch dieser war in einem minderschweren Fall von illegalem Waffenbesitz zu einer Geldstrafe verurteilt worden. Einen interessanten Aspekt enthielt die Akte aber doch: Obermann hatte angegeben, die Waffen beim Aufräumen im Weingut entdeckt zu haben, und erklärt, dass sie von seinem Schwiegervater stammten, der sie nach dem Krieg gehortet habe. Sie seien vergessen worden, bis sie nach dessen Tod beim Aufräumen wiederauftauchten. Obermann erklärte außerdem, die Waffen seinem Freund Neubert übergeben zu haben, der versprochen habe, sie fachgerecht und sicher zu entsorgen, was aber offenbar schiefging beziehungsweise nicht erfolgt war.

Röder hatte genug gelesen, zumal er Lust auf einen Kaffee oder eine Alternative, vorzugsweise aus Wein und Wasser, verspürte. Genau in diesem Moment kam Manu mit einem Tablett auf die Terrasse. Marie-Claire und Rolfi hatten sich mit ihrer Tochter zum Kaffeetrinken angekündigt und waren auf dem Weg hierher.

Der Tag klang stressfrei aus, und Röder schlief seit mehreren Tagen endlich wieder ohne nennenswerte Schmerzen ein. Auch der Sonntag begann gemütlich, denn es gab keine neuen E-Mails, geschweige denn Telefonanrufe. Röder wusste von Steiner, dass dieser in anstrengenden Ermittlungen einmal die Woche eine Auszeit nahm, da seine Leistungen vom ununterbrochenen Arbeiten nicht unbedingt besser wurden. Er erwartete dies auch von seinen Mitarbeitern. Dass die Auszeit für Steiner diesmal auf einen Sonntag fiel, war allerdings ein reiner Zufall.

Röder und Manu verbrachten den Sonntag mit Zeitunglesen und Kaffeetrinken auf der Terrasse, ehe sie sich am frühen Abend auf den Weg zu Hellinger machten, der zu einem Imbiss im kleinen Rahmen eingeladen hatte. Sie hatten die Einladung kurzfristig und nur deshalb angenommen, weil Röder seiner Frau glaubhaft versichern konnte, dass er sich ausreichend dazu in der Lage fühlte. Die Beschreibung »pudelwohl« hatte sie ihm allerdings nicht abgenommen.

Manu übernahm den Fahrdienst, nicht ohne ihren Mann daran zu erinnern, dass er wieder an der Reihe sei, wenn sein Fuß wiederhergestellt wäre. Sie fuhr seit Kurzem einen Opel Mokka, da der alte Familienvan nicht mehr zu reparieren gewesen war und sie kein großes Auto mehr brauchte, nachdem die Kinder alle mehr oder weniger aus dem Haus waren.

Sie sprachen über ihre Töchter und deren Zukunftspläne, als sie Ungstein durchquerten und auf der linken Seite die römische Villa passierten. In vier Wochen würde hier das Weinfest an der Römerkelter stattfinden, das eines ihrer liebsten war, auch wenn es vor vielen Jahren durch einen toten Bankdirektor in die Schlagzeilen geraten war. Röder wischte den Gedanken beiseite, denn der Vorfall war schon zu lange her.

Sie parkten den Wagen in Hellingers Hof, dessen Eigentümer gerade mit einigen Flaschen Wein unter dem Arm aus dem alten Weinkeller kam, in dem er seine Spezialitäten und den Hausriesling ohne Etikett lagerte. Er begrüßte sie herzlich und versprach, sie alle in den Arm zu nehmen, sobald er sich seiner Last entledigt hätte. Auf der Terrasse, von der man einen wunderbaren Blick in die Oberrheinebene hatte, machte Hellinger sein Versprechen wahr. Er bedachte Manu mit Komplimenten, küsste sie auf den Mund und traktierte danach Röder mit einer ruppigen Umarmung, die neudeutsch »Bear Hug« genannt wurde. Max winkte zu ihnen herüber. In der Feuerstelle auf dem seltsam derangiert wirkenden Rasen knisterten glühende Rebknorzen, und Hellingers Sohn war gerade dabei, ein Dreibein aus Edelstahl darüber aufzustellen. Meiming kam mit einem Tablett Gläser aus der Küche und begrüßte sie genauso herzlich. Mit ihrer unkomplizierten und aufgeschlossenen Art wertete sie den eingefleischten Männerhaushalt der Hellingers deutlich auf, wie Manu ihrem Mann flüsternd eingestand.

Die größte Freude aber löste Lothar, von Hellinger in bestem Pfälzisch »Loddar« genannt, aus. Das neueste Familienmitglied stürmte neugierig meckernd auf sie zu, nur um sich anschließend von ihnen streicheln und tätscheln zu lassen.

»Das Vieh ist wie ein Hund«, sagte Hellinger, der dem Tier liebevoll auf den Rücken klopfte. »Mit seinen Hörnern sieht er gefährlich aus, aber er ist ein wirklich sanftmütiger Kerl.«

Die Anwesenheit des Geißbocks erklärte den schlechten Zustand des Rasens, der Röder schon bei der Ankunft aufgefallen war.

»Ich muss noch das brachliegende Stück Wingert da unten einzäunen, dann spendiere ich ihm ein paar Weiber, also Ziegen, meine ich. Dann werden wir mal sehen, ob der gut gebeutelte Herr hält, was er verspricht.«

»Wird es heute saarländisch?«, fragte Röder, als er kurz darauf die erste Schorle von Hellinger entgegennahm und auf das Schwenkgrillgestell deutete. Manu hatte sich mit Meiming und zwei Gläsern Chardonnay an den kleinen Tisch auf der mächtigen Weinbergsmauer zurückgezogen. »Oder hängst du einen Wok übers Feuer?«

»Weder noch, aber mit dem Wok liegst du gar nicht so falsch. Es gibt Chili con Carne, das schmeckt Max so gut, und ich will nicht, dass er ständig den McDonald's-Fraß verlangt.«

»Die Kinder sind halt so«, antwortete Röder, der diese Zeiten längst überstanden hatte.

»Du kannst mir bei den Vorbereitungen helfen.«

»Du weißt doch, dass ich nicht kochen kann«, sagte Röder.

»Du sollst mir auch nur helfen. Wir trinken dabei Schorle und quatschen von alten Zeiten.« Hellinger schob Röder ein Schneidbrett mit Messer hin und warf ein paar Chilischoten obendrauf. »Schön fein hacken und danach gut die Hände waschen. Du darfst dir keinesfalls ins Auge greifen«, instruierte er seinen Freund und begann seinerseits, mit den Zwiebeln zu hantieren.

»Sag mal, wie lange kennst du eigentlich deine Investorenkollegen?«

»Den Thomas kenne ich schon ewig. Der ist ja bereits in dritter Generation VDP-Winzer und um einiges älter als ich. Vor fünfundzwanzig Jahren, als ich das Weingut umkrempelte und ebenfalls VDP-Winzer wurde, war er mein Mentor beim Verband. Du solltest dich eigentlich an ihn erinnern.«

»Nicht wirklich. Das war doch die Zeit, als ich in Bonn promoviert habe«, antwortete Röder und schnippelte die Chilischoten. »Hast du gewusst, dass er damals wegen illegalem Waffenbesitz vorbestraft war?«

»Nö, keine Ahnung, davon hat er mir nichts erzählt. Ich wusste nur, dass sein Schwiegervater diesbezüglich einen Hau weghatte, weil er bekanntermaßen Waffen hortete.«

»Hat Obermann dir das gesagt?«, hakte Röder nach.

»Nein, das erzählt man sich in Deidesheim. Der Alte war schon längst unter der Erde, als mich Obermann beriet. Er muss aber ein riesiges und ziemlich brutales Arschloch gewesen sein. Hat seine Kinder wohl regelmäßig verprügelt und auch im Ort für Stunk gesorgt, weshalb ihm jeder am liebsten aus dem Weg ging.«

»Und was weißt du über Neubert?«

»Ist das ein Verhör?«, wollte Hellinger wissen.

»Nein, eine Befragung unter Freunden, aber der Stoff da im Dubbeglas soll deine Zunge lösen.«

»Na, mit dieser Droge wirst du nicht viel aus mir herauskriegen. Ich bin nämlich auf das Zeug geeicht.« Hellinger nahm demonstrativ einen Schluck von seiner Rieslingschorle und kam dann auf die Frage zurück. »Der Obermann und der Neubert sind alte Freunde. Außerdem ist Neubert in der Kreispolitik aktiv, woher ich ihn ein bisschen kenne. Ansonsten zählt er ja als Unternehmer zur Prominenz in Dürkheim, und ich weiß, dass er mal Schwierigkeiten mit irgendwelchem Müll hatte. Er ist aber freigesprochen worden, wenn ich richtig informiert bin.«

Röder nickte. »Wie bist du auf die beiden als Kompagnons gekommen?«

»Ich hatte gehört, dass Thomas sein Weingut verkaufen will, weil es ihm über den Kopf wächst. So was spricht sich in Winzerkreisen wie ein Lauffeuer herum. Daraufhin habe ich ihn besucht, weil er einige der besten Lagen am Pechsteinkopf besitzt, die ich ihm gern abgekauft hätte. Im Gespräch hat er allerdings klargestellt, dass er nur den alten Bunker loswerden und das Weingut unverändert mit seinem Sohn weiterführen will. Die wollten sich in der Nähe etwas Kleineres kaufen oder neu bauen.«

»Aber jetzt hat er sich das anders überlegt und will mit euch zusammen in die Bruchbude investieren?«

»Ja, denn bei ein paar Gläsern seiner wirklich hervorragenden Rieslingweine fingen wir an herumzuspinnen, und ich schlug ihm vor, doch eine Weinerlebniswelt aus dem alten Gemäuer zu machen. Das liegt voll im Trend.

Die Idee gefiel ihm auf Anhieb, weil er sich sowieso nur schweren Herzens von seinem geschichtsträchtigen Erbe trennen wollte. Er allein hätte aber nie die Kohle für die Renovierung aufbringen können. Also habe ich ihm das mit den Investoren vorgeschlagen. Das funktioniert woanders ja auch.«

»So kam sein Freund Neubert ins Spiel.«

»Genau. Und dann über die Agentur der Chinese. Was sich für mich nun doppelt auszahlt.«

»Wegen deiner komischen Bio-Schorle?«

»An der ist rein gar nichts komisch. Aber du hast recht. Ich habe dir doch schon erklärt, wie die in China auf europäischen Wein abfahren. In Frankreich läuft das Geschäftsmodell seit Jahren. Jeder Chinese, der etwas auf sich hält, hat drüben sein eigenes Château. Und der Trend kommt jetzt auch zu uns in die Pfalz.«

Röder konnte die Begeisterung seines Freundes nicht nachvollziehen. »Dann gehen die Pfalz und ihr Wein bald unter, und wir trinken Schorle nur noch aus kleinen Bierflaschen mit chinesischen Schriftzeichen, auf denen Warnhinweise zu den ganzen chemischen Inhaltsstoffen stehen. Das sind keine guten Aussichten.«

»Ach, sei nicht so pessimistisch. Wir haben hier immer Einwanderer gehabt. Die Römer, die Schweizer, die Hugenotten. Dürkheim leitet sich von ›Heim der Thüringer‹ ab.«

»Das waren wenigstens Ossis.«

Die beiden Freunde lachten.

»Wo hast du denn eigentlich die ganze Kohle her? Ich weiß, dein Weingut läuft prima, aber du hast doch erst letztes Jahr mordsmäßig in deinen Maschinenpark investiert.«

Hellinger grinste. »Ja, das Projekt wird mich eine Stange Geld kosten, aber dafür werde ich schon jetzt in Naturalien abgefunden. Ich habe dir doch erzählt, dass ich für mein finanzielles Engagement von Obermann ein paar Hektar Wingert am Pechsteinkopf bekomme. So konnte ich die Bank ganz leicht von meinem Konzept überzeugen.«

Röder prustete. »Du alter Gauner, ich staune immer wieder über deinen Geschäftssinn.« Er schob Hellinger das Brett mit den gehackten Chilischoten hin. »Ich muss jetzt mal die überschüssige Schorle wegbringen.«

Er machte sich auf den Weg zur Gästetoilette und stieß, dort angekommen, einen derart infernalischen Schrei aus, dass Hellinger, Max und die beiden Frauen angerannt kamen.

Hellinger begriff die Situation sofort. »Ich habe dir doch gesagt, dass du dir nicht in die Augen fassen sollst!«

»Habe ich auch nicht«, jaulte Röder unter Schmerzen. »Oder sieht das für dich so aus?«

»Mein Ratschlag galt auch für andere empfindliche Körperteile. Warte, ich bring dir was«, sagte Hellinger und kam kurz darauf mit einem Becher Joghurt zurück. »Da steckst du ihn jetzt rein. Das hilft, glaube mir.«

***

Der Schmerz hatte tatsächlich nachgelassen. Das Chili con Carne köchelte inzwischen über dem Feuer, und nachdem sie ihren Mann eine Weile ernsthaft getröstet und ihm beim Verarzten geholfen hatte, konnte sich selbst Manu ein Lächeln nicht mehr verkneifen.

»Wehe, ihr erzählt irgendjemandem etwas davon«, sagte Röder in einem giftigen Tonfall.

»Niemals«, gelobte Hellinger inbrünstig, und die anderen Anwesenden stimmten zu, wobei sie ihr Lachen kaum verhehlen konnten.

Manu zeigte Mitleid und versuchte, die Gesellschaft auf

ein neues Thema zu bringen. »In der ›Rheinpfalz‹ stand, dass die Turmuhr bei der Geißbockversteigerung einige Sekunden zu früh geschlagen hat. Es muss wohl ein Fehler vorgelegen haben, obwohl sie erst kürzlich gewartet wurde.« Sie wandte sich an Hellinger. »Tatsache ist, dass deine Konkurrenten beim Bieten theoretisch noch eine Chance gehabt hätten, den Geißbock zu ersteigern.«

»Praktisch jedoch nicht«, sagte Hellinger schmunzelnd. »Bei der Uhr wurde bei den diesjährigen Wartungsarbeiten nämlich das Funkuhrenmodul ausgetauscht.«

»Ja und?«, fragte Manu.

»Das Funkuhrenmodul stammt aus China. Es wird in einer Elektronikfabrik hergestellt, deren Inhaber ein guter Freund von Wu ist.«

»Was? Willst du damit etwa sagen, dass du die Geißbockversteigerung manipuliert hast?«, fragte Röder entsetzt.

Hellinger zuckte mit den Schultern. »Ich weiß von nichts. Tatsache ist, dass ich den Geißbock ersteigert habe. Geißbock-Ersteigerer sind prominent. Und wegen unserem Projekt kann ich gute Presse in Deidesheim brauchen.«

»Das darf doch nicht wahr sein! Du bist wirklich ein Gauner, das ist Betrug. Das ist wie die Schummel-Software in den Dieselautos. Nein, das ist sogar noch schlimmer, denn hier geht es um die Integrität des Pfälzer Brauchtums.«

»Wen schert's? Ich habe den zweithöchsten Preis bezahlt, den jemals ein Geißbock erbracht hat, und dem Loddar geht's gut bei mir. Er hat lebenslanges Bleiberecht, und das mit den Mädels für ihn, das meine ich ernst.«

»Ich glaub's ja nicht. Mein bester Freund ist ein Krimineller. Ich kann an niemanden mehr glauben. Die Pfalz geht unter.«

»Jetzt krieg dich mal wieder ein. Ich verstehe ja, dass du von Berufs wegen peinlich korrekt sein musst, aber du musst mich nicht beleidigen. Ich bringe dir jetzt noch eine Schorle, und du isst noch einen Teller Chili, aber dann ist es auch wieder gut.«

FÜNF

Die Fliederbüsche waren bereits am Verblühen, und Vogelpaare fütterten hektisch ihre Brut. Frühe Gäste in den Stadtcafés schlürften zeitunglesend ihren Kaffee, bevor sie sich, vom schönen Wetter beschwingt, zur Arbeit begaben.

Röder hatte seinen ersten Kaffee des Tages in der Morgensonne auf dem kleinen Balkon ihrer Wohnung im ersten Stock genossen und stand jetzt ein wenig verzweifelt vor der Kaffeemaschine in seinem Büro. Normalerweise bereitete Frau Vogel ihm immer eine Tasse zu, wenn er zur Arbeit erschien. Sie war zwar längst wieder zu Hause, wegen eines Knalltraumas und der Schocknachwirkungen aber noch immer krankgeschrieben. Röder nahm sich vor, sie in nächster Zeit mal anzurufen, um sich nach ihrem Befinden zu erkundigen.

Er hantierte fluchend an der Maschine, als Barbara mit einem fröhlichen »Guten Morgen« den Raum betrat. Sie hatte ein knielanges, figurbetontes rotes Kleid an, über dem sie eine modische, halblange dunkle Jacke trug. Sie sah atemberaubend gut aus.

»Sie müssen hinten den Hauptschalter einschalten. Hab ich ausgemacht, als ich am Freitag gegangen bin. Ich habe ein Problem damit, wenn die Geräte ständig auf Stand-by sind. Das kostet nur unnötig Strom, und man muss befürchten, dass die Dinger in die Luft fliegen.« Sie stutzte. »Oh, Entschuldigung, ich wollte keine Anspielungen machen. Aber jetzt lassen Sie mich mal ran. Ich hole schnell frisches Wasser und bringe Ihnen die Tasse an Ihren Schreibtisch.«

»Sie sind nicht zum Kaffeekochen hier«, sagte Röder.

»Außerdem muss ich mich bei Ihnen bedanken, weil Sie so schnell die alten Prozessakten aufgetrieben haben. Und noch dazu am Wochenende. Ihr außerordentlicher Einsatz hat uns sehr geholfen und erheblich weitergebracht.«

»Danke schön, das habe ich gern gemacht, denn es ist ein spannender Fall. Und wegen Ihrem schlechten Gewissen mache ich jetzt einen Strich auf Ihrer Kaffeeliste.« Sie nahm die Kaffeetasse und wollte gerade hinausgehen, als ihr noch etwas einfiel. »Ach so. Herr Steiner will nachher vorbeikommen, um uns auf den neuesten Stand zum Mord an Bojanov zu bringen.«

»Wie, Sie haben heute schon mit ihm telefoniert?«

»Klar, er hat mich in meinem Auto erreicht, als ich auf dem Weg zur Arbeit war.«

»Na, so was, normalerweise ruft er mich an«, sagte Röder mit einem leicht beleidigten Unterton, den er sofort bereute.

»Nun, er wusste, dass Frau Vogel nicht da ist und Sie um diese Zeit nicht ans Handy gehen.«

»Ich habe keine Freisprechanlage im Auto.«

»Das sagte Herr Steiner auch, dass es so etwas in Ihrem Oldtimer nicht gibt.«

»Ich fahre keinen Oldtimer, sondern einen zwanzig Jahre alten Mercedes.«

»Oops, das klang bei Herrn Steiner aber anders«, entgegnete Barbara und verschwand schleunigst aus dem Raum.

»Anscheinend klappt ja alles auch ohne mich«, murmelte Röder verschnupft und bemerkte dabei nicht, dass Köksal das Büro betreten hatte.

»Was klappt ohne dich?«, fragte er.

»Ihr braucht mich hier nicht, denn ihr kommt offenbar auch ganz gut ohne mich zurecht.«

»Sei doch nicht gleich beleidigt«, sagte Köksal und

klopfte Röder auf die Schulter. Seit ihrem letzten großen Fall duzten sie sich und pflegten ein freundschaftliches Verhältnis. »Ein erstklassiger Chef von deinem Format stellt seine Abteilung so auf, dass er für kurze Zeit entbehrlich ist. Auf die Dauer funktioniert das natürlich nicht, aber du warst ja nur ein paar Tage krankgeschrieben.«

»Jetzt machst du dich auch noch lustig über mich mit all dem Süßholzgeraspel. Ich sehe doch dein Grinsen.«

»Nein, das steht so im Lehrbuch zur Personalführung. Lernt man als Beamtenanwärter«, sagte Köksal, aber das Grinsen stand weiter unübersehbar in seinem Gesicht. »Mal was ganz anderes: Unser aller Herr und Meister ist nicht gut auf dich zu sprechen, wegen der Evakuierung und so.«

»Ich sage doch, ihr sägt an meinem Stuhl. Wie hättest du denn gehandelt?«

»Jetzt hör doch auf, die beleidigte Leberwurst zu spielen. Thelen hat uns letzte Woche nacheinander einbestellt und uns geradezu verhört. Er wollte wissen, wie die Aktion im Einzelnen abgelaufen ist.«

Barbara betrat mit zwei Tassen Kaffee den Raum, und im selben Moment klingelte das Telefon. Röder meldete sich, sagte nur knapp »Ja« und legte wieder auf.

»Die Stimme des Herrn?«, fragte Köksal, und Röder nickte.

»Wenn ich nicht pünktlich zurück bin, weil ich vom Chef die Daumenschrauben angelegt bekomme, leitest du die Montagsbesprechung.«

Im Hinausgehen sah Röder aus dem Augenwinkel, wie Barbara die eigentlich für ihn bestimmte Tasse Köksal reichte und sich beide wissend ansahen.

»Das wird nicht meine Woche«, sagte er leise.

Die wöchentliche Abteilungssitzung war unter der Leitung von Köksal längst im Gang, als Röder nach dem Gespräch mit Thelen dazustieß. Sie diente dem Zweck, alle Mitarbeiter der Abteilungen über die aktuellen Fälle zu informieren und sich untereinander auszutauschen. Um nicht den Zeitrahmen zu sprengen, wurden die Fälle nicht im Detail erörtert. Dies geschah in kleineren Expertengruppen oder aber mit Röder. Als er den Sitzungsraum betrat, verstummten seine Mitarbeiter kurz, denn sie alle wussten, dass der manchmal cholerische Behördenchef Röder in den Senkel gestellt hatte. Röder versuchte, sich nichts anmerken zu lassen, er wollte das unerquickliche Gespräch mit dem leitenden Oberstaatsanwalt nur vergessen. Mangelnde Eignung zur Führung und Hysterie hatte Thelen ihm vorgeworfen. Röder hatte das Gespräch auf die beiden Fälle lenken wollen, aber Thelen verfiel immer wieder auf das Thema der vermeintlichen Briefbombe und Röders angebliche Überreaktion. Am Ende hatte er ihm sogar noch eine Kur ans Herz gelegt.

Röder war froh, als die montägliche Sitzung schließlich zu Ende war. Schon im Gang hörte er fröhliches Lachen aus seinem Büro. Steiner war bereits da und trank Kaffee mit Barbara.

»Was für eine Laus ist dir denn über die Leber gelaufen?«, fragte er, als er Röder sah.

»Komm in mein Büro. Barbara, bitte rufen Sie Köksal an, dass er zur Lagebesprechung kommen soll.«

Als sie am Besprechungstisch Platz genommen hatten, fragte Steiner vorsichtig, wie sich Röder fühle, was dieser nur kurz angebunden und schmallippig beantwortete. Er empfand es als Erlösung, als Köksal kam und den Small Talk unterbrach. Ihm folgte Barbara mit einer Tasse Kaffee in der Hand, die sie vor Röder abstellte.

Röder blickte sie dankbar an. »Bleiben Sie doch hier,

setzen Sie sich dazu. Sie sind ja bereits in die Ermittlungen eingebunden.« Die junge Frau strahlte, und Röder fühlte sich mit der warmen Tasse in der Hand sofort besser. »Also, Gerald. Was gibt es Neues?«

»Die Kriminaltechniker haben das Neun-Millimeter-Projektil gefunden. Es lag ziemlich genau da, wo Pyreck es der Flugbahn nach vermutet hat. Das ist eine kriminaltechnische Meisterleistung, die Jungs sind einfach nur genial.« Alle nickten. »Das Projektil stammt aus einer P38, und die Munition ist von der Machart her alt.«

»Was heißt ›alt‹?«, fragte Köksal.

»Ziemlich alt. Kriegsproduktion. Das kann man aus der reduzierten Stärke und den Herstellungsspuren des Kupfermantels schließen.«

»Ist so eine alte Munition überhaupt noch brauchbar?«

»Richtig gelagert hält die wohl mindestens hundert Jahre, wenn nicht länger.«

»Wie lagert man Munition richtig, damit sie so lange hält?«, wollte Barbara wissen.

»Vor allem trocken und weder zu heiß noch zu kalt. Manche Jäger schweißen ihre Munition in Plastikfolie ein und lagern sie so in ihren Waffenschränken. Die schießen dann über Jahre ohne Beeinträchtigungen damit. Das gilt auch für viel ältere Munition.«

»Wir suchen also jemanden, der sich mit Waffen auskennt und über geeignete Lagermöglichkeiten wie beispielsweise einen Waffenschrank verfügt? Das spräche in gewisser Weise für einen registrierten Waffenbesitzer statt für einen Kriminellen, der seine Waffen auf der Straße bei irgendeinem dubiosen Waffenhändler kauft«, folgerte Barbara.

»Da ist was dran«, sagte Steiner. »Ich werde mal beim Ordnungsamt prüfen lassen, ob Neubert registrierte Waffen besitzt.«

»Oder der Obermann«, fügte Röder hinzu.

»Oder der Obermann und sein Sohn«, antwortete Steiner nickend.

Sie diskutierten noch einige Details des Falles, um auf den gleichen Kenntnisstand zu kommen, bis Röder die Sitzung schließlich beendete. Steiner bat darum, Röder noch unter vier Augen zu sprechen, und die beiden jungen Leute verließen das Büro.

»Hat dich der Alte in die Pfanne gehauen?«, fragte Steiner.

»Das kann man wohl sagen, aber ich will nicht darüber sprechen.«

Steiner nickte. »Die Geologen sprengen heute die absturzgefährdete Felswand im Pechsteinkopf. Wenn alles gut geht, wird Pyreck im Anschluss daran mit seinen Leuten zum See runtersteigen und seine Arbeit machen. Ich denke, das sollten wir uns anschauen.«

»Ich glaube, ich kann hier heute nicht weg. Ich habe viel zu tun, denn ich war im Urlaub und danach krank. Ich muss meinen Rückstand aufarbeiten.«

»Das ist aber schade.« Steiner blickte auf die Uhr. »Es ist jetzt Mittagszeit, und ich wollte vorher noch zum Forster Winzer, um eine Kleinigkeit zu essen.«

Steiner wusste natürlich, dass die zur Winzergenossenschaft gehörende Weinstube Zum Forster Ungeheuer eine der Lieblingsadressen von Röder war, zumal an einem Montag.

»Beim Forster Winzer war ich schon ewig nicht mehr. Die haben super Rumpsteaks, und montags hat nicht viel auf.«

»Genau, und vergiss die Weine nicht. Deswegen dachte ich, dass wir zuerst ein ›Pälzer Rumpsteak‹ essen und uns danach die Sprengung anschauen. Ich fahre und bringe dich auch wieder hierher zurück.«

»Du bist ein wahrer Freund«, sagte Röder, dessen Widerstand längst gebrochen war.

Sie fuhren über die B 9 und die A 650 nach Bad Dürkheim und sprachen über das vergangene Wochenende. Am Ortseingang von Röders Heimatstadt wollte Steiner auf die Umgehungsstraße wechseln.

»Fahr durch die Stadt und durch Wachenheim, das ist doch viel schöner«, sagte Röder, und Steiner gehorchte. Er freute sich sichtlich, dass es ihm gelungen war, seinen Freund von dem beruflichen Ärger abzulenken.

»Die Forster haben schon alle Weißweine vom vergangenen Jahr auf der Flasche. Ich sage dir, die Spätlese ist klasse. Letztes Jahr war wieder ein Spitzenjahrgang«, stellte Steiner fest.

»Beim Forster Ungeheuer und beim Pechstein machst du eigentlich nie etwas falsch.«

»Sag das nicht, es gab schon Jahre, da konntest du selbst das Zeugs aus diesen Lagen nicht trinken.«

Sie fachsimpelten noch eine Weile, bis sie an der nördlichen Skulptur des Forster Ungeheuers in das idyllische Weinbaudorf abbogen und nach ein paar hundert Metern auf den Parkplatz des Winzervereins fuhren. Sie mussten eine Freitreppe in das obere Stockwerk des Gebäudes erklimmen, was Röder erstaunlicherweise ganz ohne Schmerzen schaffte. Das imposante Haus stammte aus napoleonischer Zeit und war von einem reichen Winzer im frühklassizistischen Stil erbaut worden. Im Napoleonzimmer, einem Nebenzimmer der Weinstube, sollte der französische Kaiser auf dem Weg nach Austerlitz oder bei einem seiner Besuche der linksrheinischen Gebiete übernachtet oder gespeist haben. So ganz genau wussten die Lokalhistoriker das auch nicht.

Für Montagmittag war erstaunlich viel Betrieb in der Gaststätte, aber sie hatten Glück und ergatterten einen der schönen Fensterplätze. Als sie das Essen bestellt hatten und selig von ihrem Forster Ungeheuer Spätlese tranken, entspannte sich Röder deutlich. »Was, glaubst du, ist in den Fässern drin? Ich meine die anderen, die die Drohne gefilmt hat.«

Steiner zuckte mit den Schultern. »Vor allem hoffentlich keine weiteren Leichen. Die neuen Kunststofffässer haben Ähnlichkeit mit denen, die bei Elondis auf dem Hof stehen. Das macht mich schon stutzig. Klar, solche Fässer gibt es hunderttausendfach, besonders in der Nähe der BASF, aber es ist doch verwunderlich, dass wir einen toten bulgarischen Müllunternehmer haben, der auf heikle Abfälle spezialisiert war, und dort oben im See beinahe zeitgleich mehrere Chemiefässer auftauchen.« Er deutete mit dem Weinglas in Richtung des Pechsteinkopfes. »Seltsamer Zufall, wenn du mich fragst.«

»Du meinst, es gibt einen Zusammenhang zwischen den Fällen? Der Gedanke kann einem kommen.«

»Ob wir da oben einen Fall haben oder nicht, können wir noch nicht mit Gewissheit sagen. Du erinnerst dich vielleicht, dass vor ein paar Jahren Wanderer dort oben einen Totenschädel aus dem Krieg gefunden haben?«

Röder nickte. Die Geschichte ging damals groß durch die Medien. Eine Wandergruppe war querfeldein über die Abraumhalden des Bergwerks gelaufen und buchstäblich über den Schädel gestolpert. Auch die Geschichten der Alten aus seiner Kindheit kamen ihm in den Sinn, die von vergeblichen Abwehrgefechten rund um Bad Dürkheim gesprochen hatten. Ganze Armeeabteilungen verschanzten sich damals in den Tälern, wurden von den alliierten Tieffliegern aber trotzdem ausgelöscht. Der gruselige Schädelfund vom Pechsteinkopf zeugte wahrscheinlich von diesen Kämpfen.

»Die Wachsleiche kann aber schwerlich ein Opfer der

Gefechte sein. Wie wäre sie ins Fass gekommen? Außerdem wurde der Steinbruch bis in die achtziger Jahre hinein betrieben. Die Fässer müssen also später in den See gelangt sein.«

Steiner winkte ab. »Wir müssen abwarten, was Pyreck herausfindet. Spekulieren hilft uns jetzt nicht weiter, aber das alles ist schon sehr komisch. Du kennst die Regel: Bei zu vielen Zufällen auf einmal ist was faul.«

Sie unterbrachen ihr Gespräch, als die Bedienung zwei riesige saftige Rumpsteaks mit einem Berg Zwiebeln obendrauf vor ihnen abstellte, und orderten noch zwei Rieslingschorlen, die sie sich zusammen mit den typisch Pfälzer Rumpsteaks grandios schmecken ließen.

Satt und zufrieden fuhren sie schließlich zurück zum nördlichen Ortsausgang. Am Weingut Nikolaus Werle bogen sie nach Westen ab, wo sie der Weg durch die berühmte Weinlage Forster Pechstein führte. Sie passierten einen Gedenkstein, auf dem ein Steinhauer und eine Inschrift abgebildet waren, und erreichten über eine sehr holprige Straße aus hiesigem Basalt einen kleinen Wanderparkplatz. Ein Schild wies Besuchern den Weg zu einem Waldhaus zwischen Wald und Reben.

»Wenn wir die Woche noch mal hierherkommen, gehen wir in die Waldweinstube Thomas. Da kann man auch gut und deftig essen«, sagte Steiner.

Die Schranke in das Margarethental war geschlossen, ein uniformierter Polizist regelte den Zutritt. Steiner zeigte ihm seinen Ausweis und wechselte ein paar freundliche Worte mit dem jungen Kollegen, der sie sogleich passieren ließ. Der geschotterte Weg war eng und stieg steil an. Nach etwa anderthalb Kilometern erreichten sie den nördlichen der beiden Krater. Überall standen Fahrzeuge der Polizei, der Feuerwehr und einer Spezialfirma für Kräne. Der Weg war dadurch dermaßen verengt, dass Steiner sehr langsam fahren musste, bis er endlich einen Abstellplatz für sein Fahrzeug fand.

Pyreck begrüßte sie. »Ihr kommt genau richtig. Der Sprengmeister kontrolliert gerade die Ladungen. Wenn alles stimmt, erfolgt die Sprengung in den nächsten Minuten.«

Er führte sie zu einer Stelle, an der der Forstzaun um das Kraterloch aufgeschnitten war und von wo aus man eine gute Sicht auf den fast hundert Meter tiefen Krater hatte. Die Wasseroberfläche schimmerte grünlich. Am gegenüberliegenden Felshang, in etwa fünfzig bis sechzig Metern Höhe, schwang sich der Sprengmeister in voller Bergsteigermontur behände von Sprengloch zu Sprengloch. Er inspizierte, gesichert von einem langen Seil, die Arbeit seines Teams, das ihn von der Kraterkante herab klettertechnisch absicherte. Deutlich konnte man den Überhang erkennen, der nach dem Abbruch der unteren Hälfte entstanden war und von dem jetzt die akute Gefahr eines weiteren Felssturzes ausging.

»In den Alpen werden die Jungs auch Bergputzer genannt«, bemerkte Pyreck. »Ich finde das sehr passend.«

Röder schmunzelte und fragte dann: »Wird die Sprengung nicht alle Spuren beseitigen?«

»Klar, und wir haben uns heldenhaft ein paar Meter den Weg hinuntergetraut, um wenigstens schon mal die Reifenspuren zu sichern. Was aber am Ende übrig bleibt, wenn die Flutwelle über das Ufer geschwappt ist, kann kaum jemand vorhersagen. Hoffen wir mal, dass die Fässer heil bleiben und wir da unten keine Umweltkatastrophe auslösen. Es geht sowieso zuerst die Feuerwehr runter. Wir haben den Gefahrstoffzug von Schifferstadt angefordert. Bei der Nähe zur BASF ist das der qualifizierteste Trupp in der ganzen Vorderpfalz«, sagte Pyreck und grinste.

In diesem Moment pfiff der Sprengmeister lautstark durch die Finger und streckte dann den Daumen in die Höhe, woraufhin er in die Höhe gezogen wurde.

»So, jetzt müssen wir in Deckung gehen. Die Jungs meinten zwar, dass die Ladungen so angebracht sind, dass alles in den Krater stürzen wird, aber man weiß ja nie.«

Über Funk wurde durchgegeben, dass die Sprengung nun ausgeführt werden könne und alle Anwesenden Deckung aufzusuchen und das Sprengsignal abzuwarten hätten. Pyreck hatte eine Kamera auf ein Stativ montiert und schaltete sie ein. Ohne große Eile gingen sie etwa hundert Meter bergauf und versammelten sich mit den anderen auf dem Plateau, auf dem früher ein Brechwerk gestanden hatte. Da ertönte auch schon ein lang gezogener Ton des Drucklufthorns. Es folgte eine Pause, bevor zwei aufeinanderfolgende Signale die Sprengung ankündigten.

Röder spürte einen deutlichen Ruck in den Beinen, als der Boden bebte und dann erst die dumpfe Explosion zu ihnen herüberhallte. Es gab einen weiteren Schlag, als die Gesteinsmassen auf den Seeboden krachten. Erst jetzt fiel Röder der dicke Feuerwehrschlauch auf, der vom oberen See über die Straße zum unteren See führte. Eine große transportable Pumpe stand auf dem Plateau und sorgte für den benötigten Druck.

»Das hat die Freiwillige Feuerwehr aus Deidesheim aufgebaut. Wir werden damit die Staubwolke auflösen, die sich bei der Explosion gebildet hat«, erläuterte Pyreck. »Wir sparen dadurch wertvolle Zeit, weil wir nicht warten müssen, bis alles verflogen ist. Außerdem drücken wir so auch eventuell ausgetretene Giftstoffe nieder.«

»Ihr habt ja echt an alles gedacht«, sagte Röder anerkennend.

Sie warteten das Entwarnungssignal ab und gingen dann zu ihrem Beobachtungspunkt zurück. Tatsächlich lag eine dicke Staubwolke über dem See, unter der sie die Wasseroberfläche nicht sehen konnten.

»Wenn die Schwaden weg sind, geht wie gesagt zuerst die Feuerwehr runter.«

Tatsächlich begannen die Feuerwehrleute bereits, sich in ihre ABC-Schutzanzüge zu zwängen, wobei sie sich gegenseitig routiniert unterstützten.

»Zerstören wir mit dem Wasser nicht auch noch die allerletzten Spuren?«, wollte Röder wissen.

»Da unten werden wir ohnehin nichts Brauchbares mehr finden. Die Flutwelle, der Staub, da macht ein bisschen künstlicher Regen keinen Unterschied. Wie ich schon sagte, haben wir oben auf den Wegen Reifenspuren gesichert. Unten müssen wir uns auf die Bergung der Fässer beschränken, und dazu brauchen wir die Jungs vom Gefahrstoffzug.«

In der Zwischenzeit hatten die Männer des Gefahrstoffzugs volle Montur angelegt und schwitzten bei der warmen Witterung unter ihren Schutzanzügen erbärmlich. Sie waren sichtlich nervös, aber das war vor einem solchen Einsatz wohl normal. Ein paar von ihnen hatten bereits eine transportable Luftmessstation in Betrieb genommen und überwachten deren Anzeige. Schließlich erteilten die Geologen die Freigabe und wiesen auf eine Reihe von wichtigen Verhaltensmaßregeln hin. Pyreck deutete auf einen großen, schnauzbärtigen Feuerwehrmann mit gutmütigem Gesicht und stellte ihn Röder und Steiner als Mannschaftsführer der Freiwilligen Feuerwehr aus Deidesheim vor.

»Ach God her, ich pack's jo nett. Des is jo de Staatsowald, de Röder. Mir henn uns schunn awwer ä gonzi Weil nimmi g'sehe«, sagte der Feuerwehrmann mit freudiger Überraschung.

»Her, des is doch der Walder Hoinz«, antwortete Röder in seinem Heimatdialekt. »Des is b'stimmt schunn zeh Johr her. Domols bei de Woistroßerallye, wie des Audo unne in Deisem gebrennt hot. Schää, Sie widder mol zu sehe. Wie geht's dann?«

»Alla hopp. Mir geht's gonz gud. Unn Ihne?«

»Kann nett klaache.«

»Alla dann.« Walter lachte und klopfte Röder auf die Schulter, eine Geste, die dieser ebenso erwiderte.

Röder hatte Heinz Walter, einen Großneffen der Fußballlegende Fritz Walter »um fünf Ecken«, kennengelernt, als Hellingers alter BMW im Vorfeld der Weinstraßenrallye vorsätzlich angezündet worden war. Der Feuerwehrmann war einst selbst ein bekanntes Fußballtalent in der Pfalz gewesen, hatte seine Karriere aber wegen eines Unfalls beenden müssen.

Die Feuerwehrleute aus Deidesheim versammelten sich an der Stelle, an der Röder und Steiner gestanden hatten, als sie die Arbeiten beobachteten. Walter gab das Kommando »Wasser marsch!«, und als das flüssige Nass mit Hochdruck aus der Düse zu schießen begann, mussten seine Männer mit aller Kraft den Schlauch festhalten, damit er nicht außer Kontrolle geriet.

Röder bemerkte die Drohne als Erster. Sirrend flog sie über ihre Köpfe hinweg, blieb einen kurzen Moment über dem Krater stehen und glitt dann senkrecht in die Tiefe. »Gehört die zu uns?«, fragte er.

»Eher nicht. Nur das LKA hat Drohnen, und unser Experte ist längst weg. Verdammt, da macht einer Aufnahmen«, antwortete Steiner und lief zu Walter, den er anwies, den Schlauch auf die Drohne zu richten.

Der Drohnenpilot erkannte offensichtlich die Gefahr und steuerte das Gerät unverzüglich aus der Gefahrenzone. Es verharrte noch eine Weile in sicherem Abstand und verschwand dann, so schnell, wie es gekommen war, in Richtung Norden.

»Wir müssen feststellen, wer sich so sehr für den Pechsteinkopf interessiert«, sagte Röder, und Steiner nickte.

Er ging zu den Streifenpolizisten hinüber, um sie mit der Suche zu beauftragen.

»Wahrscheinlich ein Paparazzo, der das Zeugs nachher auf YouTube einstellt«, mutmaßte er, als er zu Röder zurückkehrte.

»Das ist eine gute Idee. Lass uns heute Abend mal im Internet danach suchen.«

Der Staub hatte sich fast vollständig gelegt, als Pyreck zu ihnen herüberkam.

»Das wird heute nichts mehr. Die Jungs von der Feuerwehr werden gleich nach unten gehen und schätzen, dass sie mindestens drei bis vier Stunden brauchen, um Proben zu nehmen und die Umgebung zu untersuchen. Dann bleibt nicht mehr viel Zeit bis zur Dämmerung. Ich schicke meine Leute heim und lasse sie gleich morgen früh wieder antreten.«

Man konnte Steiner ansehen, dass er der Entscheidung nur wenig abgewinnen konnte.

Da es schon beinahe halb fünf war, beschlossen Röder und Steiner, ebenfalls den Heimweg anzutreten.

***

Steiner hatte seinen Freund wieder bei der Staatsanwaltschaft abgesetzt, doch Röder verspürte keine Lust, noch mal sein Büro zu betreten. Als er es dennoch tat, ertappte er Köksal und Barbara Fickeisen beim Flirten in seinem Vorzimmer. Er wollte gerade eine schnippische Bemerkung über Köksals frische Vaterschaft machen, denn in seinen Augen ging es gar nicht, dass dieser im Büro der Referendarin den Hof machte, während Sybille zu Hause mit dem Kind auf ihn wartete. Barbara kam ihm allerdings zuvor. »Ein Dr. Huang-Nyo von der Rechtsmedizin in Mainz hat angerufen und gefragt, ob Sie eine Kopie des Obduktionsberichts von dem toten Bulgaren haben wollen, wenn er ihn an Herrn Steiner schickt.«

»Natürlich will ich, das weiß er doch.«

»Ich glaube, der gute Mann war ein wenig durcheinander, weil er eigentlich Frau Vogel am Apparat erwartet hatte.«

»Hat er ihn denn jetzt geschickt oder nicht?«, fragte Röder in grantigem Ton. Der wenig erfolgreiche Tag hatte seine Spuren hinterlassen.

»Ja, Sie sollten ihn in Ihrem E-Mail-Postfach finden.«

»Gut, danke«, sagte Röder. »Ich werde ihn mir gleich anschauen.«

»Ich kann Ihnen auch sagen, was drinsteht. Er ist sehr interessant.«

»Wie bitte? Sie lesen meine E-Mails?«

»Frau Vogel war so freundlich und hat mir Ihr Passwort gegeben. Sie verwaltet ja Ihre E-Mails und freut sich, dass ich für sie einspringe«, sagte Barbara verlegen.

»Was? Meine Sekretärin gibt einer Referendarin mein Passwort?« Röder war entrüstet.

»Nun komm schon, Ben. Hab dich nicht so. Barbara will doch nur helfen«, mischte sich Köksal ein. »Irgendjemand muss sich schließlich um deine Termine und Korrespondenz kümmern, solange Frau Vogel krankgeschrieben ist. Du selbst sagst immer, dass der Bürokram nicht deine Stärke ist.«

Röder verstand die Welt nicht mehr. In seiner Abteilung machte offenbar jeder, was er wollte. Er war in der Stimmung, seine beiden Mitarbeiter in den Senkel zu stellen, aber Köksal redete bereits weiter: »Lass doch Barbara mal erzählen.«

»Also, Bojanov ist natürlich an der Schussverletzung gestorben, die sofort tödlich war«, fasste Barbara zusammen. »Aber er war bereits todkrank. Er hatte eine Leberzirrhose im Endstadium.«

»Mir ist die extrem gelbe Hautfarbe bei der Leiche aufgefallen.«

»Ja, er hätte nicht mehr lang gelebt, selbst wenn er nicht erschossen worden wäre. Interessant ist zudem der Aspekt, dass sich der Rechtsmediziner gewundert hat, dass Bojanov überhaupt noch Auto fuhr. In diesem Krankheitsstadium war er mit Sicherheit nicht mehr fahrtüchtig und ebenso wenig arbeitsfähig. Der Doktor wundert sich, wie er es überhaupt bis zum Parkplatz schaffen konnte.«

»Das ist wirklich interessant, doch welche Schlüsse lassen sich daraus ziehen?«

Als er keine befriedigende Antwort erhielt, beschloss Röder, seine Sachen zu packen und nach Hause zu fahren. Er freute sich auf eine kleine Mahlzeit mit Manu und die obligatorische Feierabendschorle.

***

Am nächsten Tag, als Röder schon den halben Vormittag mit Routinearbeiten verbracht hatte, klingelte sein Telefon. Es war Steiner.

»Pyreck ist seit zwei Stunden im Krater. Er und zwei seiner Männer versuchen zusammen mit den Jungs von der Feuerwehr, die Fässer zu bergen. Die mussten sich dazu ebenfalls in ABC-Schutzkleidung zwängen, und jetzt machen sie gerade eine Pause. Scheint ziemlich anstrengend zu sein. Er hat mich eben angerufen.«

»Haben die schon was Neues für uns?«

»Nein, sie haben die Leiche gelassen, wo sie ist. Sie wollen sie mit den anderen Fässern bergen und dann in die Rechtsmedizin bringen.«

»Gibt es irgendeinen Hinweis auf die Identität oder auf das Alter der Leiche?«

»Nichts außer dem Totenkopfemblem.«

»Und die anderen Fässer?«, fragte Röder.

»Sind alle noch im Wasser. Die haben genau wie auf den Aufnahmen der Drohne fünf Holzfässer und vier Kunststofffässer gezählt. Mindestens eines der Fässer scheint allerdings undicht zu sein, die Feuerwehr hat überhöhte Werte einer giftigen Chemikalie mit unaussprechlichem Namen gemessen. Scheint eine ziemliche Sauerei zu sein. Pyreck versucht, einen Kran zu organisieren, den er da runterschaffen kann.«

Röder pfiff durch die Zähne, und Steiner versprach, ihn auf dem Laufenden zu halten. Möglicherweise würde er am Nachmittag noch mal auf den Pechsteinkopf fahren.

»Ach, übrigens, die Drohne war wieder da«, sagte er. »Wir haben immer noch keinen Hinweis auf den Besitzer.«

»Das nächste Mal schießt ihr das Ding ab«, sagte Röder.

»Ich werde eine Flak anfordern«, antwortete Steiner.

»Vielleicht reicht ja schon ein Schrotgewehr.«

Sie unterhielten sich noch eine Weile über das Obduktionsergebnis des ermordeten Bulgaren, bevor sie das Telefonat beendeten und Barbara mit energischen Schritten Röders Büro betrat. »Ich habe das Drohnenvideo im Internet gefunden.«

»Sehr gut. Gibt es einen Hinweis auf den Urheber?«

»Leider nein, es wurde unter einem Pseudonym veröffentlicht, aber ich habe den Link an Herrn Steiner geschickt. Vielleicht kann die Kriminaltechnik etwas herausfinden. Ihnen habe ich die Mail auch geschickt, dann können Sie das Video auf Ihrem Computer ansehen. Etwas Besonderes ist aber nicht drauf.«

Röder sah sich die Aufnahme zusammen mit seiner Referendarin an. Das Filmchen mit dem Titel »Mysteriöser

Polizeieinsatz am Pechsteinkopf« war keine zwei Minuten lang und zeigte das Treiben von Polizei und Feuerwehr aus der Vogelperspektive. Als die Drohne in den Krater absank, kamen die Fässer ins Bild. Nachdem der unerwünschte Beobachter entdeckt worden war, endete das Video mit dem Abflug gen Norden.

»Ich denke, ich werde heute Nachmittag noch einmal hinfahren«, sagte Röder.

»Würden Sie mich mitnehmen? Ich war noch nie an einem Tatort, und das ist ja alles sehr spektakulär.«

Röder blickte auf Barbaras modisches Sommerkleid und die hochhackigen Schuhe. »Ich glaube nicht, dass Ihre Pumps für den Wald geeignet sind.«

»Kein Problem, ich habe immer meine Wanderschuhe im Kofferraum dabei.«

Das unprätentiöse Auftreten seiner neuen Mitarbeiterin brachte Röder zum wiederholten Male zum Staunen und Schmunzeln.

Nach dem Mittagessen meldete sich Steiner erneut. Man habe einen Autokran am Rand des Kraters in Stellung gebracht und werde in Kürze damit beginnen, die Fässer zu bergen. Röder gab zu, sich das ansehen zu wollen, und machte sich nach dem Telefonat sofort auf den Weg. Im Vorzimmer sprang Barbara freudig auf und wirbelte mit einer Plastiktüte herum, die wohl ihre Wanderschuhe enthielt.

»Ich kann auch fahren, wenn Sie wollen«, sagte sie. »Ich meine, für den Fall, dass Ihnen Ihr Fuß noch Schwierigkeiten macht.«

Röder nahm das Angebot dankend an, ohne zu ahnen, dass er sich auf den Beifahrersitz eines Smart quetschen musste und die junge Dame einen ziemlich rasanten Fahrstil an den Tag legte. Schneller als gewohnt erreichten sie den Pechsteinkopf beinahe gleichzeitig mit Steiner und wurden von Pyreck begrüßt, der noch halb im Schutzanzug steckte, während sich die Männer bei Barbaras Anblick den Hals verrenkten.

»Das ist ja ein Riesending«, sagte sie und zeigte auf den gelben Autokran, der aufgebockt die gesamte Breite des Weges und noch einen Teil der Böschung sowie des kleinen Plateaus einnahm, auf dem mal das Wärterhaus gestanden hatte. »So ein Fass kann doch nicht besonders schwer sein.«

»Wir brauchen ihn nicht wegen des Gewichts, sondern wegen der Seillänge. Da geht es schließlich hundert Meter in die Tiefe. Viel wichtiger aber ist, dass der Kran ein echtes Pfälzer Spitzenprodukt ist, denn er kommt aus Zweibrücken«, sagte Pyreck.

»Ei jo, bei uns gebt's nett blos gude Woi, mir henn aa Heitegg«, sagte Barbara, und Pyreck schmunzelte.

Der Teleskoparm des Autokrans war voll ausgefahren, und der Maschinist ließ den Motor brummen, woraufhin der riesige Haken mit dem Bergungsgeschirr in die Tiefe sauste.

Pyreck legte seinen Schutzanzug wieder an und bedeutete allen Umstehenden ohne Schutzkleidung, sich in sichere Entfernung hinter das Absperrband zu begeben. Nur er und drei Feuerwehrleute vom Gefahrstoffzug waren autorisiert, die Fässer entgegen- und eine erste Untersuchung vorzunehmen. Dazu hatte man auf der kleinen Plattform eine dicke Plastikfolie ausgelegt, die an den Seiten hochgestellt war, um zu vermeiden, dass irgendwelche Stoffe den Boden kontaminierten. Unten am See war ein anderes Team des Gefahrstoffzugs mit der Bergung der Fässer betraut. Sie mussten beinahe zehn Minuten warten, bis das erste Fass langsam aus dem Krater gehievt werden konnte. Der Aufbau erinnerte Röder an eine riesige Angel.

Vorsichtig ließ der Maschinenführer das Fass auf der

Plastikplane zu Boden. Pyreck und die Feuerwehrleute richteten das am Seil hängende gelbe Kunststofffass so aus, dass es aufrecht zum Stehen kam. Röder ließ sich erklären, dass es sich um ein sogenanntes Spundfass handelte, das zwei Schraubverschlüsse im Deckel hatte. Typisch für Flüssigkeiten, die sorgfältig gelagert und entnommen werden mussten. Die Männer entfernten das Geschirr, und einer der Feuerwehrleute öffnete vorsichtig einen Verschluss, während ein anderer mit einem Feuerlöscher bereitstand und ein weiterer mit einer Art Löschdecke, die er augenblicklich über das Fass werfen konnte.

Da nichts Unerwartetes geschah, wagte der erste Mann eine Sichtprobe und ließ sich dann eine große Pipette reichen. Er entnahm damit eine Probe der farblosen Flüssigkeit und verstaute das Werkzeug vorsichtig in einem dafür vorgesehenen Sicherheitsbehälter, den er zum ABC-Messwagen trug. Röder wusste, dass die Wagen mit allen möglichen Messgeräten ausgestattet waren, und nahm an, dass die Fachleute die Probe zuerst in einem Chromatografen untersuchen würden. Die Bergungsarbeiten wurden solange unterbrochen, denn man wollte auf das vorläufige Analyseergebnis warten.

Es dauerte eine gefühlte Ewigkeit, bis Pyrecks Stimme aus Steiners Funkgerät krächzte. »Es handelt sich ziemlich sicher um Methylisocyanat, das auch als Bhopal-Gift bekannt ist. Ihr erinnert euch doch bestimmt noch an das Chemieunglück in Indien in den achtziger Jahren, bei dem Tausende Menschen ums Leben kamen. Genau dieser Mist ist daran schuld gewesen. Das Zeug ist hochgiftig und explosiv. Unglaublich, irgendein Arschloch hat den Scheiß einfach in den See gekippt, anstatt das Zeug ordnungsgemäß zu entsorgen.«

Von seinem sicheren Standort aus konnte Röder sehen, dass Pyreck dem Maschinenführer ein Zeichen gab, das nächste Fass hochzubringen. Auch diesmal vergingen entnervende zehn Minuten, bis es am Kraterrand erschien. Wieder wurde es vorsichtig geöffnet, eine Probe entnommen, und wieder kam die anschließende Untersuchung zu dem gleichen Ergebnis wie beim ersten Fass.

»Der Pechsteinkopf ist ein wahres Pulverfass«, sagte Steiner fassungslos. »Nicht auszudenken, was alles hätte passieren können. Hoffentlich geht nicht noch was bei der Bergung schief.« Er hatte den Satz gerade zu Ende gesprochen, als die Drohne über sie hinwegsurrte. »Da ist dieses Drecksding wieder«, schimpfte er und griff nach einem Stein, den er dem Fluggerät hinterherwarf, was er aber sogleich bereute, denn sein chronisch kaputter Rücken erlaubte keine abrupten Bewegungen. Röder kam seinem Freund zu Hilfe und packte ihn an den Armen, da Steiner hinzufallen drohte.

»Was machst denn du für Sachen? Nicht genug, dass du dich selbst verletzt, du hättest mit dem Stein jemanden treffen können«, sagte Röder. »Und die Drohne hast du meilenweit verfehlt.«

»Morgen schieße ich das Ding ab.«

»Ja, ja, mit der Flak, ich weiß.«

Barbara tippte derweil mit beiden Daumen geschickt auf ihrem Smartphone herum. »›Methylisocyanat, kurz MIC, ist ein Ester der Isocyansäure. Es handelt sich um eine äußerst reaktive Verbindung, die zum Beispiel bei der Herstellung von Insektiziden, Pestiziden, Herbiziden und Kunststoffen verwendet wird. Es ist hochgiftig und wird in Deutschland nicht mehr hergestellt. Auch einige der Folgeprodukte sind in der EU wegen ihrer Toxizität mittlerweile verboten.‹ Das scheint ein ziemliches Teufelszeug zu sein.« Sie überflog noch still einige Passagen des Artikels über das Gift, bevor sie ausrief: »Hört mal, das ist interessant. MIC wird in speziell lizenzierten Müllverbrennungsanlagen entsorgt. Es existiert also vielleicht tatsächlich eine Verbindung zu Bojanov, unserem Müllunternehmer aus dem Land der Skipetaren.«

»Jedenfalls ist es zu augenscheinlich, um es zu übersehen«, sagte Röder. »Wenn der Stoff so selten ist, muss es doch aber möglich sein, seine Herkunft zu ermitteln.«

»Wir sollten mal in der hiesigen Chemiefabrik nachfragen«, schlug Steiner vor.

»Klar, mach das. Und sprich mit den Kollegen für Umweltdelikte. Die wissen vielleicht, wo die Chemikalie herkommen könnte.«

Zwischenzeitlich hatte die Bergung des nächsten Fasses begonnen, und Röder schaute auf die Uhr. Es war beinahe sechs.

»Ich bin mir nicht sicher, ob es Sinn ergibt, hier noch lange weiterzumachen«, sagte Steiner, nachdem er über Funk mit Pyreck und dem Truppführer vom Gefahrstoffzug gesprochen hatte. »Die Männer sind durch die Arbeit in ihren Schutzanzügen erschöpft, und wenn es dunkel wird, müssen die Arbeiten sowieso eingestellt werden. Es ist zu riskant, das giftige Zeugs hundert Meter am Fels entlang hochzuziehen, wenn niemand etwas sehen kann. Das ist das letzte Fass für heute.«

Röder nickte und war froh, den Heimweg antreten zu können, zumal sein Auto noch an der Staatsanwaltschaft stand.

Während der Fahrt redete seine Referendarin ziemlich aufgeregt über den Fall. »Ausgerechnet bei uns in der schönen Pfalz. Das ist doch kaum zu glauben, dass im Pechsteinkopf Bhopal-Gift verklappt wird. Das ist ein riesiger Umweltskandal.«

Röder hing seinen Gedanken nach und entgegnete nur selten etwas, aber er gab seiner jungen Mitarbeiterin natürlich recht.

Es war schon nach sieben, als Röder durch Kallstadt nach Hause fuhr. Bei Hellinger stand das Hoftor offen, und in der Weinprobierstube brannte Licht. Kurz entschlossen legte Röder einen Stopp ein. Jetzt konnte er eine Rieslingschorle gut gebrauchen.

Hellinger war nicht allein, er zog gerade eine Flasche für einen Kunden auf, den Röder als einen der Vorstände der hiesigen Ortsgruppe des Pfälzerwald-Vereins erkannte. Röder, der wie Hellinger dort Mitglied war, begrüßte die beiden herzlich.

»Hier, probier mal mein neues Cuvée ›Maximus‹ vom letzten Jahr und sag mir, wie es schmeckt«, sagte Hellinger.

»Eigentlich wäre mir eine Schorle lieber.«

»Papperlapapp. Ich mach mir doch nicht die Mühe, so eine Spezialität herzustellen, wenn meine Kunden sie dann nicht trinken. Da kann ich ja gleich nur noch Schorleriesling machen.«

»Wieso nicht? Von dir weiß ich doch, dass man für die Schorle immer den besten Riesling nehmen muss.«

»Na ja, ich habe ja nicht nur dich als Kunden. Der Gerd hier ist deutlich anspruchsvoller.«

»Denne Cuvée muschd du prowiere, Unkel Ben«, rief Max, der in einem total verdreckten FCK-Shirt und mit einem Fußball unter dem Arm in die Probierstube gerannt kam. »De Vadder hot des Zeisch no mir benonnt.«

»Ach, du bist der Maximus?«

»Ei, wer dann sunnschd? Unn Vadder, ens sach isch der glei. Heit kriesch isch a Schlickel. Des kann jo ned soi, dass du än Woi no mir benenne duscht unn isch derf ne ned dringke. Des is schunn ä Sauerei.«

»Du bischd grad emol elfe g'worre. Jetzert geh erscht emol dusche«, sagte Hellinger und setzte damit ein erzieherisches Zeichen.

»Ganz dein Sohn«, meinte Röder lachend. »Du solltest

nicht vergessen, dass wir uns in dem Alter auch schon zu deinem Vater in den Weinkeller gestohlen haben.«

»Das war doch das Jahr, in dem sich deine Mutter Sorgen gemacht hat, weil du so unpässlich warst und vom Topf nicht mehr runtergekommen bist. Dabei war das erst der Beginn der Federweißer-Saison.«

»Es war der Rote Sauser, nicht der Federweiße. Auf alle Fälle musste ich zwei Tage nicht in die Schule, und meine Mutter dachte, die Kreislaufprobleme kommen vom Durchfall.«

Die Männer lachten, und Hellinger füllte drei Gläser mit dem Cuvée. Fachmännisch schwenkte er sein Glas, schnüffelte daran, und die anderen taten es ihm nach. Nach dem ersten Schluck, den sie lautstark geschlürft hatten, fragte er: »Na, was haltet ihr davon?«

»Ka'mer dringke«, urteilte Röder.

»Sunnschd nix?«

»Ei, er is ned sauer und geht gud runner. Isch dät saache, des is ebbes mit Rulänner.«

Hellinger verdrehte die Augen. »Du werschd's nie lerne.« Er wandte sich an den Vereinskollegen. »Unn, was mänschd du?«

Gerd, der Wanderfreund, nahm konzentriert einen weiteren Schluck, schlürfte und schmatzte und ließ sich Zeit für den Abgang. Dann dozierte er: »Ein Wein wie ein sommerlicher Früchteteller oder ein Gang durch den Obstgarten, in dem man die Vielfalt der reifen Schätze an den Bäumen und Sträuchern riechen kann. Beeindruckende Aromen von Stachelbeere, Melone, Ananas und frisch gepflücktem Apfel erzwingen eine perfekte Balance zwischen spritzigem Charakter und ausgewogener Geschmacksvielfalt. Ich würde sagen, die kräftige Säure des Rieslings und des Sauvignon Blanc wird durch den milden Charakter des Chardonnays gezügelt. Ein ausgesprochen gelungenes Beispiel deiner unerreichbaren Kellerkunst, das zu einem zweiten Glas einlädt. Er passt auch ausgezeichnet zur leichten Küche. Ich würde sagen: Der Sommer kann kommen.«

Röder stand der Mund offen, als Hellinger sich wieder zu ihm umdrehte. »Siesches, so macht mer des, unn ned ›Ka'mer dringke‹, du Banause.« An Gerd gerichtet ergänzte er: »Genau so schreibschd du des.«

Röder war nun vollkommen irritiert und zeigte das auch.

Hellinger klärte ihn lachend auf. »Der Gerd schreibt gelegentlich Internetrezensionen für meinen Wein, weil mir nach vierzig Jahren im Betrieb nicht immer unbedingt was Neues einfällt. Dem alten Chemiker hier kommt dagegen meist noch was Ausgefallenes in den Sinn, wie du gerade gehört hast.«

Röder erinnerte sich, dass der Vereinskollege früher bei der BASF gewesen und nun in Rente war. Er zögerte nicht lange. »Sag mal, Gerd, sagt dir das Bhopal-Gift MIC was?«

»Methylisocyanat? Das ist hochgiftiger Kram, der früher für die Herstellung von Pflanzenschutzmitteln und Polyurethanen verwendet wurde. Warum interessiert dich das?«

»Darüber kann ich nicht sprechen.«

»Ah, geht's um einen Fall? Sag mal, was ist denn eigentlich auf dem Pechsteinkopf los? Stimmt es, dass dort oben Giftfässer geborgen wurden?«

»Woher weißt du denn das?«

»Ganz Dürkheim weiß das. Morgen steht es in der ›Rheinpfalz‹, und meine Pfälzer Nachrichten-App hat es mir schon heute Nachmittag ›gechanneled‹. Hier, schaut mal«, sagte Gerd und reichte sein Handy herum.

Röder stöhnte. »Ihr Rentner habt echt zu viel Zeit.«

»Täusch dich nur nicht. Ich kann dir gar nicht sagen, wie viel davon für die Enkel und den Verein draufgeht. Das artet nicht selten in Stress aus.«

»Außerdem schreibt er ja auch noch Weinbesprechungen«, mischte sich Hellinger ein. »Ich habe übrigens noch eine volle Flasche E650 im Keller stehen. Die hebe ich mir für die Schwiegermutter auf, falls ich jemals wieder heirate.«

»Sei vorsichtig. In deinem Alter heiratet dich wohl sowieso nur noch die Schwiegermutter«, zog Röder seinen Freund auf.

Hellinger warf den Korken nach ihm.

»Du willst also wissen, woher das MIC, das sich in den offiziell noch gar nicht geborgenen Fässern befindet, stammen könnte?«, folgerte Gerd.

»Genau.«

»Wir Aniliner benutzen das Zeug schon ewig nicht mehr. Zu gefährlich, zu ineffizient und nach der Bhopal-Katastrophe politisch nicht mehr vertretbar. Die anderen Chemieriesen sehen das ebenso. Bayer hat es in Amerika noch bis in die 2010er Jahre hergestellt, die Produktion dann aber auch eingestellt. Heute wird nur noch ein Bruchteil der Menge produziert, die vor vierzig Jahren am Markt war. Es sind kleine oder mittelständische Firmen, die geringe Mengen zu Spezialchemikalien verarbeiten. Fast ausschließlich Mittel zur Schädlingsbekämpfung.«

»Wer stellt so etwas in der Pfalz her?«

»Da gibt es nur noch eine Handvoll Firmen. Die meisten haben die Produktion eingestellt oder konnten am Markt nicht überleben, weil sie immer schärfer werdende Umweltauflagen zu erfüllen hatten. Hier in der Nähe fallen mir drei Firmen ein: eine in Maxdorf, eine in Kleinkarlbach und eine in Neustadt. Vielleicht solltet ihr auch speziell nach Firmen suchen, die erst kürzlich die Herstellung aufgegeben haben und das Zeugs entsorgen mussten. Am besten wendet ihr euch an den Chemie-Verband.«

»Ich dachte, du kannst mir helfen?«

Der pensionierte Chemiker blickte Röder über den Rand seiner Lesebrille hinweg skeptisch an, dann wandte er sich an Hellinger. »Mach deinem Busenfreund und mir noch mal das Glas voll.«

Sie sagten nichts, als Hellinger die Weißweinkelche füllte. Röder war der Erste, der nach dem erneuten Probieren sprach. »Gerd, du hast recht, der Wein schmeckt nach Melone und Stachelbeere. Wenn ich noch ein bisschen weiterprobiere, schmecke ich bestimmt auch den Apfel und die Ananas.«

»Jetzt mach dich bloß nicht lustig über mich. Im Studium lernen wir schon früh das Unterscheiden von Substanzen anhand der Gerüche. Während ihr stupide olle Paragrafen gepaukt habt, haben wir das Unilabor in die Luft gejagt. Habe ich euch eigentlich mal erzählt, dass ich auch zwei Semester Weinbau vorweisen kann?« Er lachte. »Das war, als ich in Bonn promoviert habe und nebenbei ein paar Vorlesungen mitnahm.«

»Dann bist du ja ein echter Kollege«, scherzte Hellinger jovial.

»Na ja, zum VDP-Winzer habe ich es nicht gebracht«, erwiderte Gerd und besah sich lächelnd die Kirchenfenster, die sich wegen der Restsüße an der Glasinnenwand bildeten. Dann wandte er sich, das Glas nicht aus den Augen lassend, an Röder. »Wie genau sehen denn die Fässer aus?«

»Ich dachte, du hast sie im Video gesehen?«

»Das Bild ist zu schlecht, und ich will es außerdem von dir hören.«

»Gelbe Plastikfässer, hundertsechzig Liter Inhalt, circa einen Meter hoch. Ich habe mir sagen lassen, dass sie für die Abfüllung von, sagen wir mal, sensiblen Chemikalien verwendet werden.«

Gerd nickte. »Sind Aufkleber auf den Fässern, die einen Rückschluss auf den Inhalt geben?«

»Nicht dass ich wüsste. Ich habe keine gesehen.«

»In welchem Zustand sind die Fässer? Ich meine, habt ihr eine Idee, wie alt sie sind? Habt ihr die UN-X-Zulassungsziffer lesen können?«

»Wir gehen davon aus, dass sie noch nicht sehr lange im Wasser lagen. Sie sind auch sehr sauber, also kein Algenbewuchs oder so etwas. Von einer UN-X-Ziffer weiß ich nichts.«

»Das wäre aber wichtig«, sagte Gerd und schlürfte an seinem Wein. »Ebenso die Aufkleber.«

»Moment, das haben wir gleich«, sagte Röder und zückte sein Smartphone. Kurz darauf hatte er Pyreck am Apparat, an den er die Frage weitergab.

»Oh, Ben. Ich bin soeben nach Hause gekommen und habe mir noch nicht mal die Schuhe ausgezogen, aber du hast deine erste Schorle bestimmt schon intus«, sagte der KTU-Chef mit einem Anflug von Neid in der Stimme. »Die Aufkleber hat jemand abgekratzt, und klar war da ein UN-Code auf den Fässern.«

»Und wie lautet der?«

»Oh Mann, der ist dreißigstellig oder so. Auf alle Fälle sind die Fässer 2016 hergestellt worden und für die Lagerung von Gefahrstoffen geeignet.«

Als Röder Pyreck für die späte Auskunft eine Schorle auf seine Kosten versprochen und das Telefonat beendet hatte, füllte Hellinger drei Dubbegläser mit Rieslingschorle und stellte sie vor sie hin. »Nachdem ihr gerade eine ganze Flasche von meinem neuen Cuvée weggeputzt habt, die ich für vierzehn Euro zu verkaufen beabsichtige, gibt's jetzt nur noch Schorle.«

»Na endlich«, sagte Röder.
»Schade«, sagte Gerd, und die drei stießen miteinander an. »Sagt euch die Firma Dürkchemie etwas?«, ergänzte er nach dem ersten Schluck.
»Klar«, antwortete Hellinger. »Von denen stammt mein E650 im Keller, denn früher hat mein Vater den ganzen Pflanzenschutz dort gekauft.«
»Genau, und sie haben letztes Jahr Pleite gemacht. Wahrscheinlich, weil du Bio-Winzer geworden bist.«
»Habe ich gehört.«
»Jedenfalls weiß ich, dass der Insolvenzverwalter in den vergangenen Wochen die letzten Lagerbestände verkauft hat. Gut möglich, dass er das MIC nicht losgeworden ist und zur Entsorgung freigegeben hat.«
»Woher willst du das wissen?«, fragte Röder.
»Ich weiß es nicht, aber ich kann es mir vorstellen. Für das Zeug gibt's kaum noch Abnehmer.«
»Und der Insolvenzverwalter soll es kurzerhand in den Pechsteinkopf gekippt haben?«
»Quatsch. Aber die Fässer sind nicht alt, hast du gesagt, und Dürkchemie hat vor Kurzem erst zugemacht. Ich würde den Insolvenzverwalter einfach mal fragen, wo die ganzen Chemikalien hingekommen sind. Sehr wahrscheinlich waren ein paar Fässer MIC dabei.«
»Einen Versuch ist es wert«, sagte Röder. »Wer ist denn der Insolvenzverwalter?«
»Dein lieber Kollege Noll aus Seebach.«
Röder stöhnte und nahm einen großen Schluck aus seinem Dubbeglas.

***

Am nächsten Morgen machte sich Röder nach einer Tasse Kaffee auf seiner Terrasse auf den Weg zu seinem Rechtsanwaltskollegen Noll, der sich auf Insolvenzen spezialisiert hatte. Noll wohnte in Seebach, wo er vor wenigen Jahren eine riesige moderne Villa hatte bauen lassen. Er war etwas jünger als Röder, der den Kollegen nicht wirklich mochte, da er in seinen Augen zu sehr protzte. Neuerdings hatte Noll dazu etwas weniger Grund. In seinem Beruf mochte er erfolgreich sein, aber es war Stadtgespräch, dass seine Frau ihn kürzlich wegen eines jüngeren Mannes verlassen hatte.

Röder hatte gerade seinen Finger über der Klingel, als sich die Tür öffnete und er in das feiste Gesicht von Riemer blickte. »Was machen Sie denn hier?«, fragte er erstaunt.

»Das Gleiche könnte ich Sie fragen«, antwortete der Journalist. »Aber wenn Sie es genau wissen wollen, ich mache meine Arbeit.« Er drückte sich ohne weiteren Kommentar an Röder vorbei und verließ eilig das Grundstück.

Röder schaute ihm misstrauisch hinterher. Es konnte ja wohl kein Zufall sein, dass Riemer bei Noll gewesen war.

Noll, der seinen Gast zur Tür begleitet hatte, zeigte sich wenig erstaunt über Röders frühen Besuch. »Ah, der Kollege Dr. Röder. Ich hätte eigentlich die Kriminalpolizei erwartet, aber Sie können es wohl mal wieder nicht lassen. Das Detektivspielen, meine ich.«

Röder schluckte seinen Ärger hinunter. »Sie wissen bereits von dem Fund?«

»Na klar. Bad Dürkheim ist ein Dorf, und die Käffer um uns herum erst recht. Ja, ich habe von den Fässern gehört, aber ist es denn schon zweifelsfrei sicher, dass sie von der Dürkchemie stammen?«

»Nein, doch es spricht einiges dafür«, bluffte Röder, denn im Moment gab es keine konkreten Anhaltspunkte, sondern nur die vage Vermutung eines pensionierten Chemikers.

»Dann kommen Sie wieder, wenn Sie es beweisen können. Ich habe echt Besseres zu tun, als mit Ihnen vor der Haustür Mutmaßungen zu diskutieren.«

»Wenn es Ihnen lieber ist, kommen wir gern mit einem richterlichen Beschluss wieder und durchsuchen Ihr Büro. Allerdings müssten wir zunächst einmal unseren bevorzugten Pressekontakten mitteilen, dass die Ermittlungen in einem Fall schwerster Umweltkriminalität von bestimmten Anwälten nicht angemessen unterstützt werden.«

»Wollen Sie mir Strafvereitelung wegen Behinderung der Justiz unterstellen?«

»Ich sprach von mangelnder Unterstützung. Sie als Jurist sollten verstehen, wie ich es gemeint habe. Denkbar wäre auch, dass ich das, was Sie mir vorenthalten wollen, morgen in der Zeitung lesen kann. Oder was wollte Riemer gerade von Ihnen?«

Noll seufzte. »Sie sind ein echter Bluthund, oder soll ich es derber sagen? Kommen Sie mit in mein Büro.«

Röder folgte ihm in den rückwärtigen Teil des Hauses. Noll nahm auf dem riesigen Bürostuhl Platz, während Röder stehen blieb. Das Büro hatte eine gigantische Fensterfront und einen ebensolchen Blick in die Rheinebene.

»Also. Ich habe das MIC der Firma Dürkchemie entsorgen lassen, da es sich im Gegensatz zu den anderen Chemikalien am Lager als unverkäuflich erwies.« Noll klickte auf seinem Computer herum, der Drucker setzte sich in Bewegung. »Mit der Entsorgung beauftragt habe ich die Firma Elondis. Das war vor etwa zwei Wochen. Das Zeug wurde prompt am nächsten Tag abgeholt.«

»Mit was für einem Fahrzeug wurde es abgeholt? Können Sie sich an den Fahrer erinnern?«

»Ich habe das doch nicht selbst gemacht, oder glauben Sie, ich habe geholfen, die Fässer zu verladen?« Noll rollte in seinem Stuhl zum Drucker, denn der Ausdruck war mittlerweile fertig. »Hier haben Sie eine Kopie der Auftragserteilung und die Empfangsbestätigung des Entsorgers.« Er überlegte kurz. »Aber das Auto habe ich doch gesehen. Es war ein großer weißer Kastenwagen ohne Firmenaufkleber, aber mit solchen orangefarbenen Warntafeln, wie man sie von Gefahrguttransporten kennt.«

Röder nickte. »Ich glaube, Sie haben uns sehr geholfen. Jetzt sagen Sie mir bitte noch, was Riemer von Ihnen wollte.«

»Das Gleiche wie Sie.«

Röder wollte gerade gehen, als Noll ihm hinterherrief: »Ach, da war noch etwas. Der Fahrer wollte Bargeld für die Entsorgung. Das hat mich ein bisschen gewundert, aber man hat mir gesagt, das sei in der Branche durchaus üblich.«

Kaum dass Röder im Auto saß, wählte er auch schon die Nummer von Steiner, für den er das Gespräch mit Noll zusammenfasste.

»Und Elondis bekam den Auftrag?«, fragte Steiner.

»Allerdings. Damit haben wir eine klare Verbindung zwischen Bojanov, Neubert und den Fässern.«

»Neubert ist aus der Geschäftsleitung ausgetreten. Ich glaube nicht, dass er sich mit so etwas die Finger schmutzig macht«, gab Steiner zu bedenken.

»Egal, wir müssen da dranbleiben. Ich kümmere mich um den Durchsuchungsbeschluss für die Geschäftsräume von Elondis. Wenn die illegal Müll entsorgen, dann finden wir es raus.«

»Klar. Sobald du ihn hast, schicke ich ein Team hin. Ich bin übrigens wieder auf dem Weg zum Pechsteinkopf. Ich melde mich, wenn es was Neues gibt.«

Um Viertel nach neun war Röder in seinem Büro in der Staatsanwaltschaft. Er wunderte sich nicht mehr darüber, dass Köksal auch heute wieder um Barbara scharwenzelte.

»Bati, komm mal in mein Büro«, forderte er ihn auf. Als Köksal die Tür hinter sich geschlossen hatte, sagte Röder: »Hör mal, du hast eine hübsche Frau und ein kleines Kind zu Hause. Fällt dir nichts Besseres ein, als fremdzuflirten?«

»Was ist das denn für eine Ansage? Barbara ist patent und hat viele Fragen. Das ist alles rein dienstlich.«

»Soso«, sagte Röder zweifelnd, beließ es aber vorerst dabei. »Hol sie bitte rein. Wir wollen den Fall besprechen, und ich will sie dabeihaben. Sie ist uns ja bis jetzt eine echte Hilfe gewesen.«

Köksal sprang mit ein bisschen zu viel Elan zur Tür, als diese auch schon aufging und Barbara mit einem Tablett mit zwei Tassen Kaffee darauf den Raum betrat. »Ich dachte, ein kleiner Muntermacher, bevor uns der Chef auf den neuesten Stand bringt, kann nicht schaden. Entschuldigt mich noch mal kurz, meine Tasse läuft gerade noch durch.«

Röder war ein weiteres Mal sprachlos und vergaß, dass er Köksal eigentlich im Beisein von Barbara auf seine Familie ansprechen wollte. Stattdessen saßen sie kurz darauf gemütlich beieinander, und Röder fasste das Gespräch mit dem Insolvenzverwalter zusammen. »Die Polizei wird die Geschäftsräume von Elondis durchsuchen. Bati, kümmere dich bitte um den Durchsuchungsbeschluss und sei bei der Durchsuchung dabei. Beeil dich. Nicht dass der Laden vorher einen Tipp bekommt.«

»Warum sollte Noll denen einen Tipp geben?«, fragte Köksal, und Röder schilderte seine Begegnung mit dem Journalisten Riemer. »Ach so, na, das ist dann natürlich was anderes. Ich werd mich gleich reinhängen.«

»Au ja, da muss ich auch dabei sein«, sagte Barbara. »So etwas kenne ich bisher nur aus dem Fernsehen.«

Röder fiel kein echter Grund dagegen ein.

Kaum hatten die beiden Röders Büro verlassen, polterte Thelen herein. »Röder, denken Sie bloß nicht, dass die Sache mit der unnötigen Evakuierung ausgestanden ist. Ich hatte alle Hände voll zu tun, das Ganze als Routineübung hinzustellen. Im Internet kursieren trotzdem schon Versionen, nach denen wir das Ziel eines terroristischen Anschlags waren und nun alles vertuschen, um die Bevölkerung ruhig zu halten.«

»Sie hätten ja einfach die Wahrheit sagen können. Dass alles ein belangloser Unfall war.«

»Belangloser Unfall? Eine Mitarbeiterin musste ins Krankenhaus, die Behörde war lahmgelegt, und mein Oberstaatsanwalt hatte nichts Besseres zu tun, als sich krankzumelden.«

Röder schluckte, doch er wollte jetzt keine Konfrontation heraufbeschwören und versuchte, das Thema zu wechseln. »Ich denke, wir sollten abwarten und dann vielleicht eine weitere Pressemitteilung nachschieben. Möchten Sie, dass ich Sie über den Stand der Ermittlungen im Mordfall Bojanov und in der Sache mit den Fässern informiere? Da gibt es nämlich einen Zusammenhang.«

»Das können Sie in unserem Regeltermin machen. In der Zwischenzeit versuche ich, das Ansehen meiner Behörde wiederherzustellen«, keifte Thelen und verließ eilends den Raum. Da er die Tür offen stehen ließ, konnte Röder sehen, wie Barbara ihre Hand schüttelte, als hätte sie etwas Heißes angefasst, um zu signalisieren, dass der Behördenchef ziemlich in Fahrt war.

Als sie Röders Blick bemerkte, sagte sie: »Sie haben richtig gehandelt. Niemand wusste, was das zu bedeuten hatte. Da waren der Knall und die völlig verstörte Frau

Vogel, die von einer Briefbombe geredet hat. Sie haben in dieser verzwickten Lage das einzig Richtige getan und die Mannschaft zu unser aller Sicherheit rausgeschickt. Nicht auszudenken, was hätte passieren können, wenn es kein Fehlalarm gewesen wäre. Lieber einmal zu viel als einmal zu wenig. Wir sollten übrigens die Frau Vogel mal besuchen gehen.«

Röders Smartphone klingelte und zeigte den Namen Steiner an. Der Hauptkommissar war ziemlich aufgeregt, was Röder selten an ihm auffiel. »Ben, ich denke, du solltest kommen. Die Feuerwehr ist dabei, die Holzfässer zu bergen. Drei sind schon oben, und in jedem ist eine Leiche.«

***

Röder jagte in seinem Auto den Pechsteinkopf hinauf. Barbara hatte er mit dem Hinweis auf die vorzubereitende Durchsuchung der Elondis-Geschäftsräume im Büro zurückgelassen, obwohl sie ziemlich hin- und hergerissen war, was sie lieber tun wollte, ihn zum Kratersee begleiten oder Köksal unterstützen. Oben angekommen, ließ er sein Fahrzeug stehen und eilte, so schnell es sein Fuß erlaubte, zu der Stelle, wo der Autokran stand. Kurz bevor er sein Ziel erreichte, kam ihm Steiner mit ebenso großen Schritten entgegen, würdigte Röder jedoch mit keinem Blick und rannte an ihm vorbei.

»Hey, Gerald. Was ist denn los? Ist Gift ausgetreten?«

»Die Scheißdrohne ist wieder da. Aber dieses Mal bin ich vorbereitet.« Steiner griff in den Kofferraum seines Autos und holte eine doppelläufige Schrotflinte hervor, mit der er ein weiteres Mal an Röder vorbeihechtete, geradewegs den Berg hoch. Röder humpelte hinterher, als auch schon der erste Schuss knallte. Die Drohne kam in der Luft ins Wanken, war aber noch flugfähig, bis Steiner das zweite Mal abdrückte. »Schöne Grüße vom Revierförster«, brüllte er.

»Bist du wahnsinnig? Da unten arbeiten unsere Jungs«, schrie Röder, während das Fluggerät aus ihrem Sichtfeld verschwand und kurz darauf ins Wasser klatschte.

»Ist doch alles gut gegangen«, sagte Steiner, der nach dem Lauf schwer atmete.

»Ja, zum Glück. Aber das hätte auch ins Auge gehen können.«

Der sonst so besonnene Steiner begriff langsam, dass ihn offenbar das Jagdfieber gepackt und er überreagiert hatte.

Pyreck und seine Leute, die hier oben am Fuß des Krans standen, hatten das Schauspiel mit offenen Mündern verfolgt, aber sie fassten sich wieder und begannen zu lachen. Per Funk kamen von unten Beschwerden und Flüche, und der Leiter des Gefahrstoffzugs schien sein ganzes Können als Chef unter Beweis stellen zu müssen, um seine Männer zu beruhigen.

Jetzt erst bemerkte Röder die vier Holzfässer auf der Plastikplane, wo am Vortag die Giftfässer gestanden hatten. Als Dürkheimer erkannte er sofort, dass es sich bei den Behältern um sogenannte Halbstückfässer mit einem Fassungsvermögen von sechshundert Litern handelte. Sie schienen ziemlich alt zu sein, jedenfalls der dunklen Färbung und den rostigen Fassreifen nach zu urteilen. Pyreck stand daneben und winkte Röder zu sich heran. »Das musst du dir ansehen.«

Aus den geöffneten Fässern schlug Röder ein unangenehm modriger Geruch von irgendeiner Flüssigkeit entgegen. »Ist da auch ein Gift drin?«, fragte er.

»Das würde ich nicht gerade behaupten. Es ist eine Art Wein. Allerdings ist der Alkoholgehalt ziemlich niedrig. Irgendetwas um die drei Volumenprozent. Trinken werde ich ihn trotzdem nicht.« Pyreck tauchte eine lange Greifzange in das Fass, stocherte darin herum und bekam schließlich etwas zu fassen. Triumphierend zog er etwas Längliches aus der Fassöffnung. »Ah, ein Oberarm«, sagte er in begeistertem Ton.

»In jedem der Fässer?«, fragte Röder dumpf, und Pyreck nickte stumm. Röder hatte schon viel gesehen, aber jetzt stieg Übelkeit in ihm auf. »Wie, meinst du, sind die in die Fässer gekommen?«

Pyreck zuckte mit den Schultern. »Ich glaube, es wird schwer festzustellen sein, ob die im Fass oder vorher zu Tode gekommen sind. Auf alle Fälle liegen sie schon eine ganze Weile in der Soße. Ich hoffe, die Rechtsmedizin kann uns bald mehr dazu sagen.«

In diesem Moment schwebte das fünfte Fass am Seil über ihre Köpfe hinweg, und sie mussten Platz machen, damit die Helfer es auf die Plane bugsieren konnten.

»Das ist ziemlich scheußlich«, sagte Steiner, und alle schwiegen betroffen. »Ich schlage vor, wir öffnen dieses letzte Fass nicht, sondern lassen es von der KTU unbeschädigt untersuchen und zusammen mit dem Rechtsmediziner öffnen. Vielleicht bringt das ja etwas.« Es widersprach niemand. »Außerdem habe ich mit meinem Chef gesprochen. Wir wenden uns am Nachmittag an die Presse, die wir sowieso kaum noch im Zaum halten können. Thelen weiß Bescheid und lässt dir ausrichten, dass du dabei sein sollst, Ben.«

»Prima, dass er wenigstens noch über deinen Chef mit mir redet«, meinte Röder lakonisch.

Sie besprachen sich mit Pyreck und dem Einsatzleiter von der Feuerwehr über die weitere Vorgehensweise und beschlossen, einen Taucher in den See zu schicken, um sicherzustellen, dass keine Fässer übersehen worden waren. Sollte der See sauber sein, würden sie den Einsatz beenden.

»Jetzt habe ich aber Hunger und Durst«, sagte Steiner und blickte auf die Uhr. »Mittagszeit. Lasst uns auf dem Rückweg irgendwo haltmachen. Isch hätt Luscht uf ää schänie Pälzer Platt unn ää Schörlsche.«

»Do bin isch dabei«, sagte Röder, den momentan nichts ins Büro zog. Pyreck dagegen bedauerte, nicht mitkommen zu können, da er bis zum Ende des Einsatzes am Tatort bleiben wollte.

Röder und Steiner beschlossen, zur Lindenklause auf der Hardenburg zu fahren. Sie kannten Edith, die Wirtin, ein echtes Dürkheimer Original, schon ewig und hatten ein freundschaftliches Verhältnis zu ihr aufgebaut.

»Ach Gott, de Kommissar unn de Staatsowalt. Haw isch was verbroche?«, rief Edith, als sie die kleine, urige Gaststätte betraten.

»Nichts, was du mit einer Schorle und einem Pfälzer Teller nicht wiedergutmachen kannst«, antwortete Röder lächelnd und begrüßte sie mit einem dicken Kuss auf die Wange. »Wir bezahlen auch, nicht dass du noch wegen Beamtenbestechung im Gefängnis landest.«

»Und wir dann nicht mehr wissen, wo wir die nächsten Jahre essen gehen sollen«, fügte Steiner augenzwinkernd hinzu.

Als sie jeder eine Rieslingschorle vor sich stehen hatten, bestellten sie beide den Pfälzer Teller mit Kraut und Brot.

»Was, meinst du, ist da oben passiert? Ich kann mir keinen richtigen Reim darauf machen«, begann Röder die Diskussion über ihren Fund.

»Keine Ahnung«, antwortete Steiner, der nach einem großen Schluck aus dem Dubbeglas mit Wohlgefühl gestöhnt und sich zurückgelehnt hatte. »Wir können mit einiger Wahrscheinlichkeit davon ausgehen, dass Bojanov das MIC im See entsorgt hat und die Spur uns zu Elondis führen wird. Ob Neubert etwas damit zu tun hat, ist unklar. Die Fässer mit den Leichen sind eine ganz andere Geschichte. Sie scheinen alt zu sein, was für das Gift nicht gilt. Trotzdem glaube ich, dass alle Fässer erst kürzlich in den alten Steinbruch geschafft wurden.«

»Warum, wie kommst du darauf? Es könnte doch sein, dass verschiedene Täter die Fässer dort oben deponiert haben.«

»Nein, ganz bestimmt nicht. Erstens ist da die Fundlage. Alle Fässer wurden an ein und derselben Stelle im See gefunden. Zweitens handelt es sich bei den Holz- und den Kunststofffässern gleichermaßen um eine Art Abfall. Und drittens haben sie alle keine Anhaftungen, die darauf hindeuten, dass das Zeug schon lange im Wasser liegt. Im Übrigen finde ich das Versteck nicht besonders günstig gewählt. Okay, es war der Hangrutsch, der die Fässer hochgeschwemmt hat. Aber früher oder später wären sie sicher trotzdem entdeckt worden, denn es gehen immer wieder Leute in den Krater. Vergiss nicht die Geocacher und die Biologen, ganz zu schweigen von den Steinmetzen. Ich glaube, da wollte jemand den Mist schnell loswerden, und aus irgendeinem noch nicht ersichtlichen Grund hat er sich für den Pechsteinkopf entschieden.«

Röder musste Steiner zustimmen.

»Ach, das habe ich dir noch gar nicht mitgeteilt: Einige der im Steinbruch gesicherten Reifenspuren passen zum Transporter des Bulgaren. Aber das hatten wir uns ja auch schon gedacht. Der scheint übrigens doch kein unbeschriebenes Blatt gewesen zu sein, denn man sagt ihm Verbindungen zur italienischen Müllmafia nach. Zurzeit ist das zwar nur Hörensagen, aber wenn etwas dran ist, dann finden wir es heraus.«

Edith brachte die Pfälzer Teller und wollte natürlich

wissen, was auf dem Pechsteinkopf los war, denn ganz Bad Dürkheim sprach darüber. Sie mussten sie allerdings vertrösten und verwiesen auf die anstehende Pressekonferenz, zu der sie sich wenig später frisch gestärkt auf den Weg machten.

Sie trafen zu früh im Polizeipräsidium in Ludwigshafen ein, aber Röder nutzte die Zeit, um mit Köksal zu telefonieren und sich mit dem Polizeipräsidenten abzustimmen, der als Hausherr die Leitung der Pressekonferenz übernehmen würde. Als Röder den Presseraum betreten wollte, stieß er beinahe mit Riemer zusammen. Der blitzte ihn und besonders Steiner böse an.

»Das war Ihre Drohne«, stellte Röder leise fest. Riemer antwortete nicht, doch sein Blick sprach Bände. »Ich könnte Sie anzeigen wegen der Behinderung von Ermittlungen oder so.«

»Und ich Sie wegen Sachbeschädigung«, knurrte der Journalist.

»Wir würden bald sehen, wer am längeren Hebel sitzt. Aber ich könnte die Sache unter Umständen vielleicht vergessen.«

»Wie meinen Sie das?«

»Wenn die Pressekonferenz vorbei ist, treffen wir uns zu einem Glas Wein. Sagen wir, neunzehn Uhr in Weisenheim im Weinatrium?«

Riemer knurrte eine Zustimmung, dann war es auch schon Zeit, die Plätze einzunehmen. Der Polizeipräsident saß bereits flankiert von seinem Pressesprecher und Steiner an einem langen Tisch gegenüber dem Eingang. Kaum dass Röder Platz genommen hatte, ließ er die Türen schließen und begann auf die Minute genau mit der Pressekonferenz. In knappen, präzisen Sätzen schilderte er die Ereignisse auf dem Pechsteinkopf sowie den Einsatz des Gefahrstoffzugs und der Polizei. Als die Fässer mit den Leichen zur Sprache kamen, blickten Röder und die anderen in bestürzte Gesichter. Es dauerte eine Weile, bis sich die Anwesenden gefasst hatten und sich trauten, erste Fragen zu stellen. Nach dem Alter der Fässer und ob es Hinweise auf die Identität der Opfer gebe.

»Wir stehen erst am Anfang der Ermittlungen und wissen noch nichts über die Opfer. Wir vermuten aber, dass sich die Leichen über einen längeren Zeitraum in den Fässern befunden haben.«

»Besteht ein Zusammenhang zwischen den Fässern und dem gewaltsamen Tod des bulgarischen Müllunternehmers, der am Pfingstmontag in Hardenburg erschossen aufgefunden wurde?«

»Es gibt tatsächlich erste Hinweise auf eine Verbindung der Fälle, aber wir müssen die weiteren Ermittlungen abwarten, um Sicherheit zu haben.«

»Was hat die Firma Elondis mit dem Fall zu tun?«

»Zum jetzigen Zeitpunkt haben wir keine Erkenntnisse über eine solche Beteiligung.«

»Warum wurde die Presse so spät informiert, und warum durften wir während der Bergung der Fässer nicht den Pechsteinkopf betreten?« Es war Riemer, der diese Frage stellte.

»Uns erschien das Risiko zu groß, Sie einer potenziell hochgiftigen Substanz auszusetzen. Außerdem war der Steinbruch wegen der akuten Einsturzgefahr lange Zeit nicht begehbar. Wir hatten aber während der ganzen Arbeiten Kollegen von der Presseabteilung vor Ort, bei denen Sie sich hätten informieren können.«

»Stimmt es, dass es bei der Bergung der Fässer zum Schusswaffeneinsatz gekommen ist?«

Der Polizeipräsident räusperte sich und blickte zu Steiner hinüber, der auf seinem Stuhl unruhig hin und her rutschte. »Davon ist mir nichts bekannt.«

Sie beantworteten noch weitere Fragen, bevor der Polizeipräsident die Pressekonferenz schließlich routiniert beendete.

Steiner bat Röder, noch mit in sein Büro zu kommen, er wollte ihm seine frisch zusammengewürfelte Mordkommission vorstellen. Mit Ausnahme eines älteren Beamten namens Seitz kannte Röder niemanden aus der Gruppe. Zwei Kollegen waren aus Koblenz und Trier hinzugezogen worden, wohl auch deshalb, weil sie als gebürtige Pfälzer gern mal wieder in der Heimat arbeiten wollten. Zum Team gehörten außerdem eine frischgebackene Kriminalkommissarin und ein Kommissaranwärter. Röder begrüßte alle persönlich und beantwortete einige Fragen zu den Fällen.

Steiner begleitete ihn hinaus. »Ich denke, es war gut, dass du dich als für die Ermittlung verantwortlicher Oberstaatsanwalt vorgestellt hast. Es sind bis auf eine Ausnahme alles Neulinge, keiner von denen war bisher in einer Mordkommission. Ich habe echt ganz schön daran zu knabbern, dass Lobeck frühpensioniert wurde und Sybille in Mutterschutz ist. Hier ist niemand mehr, von dem ich weiß, dass er den Laden auch ohne mich schmeißen kann.«

Röder legte seinem Freund die Hand auf die Schulter. »Ist für die Durchsuchung bei Elondis morgen früh schon alles vorbereitet?«

»Wie kannst du nur fragen? Ich werde persönlich anwesend sein. Punkt sieben Uhr.«

»Köksal wird von uns dabei sein. Wundere dich nicht, wenn auch meine Referendarin aufkreuzt.«

»Warum sollte ich mich darüber wundern? Die Frau ist klasse. Das Einzige, was mich an ihr stört, ist, dass sie Köksal so anmacht. Das hat Sybille nicht verdient.«

»Ich denke, es ist möglicherweise andersherum. Ich

glaube, Barbara weiß gar nicht, dass er quasi verheiratet und Familienvater ist.«

»Wenn das so ist, werde ich morgen die Gelegenheit nutzen und den Stecker ziehen«, sagte Steiner und bekräftigte diese Absicht mit einem hämischen Grinsen.

***

Röder kam zeitig am Weinatrium an und rannte prompt in Hellinger hinein. »Mensch, Achim, du bist aber auch überall.«

»Das Gleiche kann ich von dir behaupten. Eigentlich wollte ich gerade gehen, aber jetzt müssen wir noch eine Schorle zusammen trinken. Wobei ich schon sauer bin, dass du heute Abend nicht meinen Riesling konsumierst.«

»Konkurrenz belebt das Geschäft.«

»Ich habe keine Konkurrenz, höchstens Mitwettbewerber.«

Röder machte noch eine frotzelnde Bemerkung zu Hellingers Arroganz und wollte dann zur Theke gehen, um die zwei Schorlen zu bestellen. Hellinger hielt ihn zurück und ging selbst, denn die Chefin stand hinter der Theke. Kurz darauf kam er mit den Schorlen wieder, natürlich ohne sie bezahlen zu müssen. In Hellingers Winzerkreisen unterstützte man sich gegenseitig.

Sie nahmen an einem Tisch neben der alten Hobelbank Platz, mit Blick auf den Parkplatz, und staunten über die teilweise protzigen Nobelkarossen mit Mannheimer Kennzeichen, die selbst an einem normalen Wochentag zahlreich vertreten waren. Sie lästerten gewohnheitsgemäß eine Weile über die Badenser, wohl wissend, dass die Geschichte der Kurpfalz nicht von der pfälzischen zu trennen war. Da tauchte Riemer mit seinem klapprigen Fiat auf, den er zwischen einem Ferrari und einem dicken Mercedes parkte.

»Der Typ wird mir ja noch richtig sympathisch«, sagte Hellinger, und Röder entgegnete, dass er hier mit ihm verabredet sei, es aber nicht lange dauern werde. Er stand auf und ging dem Journalisten entgegen.

»Darf ich Ihnen eine Schorle ausgeben?«

»Ich würde es bevorzugen, wenn wir uns kurzfassen. Was wollen Sie von mir?«

Als Röder sicher war, dass Riemer das Gespräch nicht aufzeichnete, kam er sofort auf den Punkt.

»Und warum sollte ich das für Sie machen?«, fragte der Journalist verdutzt.

»Ich würde mich beim Kollegen Steiner dafür einsetzen, dass Sie wegen der Drohne nicht behelligt werden.«

»Die Polizei hat das Ding doch abgeschossen. Ich könnte mir vorstellen, dass ich mit einer Klage wegen Sachbeschädigung und ungerechtfertigtem Schusswaffengebrauch weit mehr ausrichten kann. Und die Drohne ist sowieso futsch. Nein, das reicht mir nicht. Sie müssen mir schon mehr bieten.«

»Sie wissen, dass ich das nicht kann«, sagte Röder mit Nachdruck.

»Sie nicht, aber Ihr Freund bestimmt. Er kann mir den einen oder anderen Tipp geben.«

»Vergessen Sie es.« Röder winkte ab und drehte sich um. Er wusste, dass er nicht unbedingt am längeren Hebel saß. Nachdenklich ging er zu Hellinger zurück.

»Das scheint aber kein sehr erquickliches Gespräch gewesen zu sein. Was wollte der Schleimscheißer denn von dir?«

»Ich wollte was von ihm, habe es aber verkorkst. Es geht um die blöde Evakuierung und die Fässer vom Pechsteinkopf.«

»Mariusz hat mir erzählt, dass da oben Giftmüll gefunden wurde. Es kam wohl in den Nachrichten.«

»Nicht nur Giftmüll. Wir haben auch fünf alte Halbstückfässer mit in Wein eingelegten Leichen gefunden.«

Hellinger wurde blass. »Fünf alte Halbstückfässer mit Leichen drin? Wie haben die Fässer ausgesehen?«

Röder konnte sehen, dass Hellinger um Fassung rang. »Na, so wie Halbstückfässer eben aussehen«, sagte er und griff nach seinem Smartphone, um die Bilder auf das Display zu bringen.

»Wie haben sie ausgesehen?«, wiederholte Hellinger mit seiner Hand an Röders Schulter und schüttelte ihn förmlich durch.

»Was ist denn los? Ich suche sie doch schon raus. Was bist du auf einmal so aufgeregt?« Röder hatte die Bilder gefunden und hielt sie Hellinger unter die Nase. Der musste würgen, und ein Schwall Erbrochenes landete hinter der Bank auf den Pflastersteinen, wo es zu allem Überfluss auch noch am gläsernen Windschutz hochspritzte, der die Terrasse umgab.

Röder rückte vorsichtshalber etwas zur Seite. »Was ist denn bloß los mit dir?«, fragte er Hellinger. »Das letzte Mal, dass ich dich brechen sah, war auf deiner Konfirmation. Bekommt dir die Schorle nicht?« Er klopfte seinem Freund sanft auf den Rücken, doch Hellinger wehrte die Geste ab.

»Die Fässer sind aus dem Riesauer Hof«, sagte er mühsam. »Wir haben sie da vor gut zwei Wochen gefunden.«

»Was? Und wer ist ›wir‹?«

»Der Thomas Obermann und ich. Wir haben den Weinkeller inspiziert und überlegt, was wir daraus machen können. Wir hatten alte Pläne von siebzehnhundert-schlag-mich-tot dabei. Wie du weißt, gibt es Unmengen alte Keller unter Deidesheim, und auf dem Plan war ein Gang eingezeichnet, der auf dem Grundstück liegen müsste, den aber auch Thomas nicht kannte.«

»Und da habt ihr die Fässer gefunden?«

Hellinger nickte. »Oh Mann, ich geh mir jetzt erst mal noch eine Schorle holen. Ich muss den schlechten Geschmack aus der Fresse kriegen.«

Während er wartete, grübelte Röder über das nach, was sein Freund ihm gerade erzählt hatte. Wenn die Fässer tatsächlich zum Riesauer Hof gehörten, erklärte das Hellingers ungewöhnliche Reaktion. Normalerweise war der Winzer nämlich durch nichts aus der Ruhe zu bringen.

Hellinger kehrte mit zwei weiteren gefüllten Dubbegläsern zurück. Unter seinem Arm klemmte ein Packen Papiertücher, mit denen er seine peinliche Hinterlassenschaft wegzuwischen begann. In dem Moment ging die Glastür erneut auf, und ein großer Kerl mit einer Blondine im Schlepptau verließ das Weinatrium.

»Her, Achim. Hoschd du ää Maacheg'schwier vunn doinem VDP-G'söff krieht, oder verdraachschd du die Schorle nimmie? Isch hab g'sehe, wie du ins Eck gereiert hoschd. Höhö.«

»Alles in Ordnung, haha«, brummte Hellinger, während der Mann mit seiner Begleitung grinsend in einen dicken SUV mit Mannheimer Kennzeichen stieg. »Ist ein Kunde von mir«, fügte er an Röder gewandt hinzu und brachte das Papierbündel dann so unauffällig wie möglich zu den Toiletten.

»Vielleicht solltest du lieber nicht so viel über die Monnemer lästern«, sagte Röder, als Hellinger mit blassem Gesicht zurückkehrte.

»Über diesen Typen schon.«

»Jetzt erzähl weiter. Ihr habt den Gang also gefunden?«

»Ja, er lag hinter einem alten Regal und allem möglichen Gerümpel versteckt. Als wir es beiseitegeräumt hatten, fanden wir eine schwere Eichentür, deren Schloss wir aufbrechen mussten. Wir hätten den Gang wohl nicht entdeckt, wenn wir nicht gezielt danach gesucht hätten. Er war vielleicht zehn, fünfzehn Meter lang und endete zugemauert an der Grenze zum Nachbargrundstück. Das allein war schon eine spannende Entdeckung, und es standen ja auch die fünf Fässer darin, die wir sogleich untersuchten. Sie schienen noch Wein zu enthalten, also haben wir bei jedem einzelnen den Spund herausgezogen und den Inhalt begutachtet.« Hellinger würgte wieder.

»Ihr seid sicher, dass da Leichen drin waren?«

»Ja, hundertprozentig. Ich habe mit eigenen Augen gesehen, wie sie sie herausgezogen haben.«

Hellinger kam es zum zweiten Mal hoch, aber dieses Mal hatte er die Papiertücher zum Glück rechtzeitig parat.

»Was ist denn los mit dir?«, fragte Röder beunruhigt.

»Wir haben den Inhalt probiert.«

»Ihr habt *was*?«

»Den Wein probiert«, jammerte Hellinger. »Wein wird ja bekanntlich nie schlecht, auch wenn er vielleicht nicht mehr schmeckt.«

Jetzt wurde Röder auch ein bisschen übel. »Und wie hat er geschmeckt?«

»Wie tote Maus in Essig. Wir haben noch darüber gelacht«, antwortete Hellinger matt und verschwand ein weiteres Mal auf der Toilette. Als er wiederkam, erklärte er mit blassem Gesicht, dass Obermann danach angekündigt habe, die Fässer mit der Hilfe von Neubert entsorgen lassen zu wollen.

Röder schärfte seinem Freund ein, dass er unter keinen Umständen mit irgendwem darüber reden sollte, und es bedurfte noch einiger Rieslingschorlen, bevor Hellinger moralisch wiederhergestellt, aber leider vollkommen fahruntüchtig war. Röder, der maßgehalten hatte, fuhr ihn nach Hause. Sobald er wieder allein im Auto saß, teilte er die ganze Geschichte Steiner mit, der ungläubig und angewidert nicht wusste, ob er brechen oder lachen sollte. Prompt verschluckte er sich am Telefon so heftig, dass er vor lauter Husten keine Luft mehr bekam und Röder sich einen Moment lang ernsthaft Sorgen um sein Wohlergehen machen musste.

SECHS

Ein Hochdruckkeil eines Azorenhochs über Deutschland sorgte am nächsten Tag für viel Sonnenschein und Temperaturen um die dreißig Grad. Angesichts des für den Weinbau idealen Wetters freuten sich die Pfälzer Winzer über die zügige Beerenentwicklung an ihren Rieslingreben, die bereits kurz vor Ende des Traubenschlusses standen. Jetzt galt es, noch mal entschieden die Winzerplagen Botrytis und Mehltau zu bekämpfen und gesundheitsfördernde Maßnahmen wie Laubschnitt oder Traubenhalbierung vorzunehmen.

Röder hatte zusammen mit Manu ein kleines Frühstück auf dem Ostbalkon eingenommen und den Artikel im Lokalteil der »Rheinpfalz« gelesen, der mit spektakulärer Schlagzeile auf einer ganzen Seite ausführlich über die Fässer vom Pechsteinkopf berichtete. Inklusive Spekulationen, es könne sich bei den Leichen um mögliche Kriegsopfer handeln. Alles in allem waren aber nur die Informationen enthalten, die auf der Pressekonferenz diskutiert worden waren.

Auf seinem anschließenden Weg zur Arbeit hatte er über die Anzeigetafel an der mittlerweile abgerissenen Seilbahnstation gestaunt, die die Tage bis zum nächsten Wurstmarkt herunterzählte, und den Rest der ereignislosen Fahrt über das beinahe vergangene erste Halbjahr nachgegrübelt, derweil er das Alter seiner ersten Enkelin in Tagen ausrechnete. In der Staatsanwaltschaft angekommen, wunderte er sich über sein leeres Vorzimmer, bis er sich daran erinnerte, dass an diesem Morgen die Durchsuchung der Elondis-Geschäftsräume anstand, und prüfte gerade seinen elektronischen Posteingang, als das Telefon klingelte. Es war Köksal.

»Weißt du, dass es nur noch achtundsiebzig Tage bis zum Wurstmarkt sind?«, fragte Röder ein wenig zusammenhangslos, nachdem er sich gemeldet hatte.

Köksal begann ob dieses seltsamen Verhaltens zu stottern. »Ich … äh … also, ja, ich wollte dir eigentlich nur einen kurzen Bericht über die Durchsuchung geben, aber natürlich freue ich mich auch schon auf den nächsten Wurstmarkt.«

»Also gut, wenn dich der Wurstmarkt nicht interessiert – was gibt's Neues?«

»Tja, bis jetzt konnten wir nichts Verwertbares finden. Die Mitarbeiter sind äußerst kooperativ. Stören tut mich nur eines: dass nämlich der Firmenanwalt heute Morgen schon da war und offensichtlich auf uns gewartet hat.«

»Wie erklärte er seine Anwesenheit?«

»Wichtige Firmengeschäfte, Vertragsvorbereitungen und so ein Kram. Das kaufe ich ihm nicht ab. Irgendjemand hat ihm gesteckt, dass wir heute eine Durchsuchung machen. Aber er versichert uns seiner vollen Unterstützung, denn er will die Beschlagnahme der Computer verhindern, um den Geschäftsbetrieb aufrechtzuerhalten.«

»Glaubst du ihm?«

»Eigentlich schon. Ich wäre sogar einverstanden, sofern er uns eine aktuelle Datensicherung zur Recherche aushändigt. Zumal auf den ersten Blick die Beauftragung von Bojanov nicht zu beanstanden ist. Ich wollte mich nur vorher mit dir abstimmen und dein Okay einholen.«

Röder war einverstanden und informierte Köksal nun seinerseits über die mutmaßliche Herkunft der Holzfässer. Köksal war allerdings schon von Steiner in Kenntnis gesetzt worden und hatte bereits die Erteilung eines weiteren Durchsuchungsbeschlusses für das Weingut in die Wege geleitet. Über die spezielle Weinprobe von Hellinger lachte er schadenfroh.

Am späten Vormittag, Röder hatte eine Tasse Kaffee in der Hand, traf er Barbara und Köksal nach ihrer Rückkehr von der Durchsuchung auf dem Gang und wurde Zeuge einer mehr als frostigen Verabschiedung der beiden. In seinem Büro hantierte er ungeschickt an der Kaffeemaschine herum und wunderte sich über das verkniffene Schweigen der sonst so fröhlichen Referendarin.

»Na, wie war denn Ihre erste Durchsuchung?«, wollte er schließlich wissen.

»Alles super«, antwortete Barbara kurz angebunden. »Die Kollegen für Umweltdelikte kümmern sich darum.«

Röder konnte nicht mehr aus ihr herausholen, zumal sein Telefon klingelte und Steiner in der Leitung war.

»Unser Freund, der Herr Rechtsmediziner Huang-Nyo, verzweifelt gerade an den Fässern. Er versucht, die Reihenfolge des Ablebens unserer Toten zu ermitteln, aber er hat immer noch keine Ahnung, was mit den Menschen passiert ist. Zum jetzigen Zeitpunkt kann er nur sagen, dass es alles Männer waren, aber er weiß nicht einmal, ob sie tot oder lebendig in die Fässer kamen. Die einzige Erkenntnis ist, dass sie alle lange im Wein gelegen haben. Mindestens vierzig Jahre. Er wird den Zustand der Gebisse noch genauer untersuchen, aber es gibt wohl keine Anzeichen für moderne Zahnbehandlungen wie Kunststofffüllungen und dergleichen.«

»Was ist mit dem Totenkopfemblem?«

»Stammt wohl, wie wir es uns schon gedacht haben, von einer SS-Mütze. Aber niemand kann sagen, wie die ins Fass gekommen ist.«

In diesem Moment platzte Barbara ins Büro. »Das ist doch der Herr Steiner am Telefon. Stellen Sie mal laut, ich glaube, ich habe etwas herausgefunden«, rief sie in aufgeregtem Ton.

Röder war einen Moment lang unangenehm berührt von

dem fast unhöflichen Verhalten seiner Referendarin, doch er ließ sie gewähren.

»Das ist Scaphismus«, sprudelte es aus ihr hervor. »Eine Hinrichtungsmethode aus der Antike und dem Mittelalter. Ich hatte in meinem Studium zwei Semester Rechtsgeschichte, und die Vorlesungen über die Hinrichtungsmethoden waren immer am besten besucht.«

Röder runzelte die Stirn, weil er nicht wusste, was er von dieser Eröffnung halten sollte, und er konnte sich vorstellen, dass es Steiner am anderen Ende der Leitung ähnlich erging.

»Plutarch hat als Erster über Scaphismus berichtet, eine Strafe, die der persische König Artaxerxes über seinen Feind Mithridates verhängt hatte. Die zu Bestrafenden wurden in einem Behältnis eingeschlossen und zwangsernährt, bis sie schließlich bei lebendigem Leib vergoren. Der arme Mithridates litt angeblich siebzehn Tage lang. Man nennt das auch ›in das Boot setzen‹, weil das Behältnis zum Beispiel aus zwei Halbschalen bestehen kann, in die das Opfer bis zum Hals hineingelegt wird und die mit Bolzen verschlossen werden. Hier, ich lese euch mal aus Plutarch vor: ›Man bietet dem Delinquenten Speisen an und zwingt ihn gegen den eigenen Willen, zu essen, indem man ihm mit scharfem Werkzeug gegen die Augen stößt. Während des Essens wird er mit einer Mischung aus Milch und Honig überzogen, die nicht nur in seinen Mund, sondern auf das ganze Gesicht gegossen wird. Anschließend dreht man sein Gesicht ständig zur Sonne hin, das bald vollständig von einer Unmenge an Fliegen bedeckt wird, die sich dort niederlassen. Innerhalb der Becken verrichtet er seine Notdurft, wie das alle tun müssen, die gegessen und getrunken haben. Ungeziefer und Würmer entstehen aus den verfaulenden Exkrementen, kriechen in seine Körperöffnungen, und so wird sein Körper von innen her aufgefressen. Sobald der Mann offensichtlich tot ist, wird die obere Schale abgenommen, und man sieht das zersetzte Fleisch; Schwärme dieser ekelhaften Kreaturen tun sich daran gütlich, und zwar allmählich bis in die Eingeweide hinein.‹«

Röder schluckte. Das klang furchtbar. »Wir haben es aber mit Wein, nicht mit Milch und Honig zu tun«, sagte er schließlich.

»Ja, natürlich ist das bei unseren Fassleichen nicht eins zu eins Scaphismus. Was ich eigentlich damit sagen möchte, ist, dass wir es mit einem Mörder zu tun haben könnten, der fünf Menschen quasi hingerichtet hat. Da hat jemand Recht gesprochen, eine Strafe verhängt und diese dann vermutlich auch vollstreckt. Wir suchen also womöglich jemanden, dem echtes oder eingebildetes Unrecht widerfahren ist und der es entsprechend gerächt hat.«

Röder brummte nachdenklich. »Die Leichen lagen wohl schon sehr lange in den Fässern, und wir haben keinerlei Anhaltspunkte, wer die Opfer sind. Der Rechtsmediziner kann nicht mal sagen, ob sie tot oder lebendig in die Fässer verfrachtet wurden, geschweige denn, ob sie tatsächlich auf eine vergleichbare Art zu Tode gequält wurden. Mit dem SS-Emblem haben wir allerdings einen Hinweis auf den Krieg. Vielleicht wollte jemand auf diese Weise irgendwelche Opfer von Kriegsverbrechen verschwinden lassen.«

»Dann müsste die Rechtsmedizin Verletzungen an den Knochen feststellen können. Schuss-, Stichmarken, Brüche und dergleichen.«

»Da ist was dran.« Steiners Stimme tönte hohl aus dem Lautsprecher des Tischapparates. »Ich werde mal mit dem Herrn Doktor sprechen.« Er machte eine kurze Pause und ergänzte dann: »Frau Fickeisen, Sie sind eine hervorragende Querdenkerin. Was Sie da sagen, könnte Hand und Fuß haben. Tolle Arbeit. Jetzt habe ich aber noch etwas mit unserem Herrn Oberstaatsanwalt zu besprechen. Es macht Ihnen doch sicherlich nichts aus, uns mal kurz allein zu lassen?«

Barbara war etwas irritiert, aber sie respektierte den Wunsch und verließ das Büro, obwohl sie den Fall sicher gern weiter diskutiert hätte.

»Sag mal, was hast du ihr und Köksal denn erzählt? Da herrscht ja eine Eiseskälte zwischen den beiden«, fragte Röder sogleich neugierig.

Steiner lachte. »Ach, das war ganz lustig. Als die beiden mal wieder turtelnd zusammenstanden, habe ich Köksal gefragt, was Sybille und die Kleine so machen. Ob sie schon ›Papa‹ sagen kann und so weiter. Ich habe ihm ganz jovial auf die Schulter geklopft, während er noch nach einer Antwort suchte. Auf alle Fälle hättest du mal sehen sollen, wie ihr das Gesicht in Scheiben gefallen ist. Ich schätze, sie kommt sich jetzt ziemlich hintergangen vor, und das Turteln hat ein Ende.«

»Du hast wirklich eine schwarze Seele.«

»Ach was, das hat er nicht anders verdient. Wenn dadurch Ruhe im Karton ist, Schwamm drüber. Aber mit meiner Billigung wird er Sybille das nicht antun. So eine Beziehung verändert sich natürlich, wenn ein Kind da ist. Da müssen die durch.«

»Du hättest Beziehungsberater werden sollen.«

»Ja, schon gut.« Steiner wurde wieder ernst. »Was ich eigentlich mit dir besprechen wollte: Kannst du mir die Frau mal ausleihen? Die ist echt klasse, und wie du weißt, kann ich jede Verstärkung brauchen. Wir deklarieren das als Praktikum bei der Hilfsbehörde. Das könnte doch Bestandteil der Ausbildung während des Referendariats sein. Sinn macht es allemal, und außerdem läuft sie dann nicht mehr ganz so häufig unserem notgeilen Nachwuchsstaatsanwalt über den Weg. Das kann für die Produktivität der Ermittlungen nur förderlich sein.«

Röder hielt den Vorschlag für eine gute Idee. Sie diskutierten noch eine Weile die Details, als eine Instant-Messaging-Nachricht auf Röders Computer aufblinkte. »Der Durchsuchungsbeschluss für den Riesauer Hof ist gekommen.«

Barbara, die schon wieder das Vorzimmer schmiss, hatte die Nachricht geschickt. Röder und Steiner besprachen unverzüglich das Vorgehen und beschlossen, die Durchsuchung für den nächsten Morgen anzusetzen. Für heute Nachmittag vereinbarten sie ein Treffen in der Staatsanwaltschaft, um sich in großer Runde über den aktuellen Ermittlungsstand auszutauschen. Röder hatte gerade aufgelegt, als das Telefon wieder klingelte. Es war Riemer.

»Wie hat Ihnen denn mein Artikel in der ›Rheinpfalz‹ gefallen?«, fragte der Schreiberling ohne lange Vorrede.

»Es stand nichts Neues drin«, antwortete Röder knapp.

»Ja, das ist das Dilemma. Ich frage mich, ob es weitergehende Erkenntnisse gibt, die unsere Leser interessieren könnten, und außerdem habe ich über Ihren Vorschlag von gestern nachgedacht.«

»Sie wissen genauso gut wie ich, dass ich über laufende Ermittlungen keine Auskunft geben darf. Dafür gibt es schließlich die Pressekonferenzen von Polizei und Staatsanwaltschaft. Und ich bin nicht befugt, Ihnen darüber hinaus weitere Informationen zukommen zu lassen.«

Röder debattierte noch eine Weile mit dem Journalisten, bis er ihn endlich abgewimmelt hatte. Als das Gespräch beendet war, griff er zu seinem Privattelefon und wählte die eine Nummer, die er wahrscheinlich öfter als die von Manu anrief. Er hatte einen Plan.

Hellinger ging sofort ran, obwohl er gerade mit seinem nagelneuen Schmalspurtraktor in den Weinbergen unterwegs war. Die Hightech-Kabine der Maschine war hervorragend gedämpft und verfügte über eine Freisprechanlage, sodass die Qualität der Verbindung kaum beeinträchtigt wurde.

»Achim, du musst mir einen großen Gefallen tun«, hob Röder an. »Dafür bist du dann auch von deinem Schweigegelübde entbunden ...«

***

Einige bearbeitete Fallakten später blickte Röder auf die Uhr. Zeit fürs Mittagessen.

Es war Schnitzeltag in der Kantine, und Röder wunderte sich deshalb weder über den besonders vollen Essenssaal noch darüber, dass er Steiner und Seitz an einem der hinteren Tische sitzen sah. Die Kantine der Staatsanwaltschaft war für ihre gute Küche bekannt, und die Mitarbeiter der Hilfsbehörden legten ihre notwendigen Abstimmungstermine gern auf den frühen Nachmittag, insbesondere wenn es die begehrten Standards oder auch echte kulinarische Höhepunkte zu essen gab. Obwohl er Manu gegenüber schon des Öfteren versichert hatte, an solchen Tagen das Salatbüfett zu bevorzugen, landete ein Teller mit einem ordentlichen Schnitzel und einer sehenswerten Portion Pommes frites auf seinem Tablett, auf die er auch noch Ketchup und Mayonnaise klatschte. Als Alibi griff er außerdem zu einem kleinen Beilagensalat und machte sich auf den Weg zu seinem Freund von der Polizei, der an einer ähnlich großen Portion arbeitete.

»Hast du sie schon gefragt?«, erkundigte sich Steiner nach der Begrüßung.

»Ja, sie ist einverstanden. Sie wird ab sofort für dich arbeiten und will gleich morgen früh anfangen. Ich denke, du hattest recht mit deiner Annahme, dass sie froh sein wird, räumlichen Abstand von Bati zu bekommen.«

»Ich habe immer recht«, sagte Steiner und schob sich genießerisch eine Gabel mit einem ansehnlichen Stück Fleisch in den Mund, während Röder noch ein paar spöttische Bemerkungen über des Kommissars zweite Karriere als Paartherapeut machte. Seitz, der alles mitbekam, war taktvoll genug, keine Fragen zu stellen.

Um dreizehn Uhr trafen sich die Teams in einem kleinen Konferenzraum auf Röders Stockwerk, nachdem sie sich in Röders Büro alle noch mit einer Tasse Kaffee versorgt hatten. Pyreck wurde per Telefon dazugeschaltet. Bevor Steiner mit der Zusammenfassung des Ermittlungsstands begann, verkündete er die Verstärkung seines Teams durch Barbara, was bei Köksal zu einem unkontrollierten Zucken seiner Mundwinkel führte. Dann verband Steiner sein Tablet mit dem Projektor, und auf der Leinwand erschien ein Beziehungsdiagramm. Sie diskutierten die Verbindungen zwischen Bojanov, Neubert und den Obermanns. Auch Hellingers Name erschien auf der Darstellung. Seine Erfahrung mit der Weinprobe der besonderen Art erzeugte schadenfrohes Gelächter in der Gruppe. Zum Glück hatte der Rechtsmediziner Entwarnung geben können, was die Giftigkeit des »besonderen Jahrgangs« betraf, auch wenn er empfahl, in nächster Zeit auf etwaige Krankheitssymptome zu achten. Barbara erläuterte ihre Theorie zum Scaphismus, und alle in der Gruppe waren sich einig, dass ihre Argumentation schlüssig sei, aber eindeutige Beweise fehlten. Es blieb also bei Vermutungen. Anschließend überraschte sie noch alle mit weiteren Neuigkeiten.

»Wussten Sie, dass der alte Urban, also der Schwiegervater von Obermann, bei der Waffen-SS war?«

Ein erstauntes Raunen war die Antwort.

»Woher haben Sie das?«, wollte Röder wissen.

»Ein Studienkollege von mir stammt aus Deidesheim, den habe ich angerufen. Opa Urban war in der ganzen

Stadt verschrien, und wie es scheint, wurde schon der Vater meines Kommilitonen als Kind von seinen Eltern vor dem ›verrückten Urban‹ gewarnt. Der muss ein ziemlich unangenehmer Kerl gewesen sein, der auch vor Gewalt nicht zurückschreckte. In der Kneipe und bei Festen hat er sich schon mal übel geprügelt. Es gab wohl mehrere Anzeigen gegen ihn und sogar einige Verurteilungen. Man sagt, nach dem Krieg sei er noch schlimmer geworden, was auf ein ausgeprägtes Kriegstrauma hindeutet.«

»Das Emblem im ersten Fass könnte also von ihm stammen. Aber warum? Um als Täter vielleicht so etwas wie eine Visitenkarte zurückzulassen?«, fragte Seitz.

»Denkbar, nur weshalb finden sich dann in den anderen Fässern keine solchen ›Visitenkarten‹? Das Emblem könnte auch dem Opfer gehört haben«, warf Köksal ein.

»Wir sollten eine Anfrage beim NS-Dokumentationszentrum in Ludwigsburg stellen. Möglicherweise haben die dort Material zu Urban«, schlug Röder vor.

»Schon erledigt«, sagte Barbara. »Wenn es etwas über Urban gibt, schicken sie es mir.«

»Sie denken aber auch an alles«, sagte Steiner anerkennend.

»Ich werde außerdem noch ein paar andere Quellen anzapfen, um mehr über Urban herauszufinden.«

»Was für Quellen meinen Sie?«, fragte Röder.

»Darüber will ich jetzt noch nicht sprechen, wenn Sie einverstanden sind. Ich brauche zuerst das Einverständnis von bestimmten Leuten.« Um die vielen fragenden Blicke zu beantworten, die ihr begegneten, setzte sie hinzu: »Es ist eine Familienangelegenheit.« Sie lächelte etwas gequält.

Röder stutzte, ließ es jedoch taktvoll dabei bewenden. »Gut, aber vermeiden Sie irgendwelche Befangenheiten«, fügte er nur mahnend an. »Das kann sonst später zum Bumerang werden.«

»Das ist mir bewusst. Ich werde mich eng mit Ihnen und Herrn Steiner abstimmen.«

Sie wechselten das Thema, und Steiner fasste die vorläufigen rechtsmedizinischen Erkenntnisse zusammen, wobei er keine wirklichen Neuigkeiten bieten konnte, denn die Ergebnisse der chemischen Analysen und anderer Untersuchungen standen noch aus.

»Wir könnten mal einen Winzer oder Küfer nach den Fässern fragen. Vielleicht ist einer von denen in der Lage, genauere Angaben das Alter und die Herkunft der Holzfässer betreffend zu machen«, schlug Röder vor.

»Ist gut. Wir übernehmen das«, sagte Pyreck durch das Konferenztelefon, das wie eine Spinne in der Mitte des Tisches hockte. »Allerdings muss das Alter der Fässer nichts über den Tatzeitpunkt aussagen, aber wir sollten dieser Spur selbstverständlich nachgehen.«

Nachdem sie auch diesen Punkt abgehakt hatten, besprachen sie weitere Aspekte des gemeinsamen Vorgehens. Steiner hatte dem Polizeipräsidenten die Bildung einer Sonderkommission vorgeschlagen. Der wollte sich wegen der mindestens vierzig Jahre alten Leichen aber zunächst mit dem Innenministerium abstimmen, um zu klären, wie mit dem Fall am besten umzugehen sei. Dass etwas getan werden musste, war klar, denn Mord verjährte nicht, aber wie eine etwaige Sonderermittlergruppe auszusehen hätte, war noch zu diskutieren. Für den Fall, dass eine Sonderkommission gebildet werden würde, schlug Steiner den Namen »Fassschlupfen« vor, was trotz des makabren Hintergrunds zu allgemeiner Erheiterung führte.

Schließlich gingen sie zum letzten Tagesordnungspunkt über, der Durchsuchung des Riesauer Hofs am kommenden Morgen. Sie vereinbarten, dass sie außer dem üblichen Team der KTU und den leitenden Ermittlern zwei Streifenwagenbesatzungen zur Unterstützung hinzuziehen würden. Köksal sollte die Staatsanwaltschaft vertreten, aber Röder nahm sich vor, wenigstens kurzzeitig ebenfalls vor Ort zu sein.

»Okay, dann haben wir nun alles so weit besprochen. Ich rufe jetzt mal meinen Chef an, damit wir ihm eine Zusammenfassung des Ermittlungsstands geben können«, sagte Röder.

Nach wenigen Minuten tauchte ein offensichtlich schlecht gelaunter Behördenchef auf, der sich sogleich über Stress mit dem Innenminister wegen langsam voranschreitender Ermittlungen und chaotischer Verhältnisse in der Staatsanwaltschaft beschwerte. Das Team wirkte nach dieser Ansage ziemlich betroffen, denn alle im Raum leisteten, was sie konnten. Steiner und Röder taten ihr Bestes, um Thelens schlechte Laune zu verbessern, was ihnen aber nicht gelang. Der stellte nach der Zusammenfassung noch ein paar Fragen, bevor er in der gleichen Stimmung verschwand, in der er gekommen war.

Letzte Absprachen wurden getroffen, dann beendete Röder die Besprechung. Als er wieder in seinem Büro saß, stürmte Barbara mit einem Blumenstrauß herein. »Für mich?«, fragte er überrumpelt.

»Ja, für Sie«, sagte Barbara mit einem Lachen, und Röder merkte, wie ihm die Röte ins Gesicht schoss. »Aber nur kurz, denn Sie müssen heute noch zwei Dinge tun. Erstens müssen Sie mir früher Dienstschluss geben, und zweitens fahren Sie nach Ihrem Dienstschluss bei Frau Vogel vorbei, erkundigen sich nach ihrem Befinden und überreichen ihr diesen Strauß zur baldigen Genesung. Oben in der Klarsichtfolie steckt eine Karte, die müssen Sie allerdings selbst schreiben.«

»Ich frage mich langsam wirklich, wer mein Chef ist. Sie oder Thelen.«

»Weder noch. Ihr wahrer Chef sitzt zu Hause und heißt Manu. Richtig?«

Röder musste lauthals lachen. Barbara Fickeisen hatte wirklich ein gesundes Selbstvertrauen. »Früher Dienstschluss. Geht es um die Familienangelegenheit?«

»Das werde ich Ihnen morgen sagen können«, entgegnete Barbara und verabschiedete sich.

Ganz wie gewünscht erledigte Röder den Auftrag und besuchte am frühen Abend Frau Vogel, der es wieder besser ging, obgleich sie noch eine weitere Woche krankgeschrieben sein würde. Auf dem Nachhauseweg telefonierte er mit Hellinger. »Hast du angerufen?«

»Klar doch. Es wird so wie besprochen laufen. Für dich tue ich alles, das weißt du doch.«

»Klingt, als wärst du frisch verliebt in mich.«

»Dummbabbler. Kommst du noch auf eine Schorle vorbei?«

»Nee, geht leider nicht, ich muss morgen ganz früh raus.«

»Schaad. Alla hopp.«

»Alla donn.«

***

Im Osten ging die Sonne auf, und Röder fühlte sich ein bisschen wie ein Statist in einem Agentenfilm. Er stand in einem Torbogen gegenüber dem Riesauer Hof und wartete auf den Durchsuchungstrupp. Sein Fuß schmerzte kaum noch. Es dauerte keine zehn Minuten, da fuhren mit Blaulicht, aber ohne Horn zwei Streifenwagen und zwei zivile Polizeifahrzeuge vor und blockierten die Straße. Röder begrüßte die Mannschaft, dann schritten sie zur Tat. Zwei uniformierte Beamte gingen voraus und drückten die Türklingel. Röder und Steiner standen in der zweiten Reihe, gefolgt von den Männern der KTU, die sich gerade ihre Schutzanzüge überstreiften.

Ein ziemlich übernächtigt aussehender Obermann erschien an der Tür und rief, noch bevor einer der Beamten ihre Anwesenheit erklären konnte: »Oh Gott, kommen Sie wegen meiner Frau? Ist ihr etwas passiert?«

Die beiden uniformierten Kollegen reagierten verdutzt. Schließlich drängelte sich Steiner vor. »Nein, wir kommen wegen einer Hausdurchsuchung. Aber was soll denn mit Ihrer Frau sein?«

»Sie ist seit gestern Abend verschwunden. Ich kann sie nicht erreichen, sie ist einfach weg.«

Röder sah, wie Steiner die Stirn in Falten legte, sicher vermutete er ein Ablenkungsmanöver. »Lassen Sie uns drinnen darüber sprechen. Meine Kollegen hier werden unterdessen mit der Durchsuchung beginnen.« Er reichte Obermann den Durchsuchungsbeschluss, gab den Beamten ein Zeichen und bugsierte den sichtlich aufgelösten Winzer in die Wohnung des Haupthauses. Röder und Barbara folgten ihnen, während Köksal zusammen mit Pyreck die Durchsuchung leitete. Ihr erstes Ziel war der ominöse Kellergang, von dem sie durch Hellinger wussten, wo er lag.

»Wann haben Sie Ihre Frau zuletzt gesehen?«, fragte Steiner, als sie sich im Wohnzimmer an den Esstisch gesetzt hatten.

»Beim Abendbrot. Danach wollte sie mit dem Hund eine Runde gehen. Das macht sie meistens so.«

»Um wie viel Uhr war das?«

»Gegen halb acht. Ich wollte noch in den Geräteschuppen. Meine Laubschneidemaschine klemmt, und ich wollte sehen, was ich machen kann. Aber was soll die ganze Fragerei?« Obermann wurde ungeduldig, fast wütend. »Meine Frau ist verschwunden, und Sie fragen so einen Quatsch? Müssten Sie darüber nicht längst Bescheid wissen? Ich habe gestern sämtliche Krankenhäuser abtelefoniert und schließlich die Polizei angerufen. Die sagten mir, das kann passieren, dass ein Ehepartner mal kurz verschwindet. Die kommt schon wieder, haben sie mir gesagt.«

»Bitte bleiben Sie ruhig. Wir wollen nur verstehen, was passiert ist«, mischte sich Röder ein. »Hatten Sie gestern Abend mit Ihrer Frau Streit?«

»Das haben mich schon die Komiker beim Notruf gefragt. Nein!«, brüllte Obermann. »Wir hatten einen völlig normalen, harmonischen Tag. Wie immer.«

»Was ist mit Ihrem Sohn, kann der etwas darüber sagen? Und wo ist er eigentlich?«

»Den habe ich gestern natürlich ebenfalls angerufen. Sebastian wohnt nicht mehr bei uns. Er lebt schon lange mit seiner Freundin in Neustadt, aber er hat auch nichts von meiner Frau gehört.«

»Es ist wirklich so, dass Ehepartner, die aus zunächst unerfindlichen Gründen verschwinden, häufig bloß eine Auszeit oder ein wenig Abstand brauchen, meistens sind sie genauso schnell wieder zurück.«

»Und warum steht dann ihr Auto im Hof, und warum ist der Hund noch da?«

Röder wechselte einen schnellen Blick mit Steiner. Da stimmte etwas nicht. Die Geschichte war offensichtlich doch kein Ablenkungsmanöver. »Eine letzte Frage: Ist Ihre Frau krank? Ich meine, könnte sie sich in einer hilflosen Situation befinden?«

»Mir reichen Ihre Scheißfragen jetzt. Sie ist kerngesund. Bitte suchen Sie endlich nach ihr.«

Steiner stand auf, nestelte sein Handy aus der Hosentasche und ging nach nebenan. Obermann war viel zu aufgeregt, um das Gespräch mitzubekommen, doch Röder konnte ihn sagen hören: »Hans? Strategiewechsel. Bevor ihr den Keller richtig auseinandernehmt, durchsucht das Weingut nach der Frau Obermann. Sie ist verschwunden und könnte sich noch auf dem Gelände befinden.«

Steiner schloss sich dem Team an, während Röder und seine Referendarin schweigend bei Obermann verharrten. Der lief nervös auf und ab, bis an der Eingangstür Stimmen zu hören waren und gleich darauf sein Sohn in den Raum stürzte.

»Wo ist Mutter, und was ist hier los?«

»Deine Mutter ist immer noch verschwunden, und die Polizei hat nichts Besseres zu tun, als unser Weingut zu durchsuchen. Manchmal verstehe ich die Welt wirklich nicht mehr.«

Röder erklärte Sebastian Obermann die Anwesenheit von Polizei und Staatsanwaltschaft und blickte in ungläubige Augen.

»Ja, es stimmt, wir haben alte Fässer mit verdorbenem Wein gefunden und Herrn Neubert gebeten, uns bei der Entsorgung zu helfen. Bei den Fässern vom Pechsteinkopf muss es sich um andere handeln. Auch die modernen Fässer stammen nicht von uns.«

Röders Smartphone auf dem Couchtisch vibrierte. Es war Steiner. »Ben, komm in die Kelterhalle, wir haben etwas gefunden.«

Röder entschuldigte sich murmelnd und ging hinaus auf den Hof. Schräg gegenüber dem Eingang befand sich die Kelterhalle. Das Tor stand halb offen, und er konnte Stahltanks in allen Größen erkennen. Hinten rechts hatten sich Köksal, Steiner, Pyreck und weitere Polizisten um ein Edelstahlgefäß mit Rollen gruppiert. Röder wusste, dass es sich um einen rollbaren sogenannten Misch- und Transportbehälter handelte, den man beispielsweise zum Mischen von Trauben für Cuvées oder zur Schönung von Weinen verwendete. Der Deckel war geöffnet, und der Fotograf der KTU bewegte sich routiniert um das Gefäß herum und schoss Bilder. Röder ahnte, was sich im Behälter befand, ohne dass er einen Blick hineinwerfen musste. »Frau Obermann?«

Steiner nickte und wies zwei Polizisten an, niemanden mehr in die Halle zu lassen. Die Anweisung kam gerade rechtzeitig, denn die beiden Obermanns kamen hinter Röder hergerannt und liefen direkt in die Sperre hinein. Auch sie ahnten, was die Ansammlung bedeutete und wer sich im Gefäß befand. Während Thomas Obermann tobte und schrie, stand der Junior nur wie versteinert da und blickte in die Richtung des Behälters.

»Ich will zu ihr, ich will zu ihr«, brüllte Thomas Obermann, ehe er mit einem Weinkrampf zusammenbrach. Sein Sohn half ihm zusammen mit einem Polizisten, sich aufzurichten, und brachte ihn auf Weisung von Steiner in den Wohntrakt zurück.

»Was, meinst du, ist passiert?«, fragte Röder.

Steiner zuckte mit den Schultern. »Sie muss massive Verletzungen haben, denn es ist viel Blut im Fass. Wir werden jetzt schon mal damit beginnen, die Spuren am Gefäß zu sichern. Der Rechtsmediziner und der Notarzt sind unterwegs.«

»Sie braucht den Notarzt wohl nicht mehr«, sagte Röder, und Steiner vollendete den Gedankengang: »Aber der alte Obermann hat einen Schock.« Dann fügte er hinzu: »Sie ist eiskalt und steif. Außerdem haben sich schon Leichenflecken gebildet. Sie ist wohl bereits gestern gestorben.«

»Das passt zu Obermanns Schilderung ihres Verschwindens«, sagte Röder, und Steiner nickte.

Pyreck kam zu ihnen herüber. »Ich mache hier mit zwei Leuten allein weiter. Die anderen können mit euch die Durchsuchung des Anwesens fortsetzen. Mal sehen, was wir sonst noch so finden. Hier liegt wohl in jedem Keller eine Leiche.« Er wechselte das Thema. »Sollen wir zum Mittagessen in die Deidesheimer Hütte gehen? Die hat heute auf. Die Jugend bestellt sich bestimmt wieder Pizza, aber aus dem Alter bin ich raus.«

»Das geht Gerald und mir genauso, obwohl wir noch mindestens zehn Jahre schuften müssen, während du demnächst in Pension gehst«, stellte Röder fest.

»Was soll das heißen?«, fragte Pyreck.

»Dass wir dich begleiten müssen, denn wir werden ja bald keine Gelegenheit mehr haben, mit dir eine Schorle trinken zu gehen.«

»Ich kann dir nicht folgen. Ich will in Pension gehen und nicht das Zeitliche segnen.«

»Schon, aber Rentner haben ja bekanntlich nie Zeit«, antwortete Röder und grinste.

»Na, wenn wir in naher Zukunft auf dein erbauendes Wesen verzichten müssen, werden wir dir heute ausnahmsweise Gesellschaft leisten«, spöttelte Steiner und klopfte seinem sichtlich konsternierten Kollegen auf die Schulter.

Der Notarzt fuhr vor und wurde von Steiner ins Haus begleitet, wo er dem alten Obermann eine Beruhigungsspritze gab, während Obermann junior jede medizinische Hilfe ablehnte. Er wirkte sehr gefasst und beantwortete alle ihre Fragen. Barbara hatte sich bei Röders Rückkehr kurz verabschiedet, denn sie wollte unbedingt ihre erste Leiche in einem Mordfall sehen, obwohl Röder ihr davon abgeraten hatte. Aber sie hatte sich nicht abschrecken lassen, sondern war mit dem Hinweis »Was mich nicht tötet, macht mich härter« in Richtung der Kelterhalle verschwunden. Nichtsdestotrotz war sie ziemlich blass, als sie wieder zurückkam.

»Wann haben Sie Ihre Mutter zuletzt gesehen?«

»Gestern. Ich arbeite ja mit meinem Vater zusammen im Weingut und gehe typischerweise zwischen fünf und sechs nach Hause, wenn nichts Dringendes anliegt. Gestern habe ich mich wohl so um zwanzig nach fünf von ihr verabschiedet.«

»Was haben Sie dann gemacht?«

»Ich bin nach Hause gefahren und danach zum Sport gegangen.«

»Kann das jemand bezeugen?«

»Was soll die Frage? Sie glauben doch nicht etwa, dass ich meine Mutter umgebracht habe?«, brauste Sebastian Obermann auf.

»Ich glaube gar nichts. Sie werden sicher verstehen, dass ich diese Frage stellen muss.«

Röder stand am Fenster und sah einen Wagen vorfahren. Frau Dr. Wiebersberger-Schloneck stieg aus und verschwand in der Kelterhalle. Er hatte die Ärztin vor Jahren bei den Ermittlungen zu einem Fall kennengelernt, dessen Spur in die Eifel geführt hatte.

»Haben Sie eine Ahnung, wer Ihre Mutter getötet haben könnte?«

»Nein, verdammt«, rief Obermann. »Meine Mutter war sehr beliebt, sie hatte für alle ein gutes Wort übrig. Sie war sozial engagiert und half bei der Dürkheimer Tafel mit.«

»Sie haben also keinen Verdacht?«

»Das sind doch alles nur Gerüchte.«

Steiner horchte auf. »Was sind alles nur Gerüchte?«

»Ach, vergessen Sie es einfach. Ich habe schon viel zu viel gesagt.«

»Jetzt mal langsam, Herr Obermann. Wir müssen jedem Verdacht nachgehen, auch wenn er noch so unwahrscheinlich klingt. Wir ermitteln wegen Mordes. An Ihrer Mutter.«

Obermann schlug die Hände vors Gesicht und stöhnte. Einen Augenblick lang glaubte Röder, dass er jetzt wie sein Vater kurz vor dem Zusammenbruch stand. Dann schüttelte Obermann den Kopf und ließ ruckartig die Arme sinken. »Nein, das kann alles nicht sein. Neubert und mein Vater sind Freunde, aber neulich deutete mein Vater an, dass sich Neubert immer noch für meine Mutter interessiert.«

»Was heißt ›immer noch‹?«

»Das ist eine alte Geschichte aus der Jugend meiner Eltern. Neubert und mein Vater waren beide in meine Mutter verliebt, doch mein Vater machte schließlich das Rennen.«

»Und warum soll Neubert dann was mit dem Tod Ihrer Mutter zu tun gehabt haben? Wenn er sie doch ebenfalls geliebt hat?«

»Ich sagte doch schon, das sind alles nur Gerüchte, und es kam mir auch nur in den Sinn, weil Sie nachgebohrt haben. Ich bin gerade ziemlich durcheinander, das können Sie wohl verstehen. Ich möchte unser Gespräch gern abbrechen.«

Steiner nickte. Wenn Obermann jetzt abschaltete, würden sie sowieso nichts mehr aus ihm herausholen. Sie ließen ihn allein und gingen mit Barbara im Schlepptau zur Kelterhalle hinüber.

»Ah, der berühmte Oberstaatsanwalt«, sagte Frau Dr. Wiebersberger-Schloneck, als Röder neben sie trat. »Verzeihen Sie, wenn ich Ihnen jetzt nicht die Hand gebe.« Sie präsentierte ihre blutverschmierten Handschuhe.

Pyreck und seine Leute hatten die tote Frau Obermann aus dem Mischgefäß gehoben und auf eine sterile Plastikplane gelegt. Wegen der Leichenstarre lag sie total verkrümmt da, so, wie sie auch im Behälter gelegen hatte. Röder hatte schon viel gesehen, aber er musste trotzdem schlucken und tief durchatmen. Von hinten ertönte ein Schrei.

»Mutter!« Obermann junior versuchte, zu der Leiche vorzudringen, wurde aber von zwei uniformierten Polizisten davon abgehalten.

»Beruhigen Sie sich«, sagte Steiner bestimmt. »Dann kommen Sie her, aber bitte nicht zu nahe, und berühren Sie nichts.«

Sebastian Obermann stand mit offenem Mund vor der

Leiche seiner Mutter. Er keuchte schwer, dann rief er: »Wer hat ihr das angetan? Den bringe ich um! Den bringe ich um!« Abrupt machte er auf dem Absatz kehrt und rannte aus der Halle.

Röder und Steiner wechselten einen Blick, bevor Steiner sich an die Rechtsmedizinerin wandte. »Können Sie schon etwas zur Todesursache sagen?«

»Ein Schuss in den Bauch, ich schätze, von einer Neunmillimeter. Hat die Pfortader getroffen, denn sie ist sehr schnell verblutet.«

»Sie ist aber ja wohl nicht in dem Bottich erschossen worden, sondern jemand hat sie später dort hineingelegt. Also müssten irgendwo Blutspuren zu finden sein«, kombinierte Röder richtig.

»Ich lasse bereits alles absuchen«, erklärte Pyreck. »Hier in der Halle haben wir noch keine Hinweise gefunden, es kann aber sein, dass der Bottich erst nach der Tat an diese Stelle geschoben wurde.«

Röder blickte auf seine Uhr. »Ich glaube, ich fahre ins Büro zurück. Das war ja hoffentlich die letzte Leiche für heute.«

»Und was wird aus dem Mittagessen auf der Deisremer Hitt?«, ließ sich Pyreck vernehmen.

Röder blickte noch mal auf seine Uhr und brummte: »Hm, die hat gerade erst aufgemacht. Es ist noch ein bisschen früh fürs Mittagessen.«

»Aber für eine Schorle ist es niemals zu früh«, sagte Steiner mit all seiner Pfälzer Weisheit.

»Und ich bin seit halb fünf wach«, mischte sich Barbara ein. »Also wenn Sie mich fragen, ich habe schon Hunger.«

»Was denn, keine Pizza?«, fragte Pyreck.

Sie sah ihn fragend an und schüttelte den Kopf. »Zu viele Kohlenhydrate. Ich bevorzuge einen schönen Saumagen mit Sauerkraut, das ist meine Pfälzer Low-Carb-Diät.«

»Die Frau gefällt mir«, sagte Pyreck und schälte sich aus dem Overall.

»Nicht nur dir. Deswegen habe ich sie ja angefordert«, meinte Steiner mit einem stolzen Unterton in der Stimme. Er bot sich an, die kleine Gruppe zur Hütte zu fahren. Sie nahmen einen der zivilen Einsatzwagen, bogen in die Mühltalstraße ein und fuhren den Weg entlang, der sie durch die Weinberge hindurch zum Parkplatz unterhalb der Hütte führte. Ab hier mussten sie bis zu ihrem Ziel noch etwa fünfhundert Meter laufen.

Es war gerade mal zwanzig nach elf, aber trotzdem hatte sich bei dem schönen Wetter schon ein gutes Dutzend Wanderer eingefunden. Der kleine Platz vor der Hütte lag in der Sonne, sie wählten eine Bank im Halbschatten. Auch wenn die Temperaturen hier im Wald als frisch zu bezeichnen waren, brannte die Sonne so kurz vor Sommeranfang erbarmungslos vom Himmel.

»Ich gebe einen aus«, kündigte Barbara an und machte sich auf den Weg zur Theke im Inneren der Hütte. Die Männer schwärmten noch immer von der patenten jungen Frau, als sie mit vier gefüllten Weinstangen, auch »Pälzer Dischbedierschoppe« genannt, zurückkam. »Ich trinke nur eine ganz dünne Schorle«, sagte sie fast entschuldigend, als sie die fragenden Blicke angesichts des sehr klaren Gemischs in ihrem Glas bemerkte.

»Ja, wir haben alle mal klein angefangen«, entgegnete Pyreck und handelte sich prompt einen Stüber von Steiner ein. »Nichts für ungut. Auf die Spenderin!«, fügte er grinsend hinzu.

Sie stießen an, woraufhin Barbara schnaufend und vollkommen unerwartet das Glas auf den Tisch knallte. »Bevor wir uns etwas zu essen bestellen, will ich Ihnen von meinen Recherchen berichten.«

»Was für Recherchen?«, wollte Pyreck wissen.

»Lass sie reden«, sagte Röder leise.

Barbara schien sich kurz zu sammeln, dann legte sie los. »Also, ich war gestern Abend noch bei meinen Eltern. Ich habe ihr Einverständnis, mit Ihnen darüber zu sprechen. Sie bitten aber darum, dass ihre Namen nicht in den Berichten erwähnt werden, was auch nicht notwendig sein dürfte.« Sie griff in ihre überdimensionale Handtasche und förderte einen etwa fünf Zentimeter dicken Stapel Papier zutage. »Das sind die Aufzeichnungen von meinem Opa. Mein Vater will, wenn er in Rente geht, ein Buch daraus machen. Aber solange er noch die Kanzlei hat, könnte es ihm schaden. Deswegen bittet er um Diskretion.«

»Was sind das für Aufzeichnungen?«, fragte Röder.

»Mein Opa war bei der Waffen-SS«, sagte Barbara und atmete wieder heftig. »Er hat Tagebücher und Protokolle geführt. Auch noch nach dem Krieg, über die sogenannten Kameradschaftstreffen hier in der Pfalz, die bis in die Nullerjahre abgehalten worden sind.«

»Ihr Großvater war doch aber ein bekannter Jurist?«, fragte Steiner ungläubig.

»Ja, war er. Man konnte ihm nichts nachweisen, und so wurde er nach dem Krieg schnell entnazifiziert. Er gab an, als junger Jurist nur in der Verwaltung der besetzten Gebiete gearbeitet zu haben.« Sie schluckte und machte eine kurze Pause. »Ich weiß nicht, ob das stimmt, denn es gibt einen ersten Teil seiner Aufzeichnungen, den mein Vater nicht herausrückt. Noch nicht, wie er sagt.«

»Wie kann dieses Material für uns hilfreich sein?«, fragte Röder und wog den Papierpacken in seiner Hand.

»Das ist der Teil seiner Aufzeichnungen, der die Kameradschaftstreffen nach dem Krieg dokumentiert. Mein Opa hat sämtliche Treffen quasi protokolliert. Orte, Teilnehmer und worüber gesprochen wurde. Steht alles da drin.«

Steiner pfiff durch die Zähne.

»Warum hat er das getan?«, hakte Röder nach.

»Mein Vater meint, Opa sei Jurist genug gewesen, um das Unrecht zu erkennen, obgleich seine Loyalität seinen Kameraden gegenüber ihn hat schweigen lassen. Er war wohl hin- und hergerissen und vielleicht auch nicht ohne Schuld.«

Die Männer hatten ihre Schorlen vergessen und starrten Barbara sprachlos an.

»Sie haben die Unterlagen schon ausgewertet«, stellte Röder mit Blick auf die verschiedenfarbigen Haftnotizen, die in dem Stapel klebten, fest.

»Ja, ich habe angefangen, bin aber noch lange nicht fertig. Ich habe letzte Nacht kaum geschlafen und nur diese Papiere durchgesehen. So, und jetzt kommt's: Der Name Urban taucht das erste Mal bei einem Treffen 1951 auf. Das war das Jahr, in dem in der ganzen Bundesrepublik solche Stammtische gegründet wurden, auch hier in der Pfalz. Impulsgeber war ein neuer Verein in Norddeutschland, der sich zum Ziel gesetzt hatte, das Ansehen der ehemaligen SS-Angehörigen in der Öffentlichkeit zu verbessern.«

Barbara machte eine Pause und nippte an ihrer Schorle. Dankbar griffen die Männer ebenfalls zu ihren Gläsern, übten jedoch weniger Zurückhaltung bei der aufgenommenen Flüssigkeitsmenge.

»Urban scheint den Protokollen zufolge bis zu seinem Tod im Jahr 1996 mehr oder weniger regelmäßig zu den Treffen gegangen zu sein. Hier, das ist ein Foto von ihm bei seinem letzten Treffen.« Barbara legte ein Blatt mit handschriftlichen Notizen und einer verschwommenen Kopie eines Gruppenfotos vor sie hin. »Der dritte Mann von rechts.«

»Okay«, meldete sich Steiner zu Wort. »Wir wissen jetzt etwas mehr über Urbans Vergangenheit, aber was hat das mit unserem Fall zu tun?«

»Ich habe da eine Theorie«, sagte Barbara. »Urban war bei der Waffen-SS ein einfacher Grenadier, also ein ziemlich kleines Licht, und kam den Aussagen meines Bekannten nach total verstört aus dem Krieg zurück. Die Holzfässer stammen aus seinem Keller, und ich denke, dass er derjenige war, der die Menschen darin hingerichtet hat. Er betrachtete sie vermutlich als seine Feinde. Wenigstens einer von ihnen, nämlich der aus Fass Nummer eins, könnte dem Totenkopfemblem nach zu urteilen wie Urban bei der Waffen-SS gewesen sein. Meine Frage lautet daher: Finde ich diesen Mann hier in dem Stapel Papier von meinem Opa? Ein paar Namen tauchen nach einer Weile nicht mehr auf. Mag sein, dass sie keine Lust mehr auf die illustren Kreise hatten, weggezogen oder gestorben sind, aber genau nach diesen Namen suche ich, und ich wette, dass einer von denen unser Opfer Nummer eins ist.«

Die Männer schwiegen einen Moment. Dann sagte Steiner: »Ich habe gar keinen Hunger mehr.«

»Papperlapapp. Mit hungrigem Magen denkt es sich nicht gut«, widersprach Pyreck. »Ich finde, an dem, was unsere patente neue Mitarbeiterin da Schreckliches ausgegraben hat, könnte durchaus etwas dran sein.«

»Alle Achtung, Barbara«, sagte Röder und erhob sich vom Tisch. »Die Runde Saumagen geht auf mich.« Er marschierte zur Theke, um die Bestellung aufzugeben.

Während sie auf das Essen warteten, beantwortete Barbara immer noch sehr aufgekratzt die eine oder andere Frage und teilte ihnen mit, dass sie damit begonnen hatte, die Daten und Fakten aus den handschriftlichen Aufzeichnungen ihres Großvaters zur leichteren Auswertung in ein Spreadsheet zu übertragen. Außerdem erhoffte sie sich viel von der Antwort aus dem Ludwigsburger NS-Dokumentationszentrum.

Ulli, der Wirt, und eine seiner Küchenhelferinnen traten mit zwei Tabletts zu ihnen an den Tisch.

»Das ist aber ein toller Service«, sagte Röder und schnupperte an den appetitlichen Saumagenportionen.

»Bei so wichtigen Gästen komme ich gern persönlich«, sagte Ulli. »Aber ich wollte euch auch fragen, was da oben auf dem Pechsteinkopf los ist. Die ›Rheinpfalz‹ schreibt ja verrückte Geschichten.«

Er präsentierte ihnen den Lokalteil der heutigen Ausgabe. »Die Toten vom Pechsteinkopf«, stand da in großen Lettern und als Untertitel: »Staatsanwaltschaft Frankenthal hat eine heiße Spur im kalten Fall«.

»Zeig mal her«, sagte Röder. »Wir hatten heute noch keine Gelegenheit, in die Zeitung zu schauen.«

»Du kommst mal wieder supergut weg. Ohne dich wäre die Pfalz das reinste Sodom und Gomorrha.«

Steiner riss Röder die Zeitung aus den Händen und las vor: »›Die Leitung der Ermittlungen liegt in den Händen des mit dem Landesverdienstkreuz ausgezeichneten Oberstaatsanwalts Dr. Benedikt Röder. Nur er scheint in der Lage zu sein, diesen komplexen Kriminalfall zu lösen. Seine Umsichtigkeit bewies er erst kürzlich bei der Evakuierung der Staatsanwaltschaft in Frankenthal …‹« Er schüttelte den Kopf und hielt inne. »Sag mal, was hast du dem denn dafür bezahlt, dass er dich so lobhudelt?«, fragte er halb ehrfürchtig, halb verärgert darüber, dass die Polizei mit keinem Wort erwähnt wurde.

»Natürlich nichts«, sagte Röder und riss nun seinerseits Steiner die Zeitung aus der Hand. »Da steht auch, dass die Weinfässer aus dem Riesauer Hof stammen«, erklärte er, nachdem er den Artikel überflogen hatte. »Verdammt, woher wissen die das?«

»Das kann doch nur dieser schmierige Riemer gewesen sein«, moserte Steiner. »Der steckt seine Nase überall rein.«

»Das ist Mist, das sind Interna, die da verraten werden.«

»Leute, jetzt kommt mal wieder runter. Der Saumagen wird kalt«, sagte Pyreck. »Außerdem brauche ich noch eine Schorle.«

»Ich auch.«

»Ich auch.«

»Ich auch. Also bitte noch mal vier Schorlen, Ulli.«

***

Röder fuhr mit einem unguten Gefühl zurück in die Dienststelle. Der Zeitungsartikel war für seinen Geschmack viel zu dick aufgetragen.

Er hatte den Aufzug kaum verlassen und den Weg zu seinem Büro eingeschlagen, als ihm Thelen entgegenkam. Röder schwante Übles. Er hätte sich jedoch keine Sorgen zu machen brauchen.

»Tolle Presse, Herr Dr. Röder. Das ist genau das, was wir als juristischer Dienstleister am Volk brauchen. So etwas schafft Vertrauen und Anerkennung bei den Bürgern. In diesen Zeiten ist es ganz wichtig, dass die Bürger den Staat als die unabhängige und gerechte Instanz ansehen, die er ist. Hervorragend, hervorragend.« Thelen rieb sich die Hände. »Ich werde Sie für eine Auszeichnung vorschlagen, vielleicht sogar für das Landesverdienstkreuz.«

Röder sagte nichts, als ihm sein Chef abschließend auf den Rücken klopfte.

»Bei Gelegenheit müssen Sie mich auf den neuesten Stand der Ermittlungen bringen«, verlangte Thelen.

»Gern, Chef«, hörte Röder sich sagen. »Ihre Unterstützung ist immens wichtig.«

In seinem Büro mühte er sich eine Weile ab, aber schließlich gelang es ihm, einen lauwarmen Kaffee aus der Hightech-Maschine zu ziehen, mit dem er sich an seinen Schreibtisch setzte, um sich die Akten zum Fall vorzunehmen. Zum Glück wurde er nach etwa drei Stunden vom Klingeln seines Tischapparates dabei unterbrochen. Es war Hellinger.

»Hey, Achim, ich danke dir für die kleine Indiskretion. Es ist alles super gelaufen.«

»Für dich vielleicht. Für mich war der Tag nur scheiße.«

»Warum das denn?«

»Das fragst du noch? Ursel ist tot, und ich wurde von der Polizei einbestellt. Die haben mich ausgequetscht, ich musste meine Aussage zu Protokoll geben. Am Schluss drehte sich alles um die Fässer. Die Bullen haben mir natürlich nicht abgenommen, dass nicht ich der Informant für die Presse war.«

»Hast du mit Steiner gesprochen?«

»Ich habe nach ihm gefragt, aber er war irgendwo im Außendienst. Außerdem sagte mir der Beamte deutlich, dass er mich mit Steiner nicht sprechen lässt, da ich offensichtlich ein guter Bekannter von ihm bin. Er sei befangen. Das hättest du besser wissen müssen.«

Röder merkte, dass er rot wurde. Sein Egoismus hatte ihn vollkommen blind werden lassen. »Ist gut, ich kriege das wieder hin.«

»Das war noch nicht alles.«

»Was denn noch?«

»Nicht am Telefon. Komm nachher bei mir auf eine Schorle vorbei.«

Röder erledigte noch schnell die wichtigsten Arbeiten und bog gegen neunzehn Uhr in den Hof von Hellinger ein. Die Probierstube war dunkel, und auch ansonsten lag das Anwesen ungewöhnlich still da. Röder vermutete seinen Freund auf der Terrasse und ging um das Wohngebäude herum in den Garten. Tatsächlich sah er Hellinger mit einem Dubbeglas in der Hand an der Stelle der Terrasse sitzen, von wo aus man einen wunderschönen Blick in die Oberrheinebene hatte. Neben ihm stand Lothar und ließ sich zwischen den Hörnern kraulen. Hellinger hörte Röder nicht kommen und erschrak, als er ihn ansprach.

»Na, da hast du ja einen Freund fürs Leben gefunden. Ich bin schon richtig eifersüchtig.«

»Ziegen sind wirklich ausgesprochen schlaue und friedfertige Tiere. Allerdings hat er mir den Rasen ruiniert«, sagte Hellinger und deutete auf die umgepflügte, ehemals gepflegte Grasfläche.

»Kauf ihm halt die versprochenen Frauen, dann ist er zu müde, um weiter Randale zu machen.«

»Ach, der Gäsbock ist doch kein Problem.«

»Was dann? Wo sind eigentlich Max und Meiming?«

»Max ist auf Klassenfahrt, und Meiming hilft im Restaurant ihres Bruders aus. Hier sind nur Loddar und ich«, antwortete Hellinger trübsinnig. »Kraul mal den Loddar, während ich uns Nachschub holen gehe.«

Er stand auf, und Röder übernahm seinen Platz, woraufhin Lothar sofort zu meckern anfing und Röder anstupste. Der Geißbock gab erst Ruhe, als Röder begann, ihn zwischen den Hörnern zu streicheln. Hellinger kam mit einer Flasche Hausriesling ohne Etikett, einer Flasche Bergquelle-Sprudel und einem zweiten Dubbeglas zurück. Er füllte die Gläser mit genau der richtigen Mischung, die die beiden Freunde schon seit Jahrzehnten bevorzugten, deren Optimierung sie aber immer wieder diskutierten.

Sie hatten gerade einen großen Schluck genommen, als Hellinger fluchte: »Alles Scheiße.«

»Was, das mit der Polizei? Es tut mir leid, dass ich dich da reingeritten habe. Ich biege das wieder hin.«

»Ach, Quatsch. Deine Hilfssheriffs können mir den Buckel runterrutschen. Nein, viel schlimmer: Wu hat sich aus dem Staub gemacht. Er zieht sich als Investor zurück.«

»Das kann ich ihm nicht verübeln, nach allem, was passiert ist.«

»Du verstehst nichts. Ohne Wu ist das Projekt tot. Aus, vorbei, *finito*.«

»Könnt ihr es nicht ohne ihn machen? Gibt es keine anderen Interessenten?«

»Bei den Schlagzeilen? Wer will denn in ein Projekt investieren, bei dem es vor Leichen im Keller nur so wimmelt?«

»Das Morbide und Makabre zieht die Leute an. Ihr solltet Führungen durch den Keller anbieten und ein paar Puppen in Fässer stecken, die ihr mit Theaterblut anmalt. Nach dem Motto ›Weinprobe im Folterkeller‹ oder so.« Röder meinte es durchaus ernst.

»Mensch, Ben. Wir wollten eine exklusive Weinerlebniswelt schaffen und keine Geisterbahn, du Heini. Das Geld, das ich bereits in das Projekt gesteckt habe, kann ich mir jetzt sonst wohin stecken.« Hellinger war laut geworden und stürzte die Schorle hinunter, um das Glas gleich darauf wieder zu füllen.

»Kannst du nicht noch mal mit Wu darüber sprechen?«

»Nein, er hat Meiming angerufen und mir seine Entscheidung durch sie mitteilen lassen. Danach haben wir mehrmals versucht, ihn zu erreichen, aber er ist wie vom Erdboden verschluckt.«

»Was sagen die anderen Investoren dazu?«

»Die wissen es noch nicht. Wu überlässt es mir, es ihnen mitzuteilen.«

»Und wirst du es tun?«

»Sicher. Das mache ich morgen. Ich glaube, Thomas hat heute andere Sorgen, und Neubert konnte ich noch nicht erreichen.« Hellinger machte eine Pause, dann sagte er mit einem frustrierten Ton in der Stimme: »Es geht alles den Bach runter. Nichts mehr zu machen. Alles futsch.«

Röder half seinem Freund, die Flasche zu leeren, bevor er auf dem Nachhauseweg Steiner anrief, um sich nach den neuesten Entwicklungen zu erkundigen.

»Ja, wir haben mit Neubert gesprochen. Er hat wohl ein Alibi. Er kommt morgen früh ins Präsidium, um seine Aussage zu Protokoll zu geben. Ich werde ihn noch mal ins Gebet nehmen. Willst du dabei sein?«

SIEBEN

Zwei Wochen nach Pfingsten herrschte Hochsommer in der Pfalz. Immer wieder knackten die Temperaturen die Dreißig-Grad-Marke. Die Weinfestsaison erreichte mit dem Schlossstraßenfest in Hambach und dem Burg- und Weinfest in Wachenheim ihre ersten Höhepunkte. Die Schulkinder strömten in die Freibäder, während die Winzer bei der prophylaktischen Bekämpfung des wärmeliebenden Echten Mehltaus in den Weinbergen schwitzten. So mancher Spaziergänger, Wanderer oder Radfahrer schwor wenigstens vorübergehend dem Weinkonsum ab, wenn er unversehens in eine Wolke der schwefelhaltigen Pflanzenschutzmittel geriet, die man für einen ökologischen Gruß aus Dantes Unterwelt halten konnte.

Röder war bei der morgendlichen Vernehmung von Neubert dabei gewesen. Der Unternehmer hatte anscheinend ein hieb- und stichfestes Alibi für den Zeitpunkt des Mordes an Ursula Obermann. Er hatte angegeben, vorgestern in Mannheim mit dem Aufsichtsrat von Elondis einen Geburtstag gefeiert zu haben. Der harte Kern sei danach weiter in ein Bordell namens »Hühnerstall« gezogen. Die anderen Feiernden und die Prostituierte, mit der er es getrieben hatte, würden sein Alibi bestätigen. Ein wenig ängstlich hatte Neubert darum gebeten, die Sache nicht an die große Glocke zu hängen. Auch war die Geschichte mit der unvergessenen Liebe zu Ursula Urban wohl zu weit hergeholt und ergab keinen Anhaltspunkt für ein Motiv. Sie würden Neuberts Namen vermutlich von der Liste der Verdächtigen streichen müssen.

»Der Klassiker unter den Alibis«, sagte Steiner, nachdem Neubert gegangen war und die Ermittler sich im Verhörraum versammelt hatten. »Hat jemand von euch eine Idee, wie wir weitermachen sollen? Wir tappen gerade echt im Dunkeln.«

»Wir müssen uns die beiden Obermanns vornehmen«, sagte Seitz, und alle nickten. »Die meisten Morde sind nun einmal Beziehungstaten.«

»Klar, übernimm du das bitte. Vielleicht ist der Senior wieder vernehmungsfähig, und den Junior kannst du auf alle Fälle befragen. Nimm Torben mit«, ergänzte Steiner mit Blick auf den jungen Beamten aus Trier.

Pyreck meldete sich zu Wort. »Der tödliche Schuss auf Frau Urban ist aus kurzer Distanz abgefeuert worden. Leider haben wir noch nicht das Projektil und den eigentlichen Tatort gefunden. Aber wenn es tatsächlich eine Neunmillimeter war, könnte es sich durchaus um dieselbe Tatwaffe wie bei dem Bulgaren handeln. Das ist zum jetzigen Zeitpunkt natürlich nur Spekulation, aber wenn wir weiterhin nicht an zufällige Zusammenhänge glauben wollen, würde sich dadurch womöglich eine Art Kreis schließen.«

»Warum hat eigentlich der alte Obermann keinen Schuss gehört?«, fragte der Kollege aus Koblenz.

»So wie es sich darstellt, hat er irgendetwas an der Laubschneidemaschine repariert. Zum Ausprobieren musste er den Traktor laufen lassen. Der Krach hat wohl den Schuss übertönt«, antwortete Steiner.

»Oder sie ist nicht auf dem Gelände getötet worden. Wie gesagt, den Tatort haben wir noch nicht gefunden.«

Sie besprachen noch weitere Aspekte des Falls, unter anderem die Vermutung von Barbara den alten Urban betreffend, bevor sich die Versammlung auflöste. Auf dem Weg nach Hause rief Röder zuerst Manu an, die sich freute, dass sich ihr Mann nicht das ganze Wochenende um die Ohren schlagen musste. Danach telefonierte er mit einem schlecht gelaunten Köksal, dem die berufliche Trennung von Barbara offenkundig zu schaffen machte. Sie tauschten sich über die Fälle aus und brachten sich gegenseitig auf den Stand der Dinge. Röder hatte gerade aufgelegt, als das Telefon erneut klingelte. Das Konterfei von Hellinger erschien auf dem Display, und Röder nahm den Anruf an.

»Wieso störst du mich an meinem wohlverdienten Wochenende?«, fragte er gespielt vorwurfsvoll, aber Hellinger ging nicht auf seinen Scherz ein, sondern antwortete im Stakkato: »Du musst sofort in den Riesauer Hof kommen. Es gab wieder einen Toten.«

»Wie bitte?«, fragte Röder mit einem ungläubigen Unterton.

»Neubert ist erschossen worden.«

»Und du bist dort? Hast du den Notruf angerufen?«

»Ja, die sind schon alle unterwegs«, sagte Hellinger und legte auf.

Unter Missachtung einiger Verkehrsregeln fuhr Röder nach Deidesheim und stellte sein Fahrzeug keine fünfzehn Minuten später vor dem barocken Tor des Riesauer Hofs ab. Unterwegs hatte er kurz mit Steiner gesprochen und mehrfach vergeblich Hellingers Nummer gewählt.

Auf dem mit Kopfsteinpflaster versehenen Innenhof standen mehrere Polizeiautos und ein Krankenwagen. Am Eingang musste Röder sich bei den Polizeibeamten ausweisen. Steiner war noch unterwegs, und auch der Kriminaldauerdienst war nirgends zu sehen. Vor dem repräsentativen Aufgang zum Hauptgebäude stand eine Mercedes-Limousine mit geöffneter Fahrertür. Flatterband bildete eine provisorische Absperrung, in deren Mitte Neubert in einer Blutlache lag. Der Notarzt packte gerade seine Sachen ein, er hatte offenbar nur noch den Tod des Opfers feststellen können. Als er aufstand, erblickte Röder halb unter dem Fahrzeug eine Pistole, vermutlich die Tatwaffe. Es handelte sich um eine altmodische Luger-Pistole, von denen er wusste, dass sie meist Neun-Millimeter-Kaliber hatten. Auf einer niedrigen Mauer außerhalb der Absperrung saßen Hellinger und Thomas Obermann, während Sebastian Obermann wild gestikulierend mit mehreren uniformierten Polizisten danebenstand. Röder ging zu der Gruppe hinüber und gab sich als Oberstaatsanwalt zu erkennen.

»Wie ist das passiert?«, wollte er wissen.

»Es war Notwehr, es war Notwehr«, stammelte Sebastian Obermann und redete dabei immer noch mit Armen und Beinen. Röder blickte fragend, und Obermann fuhr fort: »Neubert, das Schwein, kam auf unseren Hof gefahren. Vater und ich sind hinausgelaufen und haben ihn wegen meiner Mutter zur Rede gestellt. Er hat gar nichts gesagt, sondern gleich die Waffe gezogen. Ich hab mich auf ihn gestürzt, es gab eine Rangelei, und dann fiel ein Schuss. Es ging alles so schnell. Ich kann mich nur noch erinnern, dass Neubert auf einmal regungslos vor mir lag. Es war Notwehr.«

»Mein Sohn hat ihn nicht erschossen«, meldete sich Thomas Obermann mit zittriger Stimme von der Mauer. »Ich habe den tödlichen Schuss abgegeben. Ich bin dazugekommen, als Sebastian mit Werner um die Pistole kämpfte. Schließlich bekam ich das Ding zu fassen, und dann hat es gleich noch mal gekracht. Ich wollte gar nicht abdrücken, sondern ihm nur diese verdammte Knarre abnehmen.« Er vergrub den Kopf in seinen Händen. »Es ist meine Schuld, es ist alles allein meine Schuld.«

Als Obermann den Kopf wieder hob, fiel Röder ein Blick auf, der wohl dem Sohn galt. Er wandte sich an einen der Polizisten. »Bringen Sie den jungen Herrn Obermann zu Ihrem Dienstwagen und nehmen Sie seine Aussage auf.«

Der Polizist, der kaum älter war als Sebastian Obermann, verstand die Anweisung nicht. In einem solchen Fall war die Kriminalpolizei für das Protokoll zuständig. Röder nahm ihn kurz beiseite. »Wir müssen die Zeugen voneinander trennen, wir brauchen von jedem eine eigenständige Aussage. Irgendetwas stimmt hier nicht, es wurden vielleicht Absprachen getroffen.« Der Polizist begriff endlich. »Um den Herrn Hellinger kümmere ich mich, Sie übernehmen Sebastian Obermann. Und es muss jemand von Ihnen bei Herrn Obermann senior bleiben.«

Röder wandte sich wieder der Gruppe zu und schob Hellinger in eine ruhigere Ecke des Hofes. »Was hast du gesehen?«

»Ich bin, wie ich gestern gesagt habe, hergekommen, um Thomas und Sebastian meine Anteilnahme auszusprechen und die Nachricht von Wu weiterzugeben. Ich wollte mit den beiden diskutieren, wie es weitergehen soll.«

»Hast du das auch gemacht?«

»Ja, sie waren über alles im Bilde, als Sebastian plötzlich aufgesprungen und zum Fenster gelaufen ist. Er hat geflucht und etwas gerufen wie: ›Dass sich die Drecksau hier echt noch mal blicken lässt!‹ Dann ist er rausgestürmt und Thomas hinterher. Durch das Fenster konnte ich sehen, wie Neubert aus dem Wagen stieg, während Sebastian auf ihn zurannte. Es gab ein Gerangel, und dann knallte es. Einmal, zweimal, ich weiß nicht genau. Es ging so verdammt schnell. Ich bin da gerade rausgerannt.«

»Hatte Neubert eine Waffe in der Hand, als er ausstieg?«

»Das konnte ich vom Fenster aus nicht sehen. Sein Auto stand dazwischen und außerdem noch der große Kübel mit der Palme.«

»Wo war Thomas Obermann?«

»Er kam dazu, als die anderen beiden schon miteinander rangen.«

»Wer hat geschossen?«

»Auch das konnte ich von meinem Standpunkt aus nicht sehen. Als ich rauskam, war schon alles vorbei.«

»Warum bist du nicht in Deckung geblieben, wenn draußen geschossen wurde?«

»Du bist gut. Die Leute sind meine Freunde und Geschäftspartner. Ich musste doch helfen.«

»Wie war die Situation, als du hinauskamst?«

»Neubert lag am Boden, das Blut floss. Die Obermanns standen um ihn herum.«

»Hast du da die Waffe gesehen?«

»Ja, die lag zwischen Neubert und dem Auto.«

Röder entdeckte Steiner und die Leute vom Kriminaldauerdienst, die gerade auf den Hof kamen. Vor dem Tor hatte sich eine Menschentraube gebildet. Die Nachricht von einem weiteren tödlichen Zwischenfall auf dem Riesauer Hof hatte sich offenbar schnell herumgesprochen. Deidesheim war in dieser Beziehung doch eher ein Dorf denn eine Stadt.

»Du bist ein wichtiger Zeuge. Du musst bei Steiner eine schriftliche Aussage machen.«

»Das ist mir schon klar«, antwortete Hellinger.

Röder ging zu Steiner hinüber, um ihm die Sachlage zu schildern, soweit er das überhaupt konnte.

»Soso, Notwehr also. Mir gefällt das nicht. Das sind ein bisschen viele Zufälle. Bojanov, Neubert, die Obermanns, Hellinger. Alle stehen sie in irgendeiner Beziehung zueinander. Was spielt denn eigentlich Achim für eine Rolle?«

»Er ist ein wichtiger Zeuge.«

Steiner brummte irgendetwas Unverständliches. Inzwischen waren auch die Leute von der KTU unter der Leitung von Pyreck eingetroffen und begannen, ihre Overalls anzulegen.

»Ihr seid aber schnell vor Ort heute. So kennt man euch gar nicht«, frotzelte Steiner.

»Wir waren schon auf dem Weg hierher, um das Gelände noch mal abzusuchen. Weil wir doch immer noch nicht wissen, wo Frau Obermann erschossen wurde.« Pyreck sah zu Neuberts Limousine und wechselte das Thema. »Ich bin wirklich sehr gespannt, ob das da vorn unsere Tatwaffe ist. Vom Alter und Kaliber her könnte sie passen.«

Steiner nickte und erteilte seinen Leuten die Anweisung, Hellinger und die Obermanns getrennt voneinander ins Präsidium zu bringen, um sie dort einzeln zu vernehmen. Sie sollten mit Hellinger anfangen und dann bei den Obermanns weitermachen. Wenn möglich, wollten er und Röder persönlich anwesend sein, denn sie würden so schnell es ging nachkommen, sobald sie sich hier einen Überblick verschafft hatten. Pyreck versicherte, dass der neue Tatort rasch gesichert sei und sie dann unverzüglich weiter nach der Stelle suchen würden, an der Frau Obermann zu Tode gekommen war.

Anderthalb Stunden später trafen Steiner und Röder im Polizeipräsidium ein. Seitz, dessen ursprüngliche Aufgabe, die Obermanns wegen des Todes von Frau Obermann zu befragen, nach den jüngsten Ereignissen im Riesauer Hof vorerst hinfällig war, vernahm gerade Hellinger. Steiner setzte sich neben ihn, während Röder seitlich am Tisch Platz nahm, sodass sein Freund ihn nicht direkt im Blick hatte.

»Herr Hellinger, bitte wiederholen Sie noch mal Ihre gerade erwähnte Beobachtung beim Hinauslaufen«, bat Seitz.

»Ich bin mir nicht sicher, ob ich es wirklich gehört habe, aber als ich auf den Hof rannte, könnte es vielleicht einen zweiten Schuss gegeben haben.«

»Haben Sie diese zweite Schussabgabe auch gesehen?«, wollte Seitz wissen.

»Nein, ich befand mich noch im Flur, und ich bin mir nicht einmal sicher, ob mir meine Sinne nicht einen Streich gespielt haben.«

»Wir werden auch bei Ihnen einen Schmauchspurentest vornehmen.«

»Das können Sie gern machen. Ich habe seit Jahren keine Waffe mehr abgefeuert.«

»Haben Sie die Tatwaffe angefasst?«

»Nein. Mir ist das Ding erst aufgefallen, als alles vorbei war, und da lag es vor dem Auto.«

Steiner stellte noch ein paar Fragen, deren Antworten sich aber mit dem deckten, was Hellinger Röder gegenüber bereits ausgesagt hatte. Sie beschlossen, ihn nach Hause zu schicken. Röder ließ es sich nicht nehmen, seinem Freund persönlich ihre Entscheidung mitzuteilen.

»Es kommt jetzt noch jemand, der dich auf Schmauchspuren untersucht, dann kannst du gehen. Du musst allerdings morgen oder übermorgen wiederkommen, um die Abschrift deiner Aussage zu unterschreiben. Und ich brauche dir wohl nicht zu sagen, dass du dich bis auf Weiteres zur Verfügung der Polizei halten musst. Du bist der wichtigste Tatzeuge.«

»Das ist mir klar. Aber dein Verein soll sich sputen, denn in den Schulferien fahre ich mit Max in den Urlaub, ob ihr die Sache aufgeklärt habt oder nicht. Kommst du nachher auf eine Schorle vorbei? Die ganze Sache hier geht mir mächtig an die Nieren.«

»Mal sehen, ich kann dir nichts versprechen, das kommt darauf an, wann ich hier fertig bin. Warum fährst du nicht einfach zu uns? Dann hast du Familienanschluss. Ich sage Manu Bescheid, und wenn ich Feierabend habe, trinken wir die Schorle. Du kannst bei uns pennen.«

Röder klopfte seinem Freund zum Abschied auf die Schulter und traf Steiner und Seitz vor dem Kaffeeautomaten. Als Nächstes wollten sie sich den jungen Obermann vornehmen, der schon eine Weile nervös im Verhörraum saß und von einem Polizeibeamten bewacht wurde. Er war bereits auf Schmauchspuren untersucht worden.

»Wann kann ich denn endlich gehen?«, fragte Sebastian Obermann ungehalten, als sie eintraten.

»Wir brauchen zuerst Ihre vollständige Aussage«, erklärte Steiner und erläuterte die Vorgehensweise zur Aufzeichnung und Protokollierung der Vernehmung.

Obermann schilderte den Vorfall zunächst genauso, wie er es schon am Tatort getan hatte. Dass er Neubert durch das Fenster gesehen habe und ihm entgegengelaufen sei, um ihn zur Rede zu stellen. Neubert habe sofort die Pistole auf ihn gerichtet, woraufhin er zur Verteidigung nach der Waffe geschlagen und mit Neubert gerungen habe. In diesem Moment habe ein Schuss geknallt, und dann habe sein Vater in den Kampf eingegriffen, als der wohl fatale Schuss gefallen sei.

»Warum sind Sie nicht in Deckung gegangen, als Neubert mit der Waffe auf Sie zielte?«, fragte Steiner.

»Sie stellen vielleicht Fragen. Ich stand doch direkt vor ihm. Ich hatte die Waffe zuerst gar nicht gesehen, und dann hielt er sie auf einmal in der Hand. Was hätte ich tun sollen? Weglaufen? Er hätte mich wahrscheinlich hinterrücks niedergeschossen. Dieser Typ hat meine Mutter ermordet.«

»Hatten Sie die Waffe vorher schon einmal gesehen?«

»Ich habe keine Erfahrungen mit so etwas. Meine Eltern sind Pazifisten, sie lehnen jegliche Form von Gewalt ab, und das tue ich auch. Ich kenne Pistolen nur aus dem Fernsehen.«

»Ihr Großvater war da wohl anders. Hat er nicht sogar

Waffen gehortet, die er Ihren Eltern hinterließ, weswegen sie Schwierigkeiten bekamen?«

»Ja, das stimmt, aber ich kannte meinen Großvater kaum. Ich war noch klein, als er starb, und die blöde Geschichte mit den Knarren weiß ich nur von meinen Eltern. Aber ich kenne den Dorfklatsch.«

»Welchen Dorfklatsch?«

»Den über meinen Großvater. Dass er angeblich verrückt war und immer mit Waffen aus dem Krieg hantiert haben soll. Ich selbst weiß nichts darüber, ich habe nur wenige Erinnerungen an ihn.«

In diesem Moment öffnete sich die Tür, und die junge Beamtin des Teams um Steiner reichte dem Kommissar eine gelbe Haftnotiz. Steiner warf einen kurzen Blick darauf und bat dann Obermann: »Erklären Sie uns doch noch mal, wann und wie der tödliche Schuss fiel.«

»Wie oft soll ich das noch sagen? Ich habe mit Neubert gekämpft, ein Schuss hat sich gelöst. Dann kam mein Vater hinzu, und es hat noch mal gekracht.«

»Gut, wir machen hier eine kurze Pause.«

Seitz blickte seinen Vorgesetzten verwundert an. Die Vernehmung hätte noch ein bisschen härter geführt werden müssen, bevor man sie nach Lehrbuch unterbrach, um dem Befragten Zeit zum Sammeln zu geben. Röder dagegen glaubte, Steiner zu verstehen. »Wollen Sie auch einen Kaffee?«, fragte er an Obermann gewandt. Der nickte.

Als sie wieder am Kaffeeautomaten standen, zog Steiner nur den Kaffee für Obermann. Er selbst, Seitz und Röder verzichteten auf weiteres Koffein.

»Jetzt sag schon, was stand auf dem Zettel?«, fragte Röder.

»Die Obermanns haben beide typische Schmauchspuren an den Händen, die darauf hindeuten, dass beide die Waffe abgefeuert haben.«

Röder nickte. Er wusste, dass Schmauchspuren mit der »Tape-Lift-Methode« gesichert wurden. Kleine, mit Klebstoff beschichtete Metallstempel, die an festgelegten Stellen auf die Haut gedrückt werden mussten. Nach der Analyse der Stempel konnte recht genau ermittelt werden, ob und wie ein mutmaßlicher Schütze eine Waffe gehalten hatte. Spuren an einem zufällig anwesenden Dritten sahen natürlich anders aus als bei dem Schützen, der die Waffe abgedrückt hatte.

»Ich frage mich allerdings, ob es wirklich Sebastian Obermann war, der danebengeschossen hat, während sein Vater den tödlichen Schuss abgab, wie die beiden aussagen. Das ist nur ein Gefühl von mir, aber die Obermanns haben sich vorhin so seltsam angesehen. So, als hätten sie eine Absprache getroffen«, sagte Röder. »Deshalb habe ich sie ja trennen lassen, damit wir beim Verhör die Chance haben, Widersprüche aufzudecken, sollte die Geschichte nicht stimmen.«

»Warum sollten sie lügen?«, fragte Seitz.

»Weil Thomas Obermann vielleicht seinen Sohn schützen und die Schuld auf sich nehmen will. Wir haben schon die verrücktesten Sachen erlebt. Wie dem auch sei, wir müssen auf den endgültigen Bericht des Ballistikers warten. Und auf die Analyse der Fingerabdrücke auf der Waffe. Dann wissen wir hoffentlich, wer von beiden die Waffe zuerst und wer sie zuletzt in der Hand gehalten hat.«

Steiner und Seitz nickten zustimmend.

»Wir haben übrigens auch Achim untersucht. Der Schmauchtest bei ihm ist negativ, was eine Tatbeteiligung wohl erst einmal ausschließt und seine Zeugenaussage unterstützt«, sagte Steiner. »Wir machen jetzt Folgendes: Seitz, du gehst zurück zu Obermann und fühlst ihm weiter auf den Zahn. Frag ihn aber noch nicht nach dem zweiten Schuss. Das machen wir gemeinsam, wenn wir wiederkommen. Ben und ich gehen zum Senior und hören mal, was der zu sagen hat.«

Thomas Obermann hatte unter Aufsicht eines uniformierten Beamten im anderen Verhörraum ausgeharrt und stumm vor sich hin gestarrt. Vor ihm stand eine halb leere Flasche Wasser.

»Können wir etwas für Sie tun? Brauchen Sie einen Arzt?«, fragte Röder.

Obermann schüttelte apathisch den Kopf.

»Nehmen Sie wenigstens einen Kaffee?«

Diesmal nickte er, und Steiner schickte den Bewacher einen Kaffee holen. Nachdem er sich vergewissert hatte, dass Obermann ihre Fragen beantworten wollte, schaltete Steiner den Rekorder ein und begann mit der Vernehmung. Obermann beschrieb den Beginn der Tragödie so, wie es auch sein Sohn und Hellinger zu Protokoll gegeben hatten.

»Haben Sie gesehen, wie Neubert die Waffe auf Ihren Sohn richtete?«, fragte Steiner.

Obermann überlegte kurz und nippte an dem Kaffee. »Klar, und dann hat sich Sebastian auf Neubert gestürzt. Er konnte den Arm mit der Pistole nach oben drücken, und dann krachte der Schuss.«

»Wo ist denn der Schuss hingegangen?«

»Na, in die Luft.«

»Und wie kam dann Neubert zu Tode?«

»Ich kam dazu und half meinem Sohn, Neubert zu überwältigen. Dabei bekam ich die Waffe zu fassen und drückte ab.« Leise fügte er hinzu: »Ich weiß nicht, ob ich den Abzug aus Versehen oder absichtlich betätigt habe, aber ich konnte mich nicht anders wehren, denn der Kerl war ja außer Rand und Band.«

»Der ›Kerl‹ war Ihr langjähriger Freund und Geschäftspartner.«

»Und der Mörder meiner Frau!«, schrie Obermann.

Steiner schwieg zu diesem Vorwurf, denn Obermann brauchte noch nicht zu wissen, dass Neubert für die Tatzeit wahrscheinlich ein Alibi gehabt hatte. Stattdessen wartete er, bis sich Obermann wieder beruhigt hatte. »Wie hielten Sie die Waffe, als sich der Schuss löste?«

»Na, ihm so vor die Brust«, antwortete Obermann und machte eine Bewegung mit beiden Händen.

»Neubert hat sich von Ihnen einfach so die Pistole auf die Brust setzen lassen?«

»Es muss so gewesen sein. Es ging alles so schnell, und er versuchte immer wieder, an die Pistole zu kommen.«

»Gut. Dann will ich jetzt noch eins von Ihnen wissen«, sagte Steiner. »Hatten Sie die Pistole vorher schon mal gesehen?«

»Nein.«

»Es handelt sich um ein beinahe antikes Modell, eine Luger-Pistole. Vor fünfundzwanzig Jahren –«

»Das ist eine uralte Geschichte. Wir wollten die Knarren von meinem Schwiegervater entsorgen und haben es verbockt. Sie wissen doch alles. Ich persönlich mag keine Waffen.«

»Könnte die Waffe aus dem Fundus Ihres Schwiegervaters stammen?«

»Nein und nochmals nein. Alle Waffen wurden damals vernichtet.«

Röder konnte es Steiner ansehen, dass er Obermann die Geschichte nicht abnahm.

»Wir machen jetzt eine Pause.«

»Ich habe Ihnen alles gesagt. Ich verheimliche nichts. Ich habe den tödlichen Schuss abgegeben. Aus Versehen oder in Notwehr. Sie können mich jetzt laufen lassen.«

»Sie müssen sich leider mit dem Gedanken vertraut machen, dass wir Sie noch eine Weile bei uns behalten werden. Das werden Sie verstehen, denn Sie haben schließlich jemanden erschossen.«

»Der Haftrichter wird ihn morgen freilassen«, sagte Röder auf dem Flur. »Keine Flucht- oder Verdunkelungsgefahr.«

»Das weiß ich auch, aber bei der Verdunkelungsgefahr bin ich anderer Meinung. Die beiden Obermanns dürfen sich erst einmal nicht absprechen. Wir behalten ihn bis morgen früh hier. Wahrscheinlich ist dann auch schon sein Anwalt da und verkauft die Freilassung als seinen großen Erfolg.«

Röder lächelte noch über Steiners Pragmatik und besondere Meinung zum Berufsstand der Juristen, als sie den Raum betraten, in dem Sebastian Obermann von Seitz befragt wurde.

»Wir haben gerade mit Ihrem Vater gesprochen. Bitte schildern Sie noch mal die Ereignisse, die zu dem tödlichen Schuss führten.«

Obermann verdrehte die Augen. »Wie oft soll ich das noch wiederholen? Hören Sie, das ist doch lächerlich.«

»Das ist gar nicht lächerlich, denn wir sind von der Notwehr nicht überzeugt.«

Obermann wurde blass. »Wieso? Neubert hat uns angegriffen. Wir haben uns gewehrt, weil wir uns nicht abknallen lassen wollten.«

»Sie haben mit Neubert um die Pistole gekämpft. Was ist dann passiert?«

»Sie nerven. Ich habe mit Neubert um die Waffe gekämpft, sie ging los, und dann kam mein Vater dazu. Ein zweiter Schuss fiel.«

»Wohin ging der erste Schuss?«, wollte Steiner wissen.

»Daneben. Er muss danebengegangen sein. Erst als mein Vater die Pistole zu greifen bekam, brach Neubert zusammen.«

»Der erste Schuss«, insistierte Steiner. »Wo ging der hin?«

»Ich verstehe Ihre Frage nicht.«

»Wir würden gern das Projektil finden«, behauptete Steiner. »Vielleicht schlug es ja irgendwo in eine Wand ein.«

»Ich weiß es nicht. Ich glaube, in den Boden. Oder doch in die Luft? Meine Herren, ich weiß es wirklich nicht.«

Sie ließen ihn gehen. Machten ihm aber klar, dass er sich für weitere Ermittlungen zur Verfügung halten musste und demnach nicht ohne Absprache verreisen durfte. Zwei Beamte würden ihn nach Hause begleiten, wo er ihnen seine Oberbekleidung für weitere Tests überlassen sollte. Außerdem sollte er den Beamten saubere Kleidung für seinen Vater mitgeben, da auch dessen Kleider noch untersucht werden mussten.

»Du glaubst die Geschichte nicht«, stellte Seitz fest, als sie zu dritt im Verhörraum saßen.

»Nein, das Ganze ist gequirlte Scheiße«, sagte Steiner derb. »Die liegen mit ihren Aussagen nicht allzu weit auseinander, aber irgendetwas ist faul. Der alte Obermann sagt, der Schuss ging in die Luft, der Sohn sagt, in die Luft oder in den Boden.«

»Die stehen unter Schock«, warf Seitz ein. »Da kann das Gedächtnis schon mal aussetzen.«

»Trotzdem, da stimmt was nicht, das sagt mir meine Polizei-DNA.«

Röder nickte. »Ja, es könnte auch umgekehrt gewesen sein. Der erste Schuss war der tödliche, und weil der Vater die Situation erkannte und die Schuld auf sich nehmen will, griff er zur Waffe und feuerte in die Luft. Auch in diesem Fall würden seine Fingerabdrücke alle anderen überlagern. Die Fingerabdruckanalyse hätte dasselbe Ergebnis wie im anderen Szenario.«

»Einen Aspekt haben wir vollkommen vernachlässigt«, gab Seitz zu bedenken. »Neuberts Puff-Alibi hat sich bestätigt. Die Kollegen haben es überprüft. Das heißt, er hat Frau Obermann nicht umgebracht. Was, wenn doch der alte Obermann seine Frau um die Ecke gebracht hat? Er war als Einziger zu Hause und hat kein echtes Alibi. Das belastet ihn meines Erachtens schwer.«

»Das könnte den Haftrichter überzeugen«, sagte Röder. »Dann spaziert Thomas Obermann morgen früh wahrscheinlich doch nicht hier raus. Ich kümmere mich um den Haftbefehl.«

»Wenn wir ihn dabehalten, würde das auch genügend Druck auf den Junior ausüben«, fügte Steiner hinzu, bevor sie sich verabschiedeten.

Röder machte noch einen letzten Abstecher in seine Dienststelle und fuhr dann nach einem langen Arbeitstag nach Hause. Hellinger saß mit Manu auf dem Balkon, beide hatten eine Schorle vor sich stehen und schienen sich prächtig zu amüsieren.

»Na, euch geht's ja gut«, stellte Röder mit säuerlichem Ton fest.

»Klar, wir haben uns gerade dein Gesicht vorgestellt, wenn du feststellst, dass wir deinen ganzen Rieslingvorrat leer getrunken haben.«

Ein rascher Blick in den Kühlschrank ließ Röder erleichtert seufzen, ehe er sich über den üblen Witz auf seine Kosten beschwerte und mit den Zutaten für eine perfekte Pfälzer Schorle zu hantieren begann.

Er setzte sich zu Manu und Hellinger auf den Balkon. Sie stießen miteinander an, und Röder sagte schließlich: »Achim, du musst mir noch mal einen Gefallen tun.«

***

Der Sonntag war kein freier Tag für Röder gewesen. Er hatte etliche Telefonate mit Pyreck, Steiner und Köksal geführt, die ebenfalls kein Wochenende gekannt hatten. Die KTU hatte die Stelle gefunden, an der Ursula Obermann erschossen worden war. Der Tatort befand sich in der Lagerhalle. Jemand hatte die Blutspuren auf dem Industrieboden mit Wasser beseitigt und Paletten mit Weinkartons darübergestellt. Es war der Aufmerksamkeit eines einzelnen Beamten zu verdanken, dem ein diffuser Fleck am Palettenrand aufgefallen war, dass sie das Blut mit dem Luminoltest nachweisen konnten. Sonst hätten sie wahrscheinlich noch tagelang danach gesucht.

Am Montagmorgen trafen sich die Ermittler bei Steiner in der Kriminalinspektion. Das Hauptthema war der vorläufige Bericht der Ballistik. Was Röder bereits geahnt hatte, bestätigte sich: Bei der Pistole handelte es sich um die Tatwaffe, mit der sowohl Bojanov und Frau Obermann als auch Werner Neubert erschossen worden waren.

»Was bedeutet das jetzt?«, fragte Pyreck. »Hat Neubert demnach die anderen beiden umgebracht?«

»Wir wissen, dass sich Neubert und Bojanov gekannt haben. Neubert war es wohl auch, der Bojanov mit der Entsorgung der Fässer betraut hat, sei es aufgrund alter Seilschaften oder weil er wusste, dass der Bulgare wegen der über Elondis beauftragten Giftfässer ohnehin in der Gegend war. Aber ich kann bis jetzt kein Motiv erkennen, warum er Bojanov umgebracht haben sollte, und für den Mord an Frau Obermann hatte er ein Alibi.«

»Das ist schon grotesk, dass er dann noch selbst mit der zweimaligen Tatwaffe ums Leben gekommen ist. Barbara hat uns übrigens heute Mittag zu einem Meeting eingeladen. Sie will mit uns über ihre Recherchen sprechen. Sie hat anscheinend eine Spur.«

Röder verspürte keine Lust auf Kantinenessen, zumal

ihm der heutige Speiseplan nicht zusagte. Er beschloss, einen kleinen Spaziergang in die Stadtmitte zu machen, um sich vor einem der Cafés einer Bäckereikette in die Sonne zu setzen und das Wetter zu genießen. Er holte sich ein belegtes Brötchen, einen Kaffee und die »Rheinpfalz« von der Theke. Froh, ein paar Minuten ungestört zu sein, schlug er den Lokalteil auf.

Riemer hatte beim Aufmacher wieder voll auf die Kacke gehauen. Er berichtete exklusiv über die tödlichen Vorfälle im Riesauer Hof und ließ seine Leser auch diesmal wieder wissen, dass die Ermittlungen in den richtigen Händen lagen und »heiße Spuren« verfolgt wurden. Heiße Spuren hatten sie zwar nicht, aber zumindest kam die Kriminalpolizei um Steiner diesmal ebenfalls gut weg. Röder hatte den Artikel gerade zu Ende gelesen, als der Schatten eines großen Mannes ihm das Sonnenlicht nahm. Thelen stand vor ihm und fuchtelte erregt mit den Händen. Röder seufzte innerlich, denn genau diese Art von Begegnung hatte er vermeiden wollen und war auch deshalb nicht in die Kantine gegangen.

»Super Presse, Herr Dr. Röder. Genau das, was wir in Zeiten wie diesen brauchen. Allerdings wundert mich die Detailkenntnis des Journalisten. Kann es sein, dass Ihr Zeuge, dieser halbseidene Winzer, mit dem Riemer gequatscht hat?«

Röder zuckte mit den Schultern und fühlte sich schlecht, weil er Thelen nicht ins Gesicht sagte, dass der »halbseidene Winzer« sein bester Freund war. Thelen, der sich um das Privatleben seiner Mitarbeiter nicht scherte, wusste das glücklicherweise nicht. Sonst würde er womöglich die richtigen Schlüsse ziehen. »Die Polizei hat jedenfalls hervorragende Arbeit geleistet und klare Verbindungen zwischen den Fällen rekonstruiert«, erklärte Röder stattdessen und fasste die neuen Erkenntnisse zusammen. Thelen grunzte daraufhin zufrieden und verschwand so plötzlich, wie er aufgetaucht war.

Gegen halb zwei erreichte Röder das Polizeipräsidium in Ludwigshafen. Obermanns Befragung war über Mittag unterbrochen worden. Steiner und sein Team hatten ihn den ganzen Vormittag verhört, aber keine neuen Erkenntnisse aus ihm herausgeholt. Er gab die Tötung in Notwehr zu, stritt aber jede Beteiligung an den Morden an seiner Frau und Bojanov ab. Aktuell beriet er sich mit seinem Anwalt. Seine Alibis waren dünn, wenn nicht sogar unbrauchbar. Am Pfingstsonntag wollte er mit seiner Frau auf dem Weinfest im Vorfeld der Geißbockversteigerung und dann zu Hause gewesen sein, und als seine Frau im Nebengebäude erschossen worden war, hatte er angeblich die Laubschneidemaschine repariert.

Man hatte Obermann auch intensiv über die Fässer befragt. Er räumte ein, dass die Fässer aus dem kürzlich entdeckten Kellergang stammen könnten. Der wahre Inhalt sei ihm jedoch nicht bewusst gewesen. Im Gegenteil, er habe mit seinem Freund Hellinger den vermeintlichen Wein sogar probiert. In Kürze sollte er dem Ermittlungsrichter vorgeführt werden, der wohl einen Haftbefehl erlassen würde. Obermanns Anwalt hatte bereits angedeutet, die Aussetzung des Vollzugs beantragen zu wollen, da sich sein Mandant wegen des Todes seiner Frau in einem emotionalen Ausnahmezustand befände und in ärztliche Behandlung gehöre. Köksal sollte die Staatsanwaltschaft vor dem Ermittlungsrichter vertreten und angemessene Auflagen durchsetzen.

Sie hatten sich mit Kaffee eingedeckt, ehe sie geschlossen zu dem Termin mit Barbara gingen. Allerdings verging Röder der Appetit in dem Moment, da der Projektor ihre Fassleiche Nummer eins auf die Leinwand warf. Er meinte, einen üblen Nachgeschmack zu verspüren, und sah seinen

Kollegen von der Kriminalpolizei an, dass sie ähnlich empfanden.

Barbara schien das nicht entgangen zu sein. Sie lächelte und schaltete auf die Titelfolie zurück.

»Sorry, ich wollte Ihnen nicht den Kaffee vergällen, aber ich habe eben noch letzte Hand an die Präsentation gelegt. Machen Sie es sich mal bequem. Ich denke, ich habe etwas Interessantes herausgefunden.«

Sie machte eine Pause, bis sich alle gesetzt hatten und sie die uneingeschränkte Aufmerksamkeit hatte. Dann begann sie mit ihren Ausführungen. »Wie Sie wissen, habe ich die Aufzeichnungen meines Großvaters in chronologischer Reihenfolge zur Auswertung in ein Spreadsheet übertragen. Außerdem habe ich von der NS-Dokumentationsstelle Informationen über Urbans Einheit und seinen Vorgesetzten erhalten. Zunächst ist erwähnenswert, dass Urban Rottenführer war, was einem Obergefreiten entspricht. Ein kleines Licht also. Sein Kompaniechef Dietrich, genau genommen ein Hauptsturmbannführer, war im Gegensatz dazu kein unbeschriebenes Blatt. Er war mit seiner Einheit an Erschießungen im Osten beteiligt. Er wurde dafür sogar ausgezeichnet, hat sich wohl durch besonderen Eifer hervorgetan.« Barbara verzog das Gesicht, und auch die stummen Reaktionen der Anwesenden sprachen Bände. »Ich habe von der Dokumentationsstelle seine digitalisierte Personalakte erhalten, in der seine Einsatzorte aufgelistet sind, und auch die Krankenakte.«

Barbara brachte einen Ausschnitt der Krankenakte auf die Leinwand. »1943 wurde Dietrich schwer verletzt und kehrte erst in der Endphase des Krieges auf eigenen Wunsch wieder in den Dienst zurück. So, und jetzt schauen Sie mal her.« Der Obduktionsbericht von Nummer eins erschien auf der Leinwand. »Vernarbtes, rückgebildetes Lungengewebe links. Vermutlich Lungendurchschuss infolge einer

Kriegsverletzung«, las Barbara vor. »Entsprechende Narben auf Brust und Rücken. Mit so einer Wunde wäre man wohl lange dienstuntauglich.«

Unruhe ging durch den Raum.

»In der Krankenakte ist die Blutgruppe AB vermerkt. Wie Sie sicher wissen, wurde den SS-Angehörigen die Blutgruppe auf die Innenseite des linken Oberarms tätowiert. Darum habe ich Dr. Huang-Nyo in Mainz angerufen und ihn gebeten, nachzusehen, ob an Leiche Nummer eins eine Tätowierung vorhanden und noch lesbar ist. Er musste zugeben, dass er die Buchstaben bei der ersten Untersuchung übersehen hatte, was ihm angesichts des Zustands der Leichen nicht zu verübeln ist. Die Tätowierung lautet: AB.«

Einen Moment lang war es still im Raum. Röder war der Erste, der wieder Worte fand. »Barbara, das ist großartige Arbeit, die Sie da geleistet haben.«

Die Versammelten begannen, wild durcheinanderzureden, lobten Barbara und wollten Details wissen. Barbara schaffte es kaum, sich Gehör zu verschaffen.

»Ich danke Ihnen für das Lob, aber ich bin noch nicht fertig. Bitte hören Sie mir noch mal zu«, rief sie in das Stimmengewirr hinein. »In den Aufzeichnungen über die Kameradschaftstreffen meines Großvaters taucht Dietrich einige Male auf, aber nur bis 1954. Ich schlussfolgere daraus, dass dies das Jahr ist, in dem er ins Fass gesetzt und hingerichtet wurde. Als Täter kommt in meinen Augen nur Urban in Frage.«

Erneut wurde es laut, als die Anwesenden aufgeregt durcheinanderredeten und sich nur langsam wieder beruhigten. Barbara musste noch viele Fragen beantworten, aber selbst die hartgesottensten Polizisten zollten ihr Respekt. Einstimmig waren ihre Recherchen hohe Kunst der Polizeiarbeit.

»Könnten die anderen Opfer ebenfalls Mitglieder der Waffen-SS gewesen sein?«, fragte Steiner.

»Huang-Nyo hat versprochen, die anderen vier Leichen entsprechend untersuchen zu lassen und nach Tätowierungen zu suchen. Eine Bestätigung steht aber noch aus.«

Sie sprachen eine Weile über das weitere Vorgehen in dieser Sache. Barbara hatte sich bereits überlegt, wie die Identität der Opfer mit Hilfe der Aufzeichnungen ihres Großvaters und der Melderegister geklärt werden könnte. Es würde eine Sisyphusarbeit werden, klang aber plausibel und vielversprechend. Trotzdem bestimmte Steiner, dass die aktuellen Fälle höchste Priorität hätten und Barbara allein weiterrecherchieren sollte. Die Spuren mussten verfolgt werden, bevor sie erkalteten. Sobald der Durchbruch geschafft wäre, würde er dem »Cold Case« weitere Beamte zuweisen.

Röders Smartphone klingelte, und er stand kurz vom Tisch auf, um das Gespräch anzunehmen.

»Wu ist verschwunden«, sagte ein ziemlich aufgeregter Hellinger am anderen Ende der Verbindung.

»Was regst du dich auf? Er ist aus dem Projekt ausgestiegen und wird auf dem Weg nach Hause sein.«

»Das glaube ich nicht, denn sein Assistent ist noch hier. Er hat Meiming angerufen und gefragt, ob wir wüssten, wo sein Chef abgeblieben ist. Er glaubt, dass ihm etwas passiert sein könnte.«

Röder rief Steiner zu sich und schaltete das Telefon auf Lautsprecher. »Wann hat der Assistent Wu das letzte Mal gesehen?«

»Keine Ahnung. Woher soll ich das wissen?«

»Weil Meiming ihn das vielleicht gefragt hat?« Röder klang fast ein bisschen schnippisch.

»Bin ich die Polizei oder was?«

»Okay, vergiss es. In welchem Hotel sind Wu und sein Assistent abgestiegen?«

»Im Deidesheimer Hof, wo sonst?«

»Wo sind du und Meiming gerade?«

»Bei mir zu Hause. Wie du weißt, habe ich einen Betrieb zu führen.« Jetzt war es Hellinger, der ein wenig ungehalten klang.

»Meiming soll den Assistenten anrufen. Wir kommen in den Deidesheimer Hof. Fahr du auch gleich los und bring Meiming als Dolmetscherin mit. Wir müssen ihn befragen.«

Mit einem mulmigen Gefühl im Bauch heizten Steiner und Röder über die B 44 und A 65 und erreichten unter Missachtung der Straßenverkehrsordnung nach kaum zwanzig Minuten Deidesheim. Sie ließen das Auto auf dem Vorplatz des Hotels stehen und stürmten an die Rezeption. Steiner wies sich aus, und die Rezeptionistin schien Bescheid zu wissen, denn sie deutete auf einen erkennbar asiatisch aussehenden Gast, der in einem Sessel in der Lobby saß und sich erhob, als sie auf ihn zuschritten. Röder sprach ihn auf Englisch an, bis ihm wieder einfiel, dass der junge Mann nur rudimentär antworten konnte. Kein Wunder, dass er seinen Chef vermisste, da er ohne ihn aufgeschmissen war. Röder fluchte leise, weil Hellinger und Meiming noch nicht da waren.

»Scheiße, Scheiße«, echote der Chinese, der zumindest schon die wichtigsten deutschen Wörter gelernt hatte, aufgeregt. Sie versuchten, ihn zu beruhigen, und er verstand, dass die Dolmetscherin bereits unterwegs war. Es dauerte allerdings noch fast zehn Minuten, bis Hellinger und Meiming sichtlich entspannt die Lobby betraten.

»Habt ihr euch nicht voneinander lösen können, oder warum kommt ihr so spät?«, kofferte Röder in einem unfreundlichen Ton. Hellinger schnauzte zurück, und Steiner musste eingreifen, um die Gemüter zu beschwichtigen.

»Meiming, bitte frage den Herrn, warum er glaubt, dass seinem Chef etwas zugestoßen ist.«

Hellingers neue Freundin übersetzte, und Wus Assistent antwortete.

»Weil er heute Mittag nicht wie verabredet auftauchte. Sie wollten auschecken und sich mit dem Taxi nach Frankfurt zum Flughafen bringen lassen. Der Flieger wäre um achtzehn Uhr gegangen.«

Steiner und Röder tauschten einen Blick. »Wann hat er Wu zuletzt gesehen?«

Meiming übersetzte. »Gegen Mitternacht. Sie waren in Wus Zimmer und haben gearbeitet, Telefonate mit China geführt und den Rückflug organisiert. Dann haben sie sich für heute verabredet und verabschiedet.«

»Was hat er getan, als sein Chef heute Mittag nicht auftauchte?«

Der Assistent fuchtelte erregt mit den Armen, als er Meiming antwortete. »Er hat an Wus Zimmertür geklopft und gerufen, bis das Hotelpersonal auf ihn aufmerksam wurde. Er konnte sie schließlich mit Händen und Füßen davon überzeugen, dass etwas geschehen sein musste. Er dachte an einen Herzinfarkt oder so. Die Leute vom Hotel haben daraufhin die Tür geöffnet, doch die Suite war leer, von Wu keine Spur.«

»Warum hat er nicht die Polizei gerufen?«

»Das seht und hört ihr doch. Er kann sich hier kaum verständigen. Irgendwann hat er sich an Achim und mich erinnert und angerufen.«

»Ist es möglich, dass Wu seinen Assistenten allein zurücklassen wollte? Vielleicht gab es Streit.«

Wieder gestikulierte der junge Mann wild mit den Händen. Es war ihm anzusehen, dass die Frage ihn erboste. Meiming übersetzte: »Wu ist wie ein Vater für ihn, außerdem liegt sein Gepäck noch im Zimmer.«

Steiner stand auf und ging zur Rezeptionistin. Er fragte sie, ob sie Wu am vergangenen Abend noch hatte ausgehen sehen. Sie konnte die Frage nicht beantworten, gab ihm aber den Namen und die Telefonnummer des Nachtportiers, der zu der fraglichen Zeit Dienst gehabt hatte. Steiner erreichte unter der Nummer allerdings niemanden und konnte auch keine Nachricht hinterlassen. »Ich gebe eine Suchmeldung raus und lasse sein Handy orten«, sagte er, als er zurückkam. »Meiming, frag Wus Assistenten mal, mit wem sie hier noch Kontakt hatten.«

»Das kann ich auch beantworten, denn ich war ja als Dolmetscherin immer dabei. Die Obermanns, Neubert, der Bürgermeister und zwei Stadträte sowie ein Vertreter der Handelskammer. Und Achim und ich natürlich.«

Röders Telefon klingelte. Es war Köksal, der ihm mitteilte, dass Obermann unter Auflagen auf freiem Fuß war. »Das war nicht anders zu erwarten«, meinte Röder und gab die Nachricht an Steiner weiter.

»Wir sehen uns jetzt mal Wus Zimmer an.« Steiner stapfte wieder zur Rezeption zurück, um sich den Schlüssel geben zu lassen. Die Durchsuchung ergab jedoch keine Hinweise auf den Verbleib von Wu. Ein Koffer stand fertig gepackt neben der Zimmertür, ein weiterer lag offen auf dem Kofferständer. Im Schrank hingen das Hemd und der Anzug, die Wu wohl auf der Reise tragen wollte, und im Bad lagen noch die Waschutensilien herum. Das Bett war unbenutzt und der Inhalt der Koffer unauffällig. In Wus Aktentasche befanden sich ein moderner Laptop und einige Papiere auf Chinesisch. Es war offensichtlich, dass Wu nicht abgereist war.

Zurück an der Rezeption, rief Steiner Pyreck an, damit dieser mit seinem Team das Zimmer noch mal gründlich untersuchte. Das Hotelpersonal wies er an, dass niemand den Raum betreten durfte, bis die Untersuchungen abgeschlossen waren. Wus Assistenten baten sie, das Hotel aus eigenem Interesse nicht zu verlassen.

»Was machen wir jetzt?«, fragte Röder.

»Die Kontakte von Wu abklappern, das ist Standardvorgehen. Oder hast du eine bessere Idee?«

»Also zuerst zum Riesauer Hof?«

Steiner nickte, und kurze Zeit später standen sie vor dem verschlossenen Tor des Anwesens.

»Keiner da«, sagte Steiner, nachdem er mehrmals erfolglos die Klingel betätigt hatte. Sie gingen einmal um das Gebäude herum, doch es war niemand im Haus zu sehen. Sie wollten gerade wieder gehen, als ein Taxi vorfuhr. Thomas Obermann stieg aus, er sah schlecht aus, was unter den Umständen nicht weiter verwunderlich war.

»Sie schon wieder«, stöhnte er, als er die beiden Beamten sah. »Sie bringen mich noch ins Grab.«

»Ich denke, Sie sollten dankbar sein und mit uns kooperieren. Wir waren einverstanden, Ihren Haftbefehl unter Auflagen auszusetzen. Das Entgegenkommen sollten Sie nicht verspielen«, sagte Röder. »Wir müssen noch mal mit Ihnen und Ihrem Sohn sprechen.«

»Ohne Anwalt sage ich nichts mehr.«

»Es geht nicht um Ihre Frau oder Neubert. Es geht um Herrn Wu. Er ist verschwunden.«

Obermann stöhnte wieder und schloss das Tor auf. »Dann kommen Sie rein.«

Sie hatten den Hof eben betreten, als Hellinger hinter ihnen auftauchte. Er war das kurze Stück vom Deidesheimer Hof hierhergelaufen, um zu hören, ob Obermann seine Hilfe brauchen würde. Außerdem war Meiming mit dem Auto zurückgefahren, und er benötigte später eine Heimfahrgelegenheit.

»Wo ist denn Ihr Sohn?«, fragte Röder.

»Keine Ahnung, aber er sollte hier sein. Dahinten steht

sein Auto.« Obermann zeigte auf ein Opel-Cabriolet, das vor einem Seitengebäude stand. »Vielleicht ist er im Wingert.«

»Dürfen wir uns umsehen?«, fragte Steiner.

»Ich werde es wohl kaum verhindern können. Wenn Sie fertig sind, kommen Sie hoch. Ich mache Ihnen sogar einen Kaffee.«

Hellinger verschwand mit Obermann im Haus. Röder überquerte mit Steiner den Hof und wusste eigentlich nicht, wonach sie suchen sollten. Das Siegel an der Tür zur Lagerhalle war unbeschädigt, genau wie das Siegel zum Keller, wo die Fässer gestanden hatten. Sie liefen durch die Scheune mit den modernen Edelstahltanks und standen kurz darauf wieder im Hof, als ein Geräusch aus dem Abgang zum Weinarchiv sie aufmerksam werden ließ.

»Da unten ist doch jemand«, sagte Röder.

»Bestimmt eine Ratte«, meinte Steiner lakonisch.

Sie stiegen die Stufen hinunter, öffneten die alte Eichentür und standen kurz darauf in dem imposanten Weinarchiv, das die flüssigen Schätze dank der blauen Hintergrundbeleuchtung scheinbar in den Himmel hob. Es war dennoch ziemlich dunkel in diesem Teil des Kellers, und ihre Augen waren dabei, sich an das schummrige Licht zu gewöhnen, als unvermittelt ein Schuss krachte und eine Kugel um ihre Ohren pfiff, die hinter ihnen in ein Regal einschlug. Glassplitter und Flüssigkeit spritzten durch den Raum, während sie hinter das Fass sprangen, welches das riesige Regal auf der linken Seite dekorativ flankierte.

»Bleiben Sie, wo Sie sind«, rief eine Stimme von der anderen Seite des Raumes. Es war unverkennbar die Stimme von Sebastian Obermann. Röder wagte einen Blick um das Fass herum und traute seinen Augen nicht. Obermann stand in der dunklen Nische gegenüber. Er hielt eine Pistole in der Hand, die er gegen Wus Kopf drückte, der als einziges noch sichtbares Körperteil des Chinesen aus einem Halbstückfass ragte. Zwei aufgenagelte Bretter mit halbrunden Ausschnitten fixierten seinen Hals. Wu schien noch zu leben, denn sein Kopf wackelte hin und her. Ein über seinen Mund geklebtes Panzerband verhinderte, dass er um Hilfe rief.

»Obermann, was soll das?«, rief Steiner und fluchte leise, weil er seine Dienstwaffe im Büro gelassen hatte, wie er Röder mit Gesten signalisierte. »Sie kommen hier nicht mehr raus. Legen Sie die Waffe nieder.«

Obermanns Antwort war ein Schuss. Wieder splitterte Glas, dann spürte Röder, dass Flüssigkeit an seiner Schläfe hinabrann. Er wischte sie weg und erschrak, als er feststellte, dass es Blut war. Eine Glasscherbe hatte ihn am Kopf getroffen.

»Nein! Aufhören! Nicht in das Archiv schießen!«, schrie Hellinger, der, durch die Schüsse aufgeschreckt, mit Thomas Obermann zusammen die Treppe heruntergerannt kam. Ein weiterer Schuss krachte, und Obermann senior ging stöhnend in die Knie, während Hellinger zu Röder und Steiner hinter das Fass hechtete.

»Bleibt, wo ihr seid«, brüllte Obermann junior und fuchtelte mit der Pistole herum.

»Sebastian, Sie haben Ihren Vater getroffen. Wir müssen ihm helfen. Legen Sie jetzt die verdammte Pistole weg!«, rief Steiner und stellte gleichzeitig fest, dass sein Handy im Keller keinen Empfang hatte.

»Bleibt, wo ihr seid, sage ich. Sonst fahrt ihr alle zur Hölle, so wie dieses chinesische Arschloch hier, das mich um meine Zukunft betrogen hat.«

»Sie selbst haben sich um Ihre Zukunft gebracht!«, rief Röder, der sich ein Papiertaschentuch an die Stirn drückte, weil ihm sonst das Blut in die Augen lief. »Warum haben Sie all die Menschen umgebracht? Was hatten sie Ihnen denn getan? Bojanov, Neubert und vor allem Ihre Mutter?«

»Bojanov?«, geiferte Sebastian hysterisch. »Der Betrüger. Wegen ihm ist doch alles überhaupt erst ins Rollen gekommen. Bloß weil er zu strack war, die Fässer in die Müllverbrennung zu fahren, hat der Vollidiot sie in den Pechsteinkopf gekippt.«

»Bojanov war todkrank. Er hatte wahrscheinlich nicht mehr die Kraft, sie nach Bulgarien zu fahren.«

»Aber die Kraft, sie in den See zu kippen, hat er noch gehabt? Das ist doch alles Quatsch. Geldgierig war er, und falls er wirklich todkrank war, habe ich ihm ja sogar noch einen Gefallen getan.«

»Wussten Sie, was in den Fässern war?«

»Klar, ich habe doch den Keller schon vor ein paar Jahren gefunden. Niemand, nicht mal mein verpeilter Vater, wusste davon. Erst als wir für die Architekten die Unterlagen vom Haus zusammensuchten, hat er den Gang auf einem alten Plan entdeckt.«

»Es war Ihr Großvater, der die Menschen in die Fässer gesteckt hat.«

»Klar, der war ja auch verrückt. Das haben alle gewusst.« Sebastian schleuderte ein altmodisches Notizbuch zu ihnen herüber, aus dem die Seiten flogen, als es über den Boden schlitterte. »Da steht alles drin. Wer seine Opfer waren, warum sie den Tod verdient hatten, und wie lange es gebraucht hat, bis sie endlich verreckten.«

»Du bist genauso verrückt wie der Alte«, rief Hellinger, und ein Schuss krachte in das mit Wasser gefüllte Fass, hinter dem sie sich verschanzten. Eine Daube war gebrochen, Wasser lief aus.

»Provoziere ihn nicht«, zischte Röder seinem Freund zu. Dann wandte er sich wieder an den jungen Obermann. »Warum Ihre Mutter? Was hat sie Ihnen getan?«

»Nichts, aber sie hat eins und eins zusammengezählt und mich zur Rede gestellt. Da sind bei mir die Sicherungen durchgebrannt. Die Pistole ist einfach losgegangen. Das war im Affekt. Ich wollte das nicht.« Sebastian heulte auf wie ein verwundetes Tier, drückte ab, und wieder klirrten die Flaschen.

»Das muss aufhören«, flüsterte Hellinger wütend und griff mit der linken Hand in das Weinregal mit all seinen Schätzen. Er bekam eine Flasche zu fassen, und bevor Röder oder Steiner reagieren konnte, warf er sie in Richtung Obermann. Die Flasche klirrte beim Aufprall, etwas Metallisches fiel klappernd zu Boden, und ein dumpfer Schlag rundete die Kakophonie ab.

»Herr Obermann?«, rief Steiner, aber er erhielt keine Antwort.

»Herr Obermann?«, fragte Röder und wagte einen Blick über das Fass hinweg.

Der Junior lag ausgestreckt vor dem Fass mit dem geknebelten Wu darin. Hellingers Wurf hatte ihn genau am Kopf getroffen.

Steiner war mit einem Satz bei ihm und kickte Obermanns Waffe mit dem Fuß weg. »Sucht mir ein Seil oder was in der Art.«

»Hast du keine Handschellen dabei?«, fragte Röder.

»Nein, quatsch jetzt nicht und tue, was ich dir sage. Hätte auch nicht gedacht, dass ich heute noch in eine Schießerei gerate.«

Hellinger fand ein Seil und half Steiner, Sebastian Obermann damit zu fesseln, während Röder in den Hof rannte, um einen Notruf abzusetzen und den Verbandskasten aus Steiners Fahrzeug zu holen. Als er zurückkam, kümmerte er sich um den leise stöhnenden Thomas Obermann, der einen Schuss in die Brust abbekommen und erheblich viel Blut verloren hatte.

»Verfluchte Scheiße«, schimpfte Hellinger ungehalten.

»Was ist denn los?«, fragte Röder, dem schon wieder das Blut hinunterlief. »Wir haben ihn. Alles ist gut.«

»Nichts ist gut«, motzte Hellinger weiter. »Die Flasche, die ich nach ihm geworfen habe, war ein 1871er Forster Ungeheuer. Die hätte dem ollen Bismarck super geschmeckt und wäre heute ein paar tausend Euro wert.«

»Jetzt krieg dich wieder ein. Es sind bestimmt noch weitere Flaschen da.«

»Ach, halt die Klappe. Das war die letzte.«

Der Hof war voller Einsatzfahrzeuge der Polizei und der Rettungsdienste, als sie das Weinarchiv verließen. Noch bevor der erste Rettungswagen eingetroffen war, hatten Röder, Hellinger und Steiner den bedauernswerten Wu aus dem Fass befreit und in eine goldfarbene Rettungsfolie gewickelt. Er war stark unterkühlt und hatte grauenhaft verschrumpelte Haut vom Riesling, in dem er gesessen hatte, aber der Notarzt meinte, dass er es überleben werde. Anders sah es bei Thomas Obermann aus. Man würde ihn in ein künstliches Koma versetzen und dann abwarten müssen. Sebastian Obermann war wieder bei Bewusstsein, auch wenn er apathisch auf der Trage lag. Einer der Sanitäter hatte Röders Schnittwunde gereinigt und mit einem Klammerpflaster versorgt. Bis auf den blutgetränkten Hemdkragen sah er wieder einigermaßen salonfähig aus.

»Der junge Obermann ist so bekloppt wie sein Opa«, sagte Steiner.

»Wahnsinn überspringt angeblich immer eine Generation«, entgegnete Röder.

»Daran werden sich unsere forensischen Psychologen ergötzen«, meinte Steiner, nachdem er das Notizbuch und die losen Seiten zusammengeklaubt und einen Blick hineingeworfen hatte. Es enthielt eine Dokumentation des Grauens mit Skizzen, Namen, Todeszeitpunkten und detaillierten Beschreibungen der vielfältigen Misshandlungen von Urbans Opfern. Zum Beispiel war akribisch aufgelistet, mit wie vielen Flaschen Wein er seine Opfer abgefüllt und gequält hatte. »Ich habe heute echt keinen Bock mehr darauf, diesen kranken Dreck zu lesen. Lasst uns abhauen und ein paar Schorlen knallen. Wir müssen unserem geknickten Helden hier sowieso einen ausgeben«, fügte Steiner hinzu und klopfte Hellinger, der die Zerstörung der raren Weinflasche immer noch nicht verkraftet hatte, aufmunternd auf die Schulter.

Sie ließen den Tag am Römerplatz in Bad Dürkheim ausklingen, wo sie in der Abendsonne bei Michlers um ein zum Stehtisch umfunktioniertes Weinfass herumstanden und Schorle tranken.

Röder behielt seine Gedanken für sich, um den Kollegen nicht den Spaß zu verderben, aber er fragte sich im Stillen, welche unappetitliche Leiche in diesem Fass stecken könnte. Als er schließlich unauffällig am Fass rüttelte, stellte er erleichtert fest, dass es leer war.

***

Am nächsten Morgen erhielt Röder einen Anruf von Steiner, der ihm mitteilte, dass Sebastian Obermann im Krankenhaus eine umfangreiche Aussage gemacht hatte. Er wiederholte sein Geständnis, Bojanov vorsätzlich und seine Mutter im Affekt erschossen zu haben, was er Neubert in die Schuhe hatte schieben wollen, weswegen dieser ebenfalls sterben musste. Er dachte, auf diese Weise die Weinerlebniswelt retten zu können, und schien immer noch nicht zu begreifen, dass er durch sein mörderisches Tun genau das Gegenteil erreicht hatte. Steiner wollte ein psychiatrisches Gutachten in Auftrag geben, das Aufschluss über Obermanns Schuldfähigkeit geben sollte. Röder unterstützte diesen Ansatz, denn auch er nahm an, dass Sebastian Obermann in eine psychiatrische Einrichtung und nicht in ein Gefängnis gehörte. Bevor sie das Gespräch beendeten, vereinbarten sie, sich um eins zu einer Besprechung im Polizeipräsidium zu treffen, um die Ergebnisse mit dem ganzen Team zu diskutieren.

Röder traf fünfzehn Minuten vor der Zeit im Sitzungsraum ein. Barbara war schon dort und arbeitete an der Präsentation, die sie später geben würde. Sie hatte über Nacht so gut es ging das Notizbuch ausgewertet und mit ihren Recherchen abgeglichen. Sie sah blass aus. »Ist das ein kranker Scheiß«, sagte sie, als Röder sie darauf ansprach.

Steiner stieß um kurz vor eins dazu. Ein großer Soßenfleck, den er auf der Toilette nur unzulänglich auszuspülen versucht hatte, prangte auf seiner Brust. Sein halbes Hemd war nass, und er wirkte ein bisschen ungeschickt in seinen Bewegungen. »Nachwirkung von gestern Abend, und heute gab es in der Kantine Currywurst«, erklärte er Röder.

Als die gesamte Mordkommission und der Polizeipräsident anwesend waren, eröffnete Steiner die Sitzung. Er fasste die Fälle, die nun zu einem einzigen verschmolzen waren, zusammen. Inzwischen stand fest, dass alle drei Mordopfer mit der Waffe erschossen worden waren, die sie neben Neuberts Mercedes sichergestellt hatten, und die Aussage von Sebastian Obermann ließ nicht mehr viele Fragen offen.

Nach der Besprechung fuhren Röder und Steiner zur Pressekonferenz in die Staatsanwaltschaft. Ein sichtlich gelöster und entspannter Thelen verkündete den Ermittlungserfolg und beantwortete die Fragen der Journalisten, sodass Röder und Steiner nur Statisten in der Veranstaltung waren.

Es war spät, als Röder an diesem Dienstagabend nach Hause kam. Manu wunderte sich nicht allzu sehr, als er zum Kühlschrank ging, um zwei Dubbegläser mit Rieslingschorle zu füllen.

»Heute Morgen wollte ich das Zeug nie wieder anrühren«, sagte er zu seiner Entschuldigung, bevor er sich mit seiner Liebsten auf den Balkon setzte, wo sie Arm in Arm die laue Abendluft genossen.

EPILOG

»Bindet mir nur den Köter fest«, sagte Röder, als er das Grillgut auf dem Kugelgrill wendete. Feli war gerade mit Lotte vom Gassigehen zurückgekommen, und die erste Runde Steaks war beinahe fertig. Das Barriquefass war zur Seite geschoben worden, um der neuen Ablage für das Grillgut – dem überdimensionalen Dubbeglas aus Forster Basalt – Platz zu machen. Röder nahm einen Schluck Rieslingschorle und blickte sich zufrieden um. Seine ganze Familie war anwesend, dazu Hellinger, Meiming und Max sowie die Steiners. Im Garten herrschte fröhliches Gewusel, und seine Enkelin Leonie gluckste glücklich auf einer Decke liegend vor sich hin, weil Manu sie an den Füßen und am Bauch kitzelte.

»Das ist wirklich eine üble Sache mit dem Thomas Obermann«, sagte Steiner, der sich mit einer Schorle in der Hand zu Röder gesellt hatte. Die Sonne stand schon tief im Westen, aber es war immer noch erdrückend heiß. Der Sommer hatte so richtig Fahrt aufgenommen, zumindest was Hitze und Trockenheit betraf.

Röder nickte. Thomas Obermann war vor einigen Wochen aus dem künstlichen Koma geholt worden und hätte nach der stationären Behandlung in Reha gehen sollen. Stattdessen hatte man ihn vergangene Woche in der Lagerhalle gefunden, genau über der Stelle, an der sein Sohn die Mutter erschossen hatte. Er baumelte an einem Flaschenzug, der eigentlich zum Heben von Fässern und anderen Lasten im Weingut gedacht war. Ein Abschiedsbrief beleuchtete seine traurigen Beweggründe. Er hatte es nicht ertragen, dass seine Frau durch die Hand des gemeinsamen Sohnes gestorben und dieser noch dazu ein mehrfacher

Mörder war. Sebastian Obermann befand sich im Maßregelvollzug in einer psychiatrischen Klinik, da ein erstes Gutachten den Verdacht auf eine schwere psychische Erkrankung erhärtet hatte.

Hellinger kam zu ihnen. Er trug drei grüne Flaschen mit chinesischen Schriftzeichen am Kronkorken in der rechten Hand.

»Oh, bleib mir bloß weg mit dem Zeug«, sagte Steiner und verzog das Gesicht. »Mit der Brühe kannst du vielleicht die gelbe Gefahr bekämpfen, aber uns vergiftest du damit nicht.«

Wu hatte die Einfuhr von Hellingers Weinmischgetränk nach China einseitig gestoppt, sodass Hellinger auf über zwanzigtausend Schorlen sitzen geblieben war. Die Flaschen waren in der Pfalz praktisch unverkäuflich und eine Umetikettierung wegen der Kronkorken mit chinesischer Schrift beinahe unmöglich. Also verteilte Hellinger bei jeder Gelegenheit das Gesöff.

»Nun hab dich mal nicht so. Das ist Bio-Schorle. Der Wein ist hundertprozentig von mir.«

»Ich trinke meine Schorle nur mit Bergquelle-Sprudel, der ist der beste«, sagte Steiner. »Außerdem ist die Brühe viel zu süß.«

»Die Chinesen trinken nun mal lieber süßen Wein.«

»Eben, deswegen mag ich deine Flaschenschorle auch nicht. Ich trinke schon seit Jahren nur trockene Rieslingschorle, weil mich irgend so ein Edelwinzer aus Kallstadt überzeugt hat, dass ein trockener Riesling mit wenig Säure der ideale Ausgangsstoff für eine gute Weinschorle ist.«

Hellinger öffnete eine Flasche mit Hilfe einer anderen und setzte sie an. Er trank sie mit einem Zug aus. »Schmeckt doch lecker«, sagte er und musste herzhaft rülpsen.

»Dein Freund hat keine Manieren, das habe ich dir schon früher gesagt«, rief Röders Mutter herüber, die im Schatten des alten Nussbaumes das Spiel ihrer Schwiegertochter mit ihrer Urenkelin verfolgte.

»Hast du dir überhaupt schon mal überlegt, wie lange der Vorrat hält? Ein Normalsterblicher trinkt vielleicht ein bis zwei Schorlen am Tag, also maximal drei von deinen Fläschchen.« Röder rechnete zuerst die Tage und dann die Jahre aus. »Das heißt, du brauchst ungefähr achtzehn Jahre, um das Zeug wegzuputzen. So lange schmeckt doch kein Riesling, und wahrscheinlich ist auch die Kohlensäure weg.«

»Deine Rechnung stimmt aber nicht für den Herrn Oberstaatsanwalt, denn der würde es in neun Jahren schaffen«, antwortete Hellinger gehässig, und Röder brummte etwas Unfreundliches in seinen Dreitagebart.

»Hast du was von Barbara gehört?«, fragte Steiner.

»Ja, die hat die Abteilung gewechselt. Sie ist jetzt bei den Wirtschaftsdelikten.«

Steiner bedauerte, die Unterstützung einer so cleveren Frau verloren zu haben. »Das muss Köksal das Herz gebrochen haben.«

»Was ich so höre, muss es ein bereinigendes Gewitter zwischen Sybille und ihm gegeben haben. Bati will demnächst vier Wochen in Elternzeit gehen. Es scheint also wieder alles okay zu sein.«

Röder verteilte die Steaks und warf die nächste Runde auf den Grill. »Was ist denn eigentlich aus den dir versprochenen Weinbergen am Pechsteinkopf geworden?« Röder wusste, dass ein Insolvenzverwalter den Riesauer Hof und das dazugehörige Weingut abwickelte. Und zwar niemand Geringeres als der zwielichtige Noll aus Seebach.

»Ach, die Schweine stecken doch alle unter einer Decke. Die Weinberge gehen an die Bank, weil sie als Sicherheiten für irgendwelche Kredite dienten. Ihr wisst doch, erstrangige Forderungen und so. Und dann gehen die Weinberge an die Weingüter mit den großen Bs. Das steht schon alles fest. Die teilen sich den Kuchen untereinander auf, da kommt kein Außenstehender rein.« Hellinger öffnete frustriert eine weitere Flasche und schüttete sie in sich rein. Er setzte sie ab und schüttelte sich. »Bah, ihr habt echt recht, das Zeug ist pappsüß. Kann mir mal jemand eine richtige Schorle im Dubbeglas machen?«

Dank

Ich danke meinen zahlreichen Leserinnen und Lesern, ohne die das Schreiben nur wenig Spaß machen würde.

Zum sechsten Mal darf ich wieder meinem »Deitschlehrer« Helmut Gayer danken, der immer mit großer Hingabe mein »Hinnerpälzisch« ins Vorderpfälzische »übersetze tut«. Irgendwann habe ich es drauf und schreibe nicht mehr »inkaafe«, sondern »oikaafe«.

Ein riesengroßer Dank geht an Frau Michaela Geiger und viele andere Freunde und Bekannte, die mir tolle, wahre Geschichten aus dem echten Leben geschildert haben, die sich in diesem Buch wiederfinden und die mir sonst niemand glauben würde.

Dem Arzt meines Vertrauens, Felix Krabetz, und dem Winzer meines Vertrauens, Bernd Pfeiffer, danke ich für die fruchtbaren Diskussionen über Fassgrößen und den Zustand von in Riesling eingelegten Leichen.

Edith Eichhorn und Ulli Plagge danke ich dafür, dass ich ihre wahren Namen im Buch verwenden durfte, und weil sie mit viel Herzblut und Leidenschaft die einzigartige Pfälzer Hüttenkultur aufrechterhalten. Mathias Nikolaus danke ich ebenfalls dafür, dass ich seinen Namen nennen durfte, und weil er meine Heimat mit so wunderbaren, meist in Pfälzer Sandstein getriebenen Kunstwerken verschönert.

Meiner lieben Familie danke ich, weil sie immer meine Launen und mein »Gebabbel« erträgt, besonders wenn ich gerade am Schreiben bin und sie mit irgendwelchen Mordmethoden oder Szenen aus dem Pfälzer Leben nerve. Nicht vergessen darf ich meine Testleser/-innen, mit denen ich in Liebe verbunden bin.

Stellvertretend für den ganzen Verlag und die vielen fleißigen Mitarbeiter/-innen danke ich Frau Dr. Christel Steinmetz und Frau Marit Obsen, die mal wieder eine riesige Geduld mit mir bewiesen haben.

Markus Guthmann
WEINSTRASSENMORD
Broschur, 192 Seiten
ISBN 978-3-89705-491-2

»Eine mörderisch spannende Story, humorvoll eingebettet in die Welten des Weinbaus, der Konzerne und der Computerkriminalität.« Stadtanzeiger Neustadt

»Seine Figuren zeichnet Guthmann detailliert, und mit einigen überraschenden Wendungen schafft er es, bis zum Ende Spannung in der Geschichte zu halten.« Pirmasenser Zeitung

Markus Guthmann
WEINSTRASSENMARATHON
Broschur, 192 Seiten
ISBN 978-3-89705-555-1

»Die Kombination aus Sport, Sex & Crime ist einfach fesselnd.«
Running – das Laufmagazin

»Richtig gut geschrieben.« SR3 Saarlandwelle

www.emons-verlag.de

Markus Guthmann
WEINSTRASSENRALLYE
Broschur, 192 Seiten
ISBN 978-3-89705-637-4

»Der Roman will vor allem eines: unterhalten. Das tut er mit Bravour. Der Leser kann sich mit einem Glas Schorle ein Plätzchen in der Handlung suchen, mit dem Staatsanwalt auf Altauto-Traumfahrt gehen und wird das Buch wahrscheinlich erst zur Seite legen, wenn er die letzte umgeblättert hat.« PRINZ

»Ein unterhaltsamer Krimi mit viel Landschaft und Atmosphäre, Spannung und Witz.« Stadtanzeiger Neustadt

www.emons-verlag.de

MARKUS GUTHMANN
Weinstraßenabsturz
PFALZ KRIMI
emons:

Markus Guthmann
WEINSTRASSENGOLD
Broschur, 208 Seiten
ISBN 978-3-95451-149-5

»Die Spannung kommt in dem Pfalz-(Eifel-)Krimi nicht zu kurz, mit einem packenden Showdown in der dunklen Eifel.«
www.deutscheweine.de